古典詩歌研究彙刊

第十一輯

龔鵬程 主編

第 9 冊

馮延巳詞接受史（上）

薛 乃 文 著

國家圖書館出版品預行編目資料

馮延巳詞接受史（上）／薛乃文 著 -- 初版 -- 新北市：花木
蘭文化出版社，2012〔民101〕

目 2+164 面；17×24 公分

（古典詩歌研究彙刊 第十一輯；第9冊）

ISBN 978-986-254-727-4（精裝）

1.（南唐）馮延巳 2.唐五代詞 3.詞論

820.91 101001261

ISBN-978-986-254-727-4

9 789862 547274

古典詩歌研究彙刊
第十一輯 第九冊 ISBN：978-986-254-727-4

馮延巳詞接受史（上）

作 者 薛乃文
主 編 龔鵬程
總 編 輯 杜潔祥
出 版 花木蘭文化出版社
發 行 所 花木蘭文化出版社
發 行 人 高小娟
聯絡地址 新北市永和區中正路五九五號七樓
　　　　 電話：02-2923-1455／傳真：02-2923-1452
網 址 http://www.huamulan.tw 信箱 sut81518@gmail.com
印 刷 普羅文化出版廣告事業
初 版 2012年3月
定 價 第十一輯 30 冊（精裝）新台幣 42,000 元

作者簡介

薛乃文，女，1983 年 1 月生，高雄茄萣人。東吳大學中國文學系學士，國立成功
大學中國文學研究所文學碩士。取得碩士學位後，曾任國立成功大學人文社會科
學中心專案行政助理一年。目前就讀國立成功大學中國文學研究所博士班，研究
領域為「詞學」。

提　　要

　　本文以馮延巳及其詞作為探討對象，援用「接受理論」，通過歷代讀者的接受
回饋與響應，重新審視馮延巳詞在不同時代氛圍下的文學定位；釐清不同審美眼
光下的藝術價值。

　　在作品傳播方面，首先側重文本的整體性，針對馮延巳《陽春集》流傳的客
觀存在，作一扼要概述。其次，用心於文本的個體性，運用計量分析，一窺歷代
選本擇錄馮延巳詞的情形。馮延巳詞的傳播接受，始能全面呈現。

　　在詞人創作方面，歷代作家往往藉由不斷的學習與模仿，表達對作品的接受
與好尚。對於馮延巳詞的創作接受，內容或形式上，包含和韻、仿擬、集句等；
表現方式上，或直接明顯，或間接隱藏，或推崇認同，或效響學步。通過歷代詞
人的創作，馮延巳詞便能跨越時代藩籬，另見新格。研究簡中消息，參比原形，
了解因創，馮延巳詞的創作接受，始能一覽無遺。

　　在詞學批評方面，讀者以個人的價值判斷，或相關的詞學理論，做為評論的
指導原則，通過確切的文字敘述，進行主觀好惡的審美感受，以及文學作品的藝
術鑑賞。歷代評論資料豐富且多樣，故擬定「人品與詞品」、「藝術風格與詞學成
就」兩大議題，以凸顯馮延巳詞在評論家挑剔眼光及嚴格審視下的詞學地位。

誌　謝

　　學術研究，是一段孤獨寂寞的旅程，旅途中，嘗遍各種滋味，付出多少心血，終點，仍是摸不著邊際。幸運的是，在茫茫學海中，總是春風徐來，鳥鳴相伴，即使滄海一粟，仍是逍遙自在。三年的碩士生涯，匆匆走過，肩上的行囊，暫時得以放下，然放不下的，是由衷的感動，是道不盡的感恩。

　　俗話說「十年修得同船渡，百年修得共枕眠」，師生之情，又需要幾個「百年」才修得了呢？2006 年暑，一通語音留言，牽繫著與王偉勇老師的師生情。回首過往，王老師總以言教、身教，傳達對學術研究的熱忱。在課堂上，王老師似有用不完的精力，以鏗鏘有力的聲音，傳授學術上的專業，有時吟唱一兩段詩詞解悶，有時開了嗓，便欲罷不能的唱遍整節課。王老師的教學魅力，如此感染人心！在課堂外，即使王老師公務繁忙，仍時時關切著學生的生活，叮嚀學生的論文進度。無論是生活上的困難，或是論文撰寫上的瓶頸，王老師都能為學生指點迷津。感謝王老師三年的提攜與照顧，學生點滴在心，希望未來，能有更多的「三年」，繼續在王老師身邊學習。

　　碩士論文口考，相當榮幸能邀請徐照華老師與許長謨老師擔任學生的口考委員，學生獻上無限的感謝。在兩位老師細心賜教下，使學生發現論文撰寫的盲點與不足之處，經過兩位老師的指正，論文始能

趨於完善。並感謝兩位老師的鼓勵與支持，學生定會不負期待，在學術研究的道路上，繼續加油。

衷心感謝陳怡良老師。碩一時，學生撰寫「從〈離騷〉中的草木意象論屈原之人格精神」期末報告，陳老師細心批閱，並為之推薦，使學生能在碩一下學期，發表第一篇期刊論文。陳老師的鼓勵與肯定，給予學生無比的自信心。雖然陳老師不是學生的指導教授，仍無時無刻關心著學生的論文，亦關心學生的未來展望，感謝陳老師的悉心教誨。

特別感謝郭娟玉老師。學生的大學「詞選」課程，由郭老師所教授，當時的我，對於「詞」這門專業領域，仍是懵懵懂懂。但老師婉約的身影、爽朗的笑聲、還有那深深吸引我的詞人故事，總在腦海中迴盪，揮之不去。進入成大研究所，發現郭老師是王偉勇老師的學生，也是我的大學姐，師生的緣分多麼奇妙啊！這般「三代同堂」的巧妙安排，令學生更加珍惜。

感謝福勇、友良、建男、淑華、宏達、依玲等學長姐，及淑惠、文郁、瑋郁、思萍等人，一同蒐集接受史研究材料，因為大家的同心協力，論文才能順利完成。感謝淑蘋、淑華、宏達、婉君等學長姐，以及淑惠、文郁、詠樺等人，大家的經驗分享與支持打氣，讓我在撰寫論文的辛苦過程中，倍感溫馨，謝謝大家。

最後，我要向最愛我的家人，深深鞠躬！為了可以讓我順利求學，每天辛苦掙錢，卻從不喊累的爸爸、媽媽，謝謝您們！謝謝您們無怨無悔、不求回報的付出。我雖然不能像別人一樣，及早在社會上立足，也無法擁有優渥的經濟能力，但相信有一天，我會站在屬於自己的舞台上，發光發熱。

謹將此論文，衷心獻給傾囊相授的恩師，提攜後進的師長，加油打氣的學長姐與同學，還有一路上陪我走過無數歲月的家人，謝謝您們！

目

次

第一章　緒　論

第一節　研究動機與目的

一、研究動機

　　五代詞壇，以西蜀與南唐兩大詞人群體最受矚目。而南唐詞人群體的代表，為一相二主；即宰相馮延巳、中主李璟、後主李煜三家。馮延巳（903～960），字正中，有《陽春集》，存詞百餘闋，[註1] 其作品數量，居唐五代詞人之最；亦是流傳至今，最早、最完整的一部個人詞集。

[註1] 《陽春集》存詞數量，歷來爭議頗大，如〔明〕吳訥刊刻《陽春集》「百家詞」本、〔清〕侯文燦刊刻《陽春集》「名家詞」本，均收 118 首；〔清〕王鵬運刊刻《陽春集》「四印齋」本收 126 首；近人曾昭岷、王兆鵬等編《全唐五代詞》收 112 首；黃進德《馮延巳詞新釋輯評》收 111 首，詳參本文【附錄1】。本文依曾昭岷、王兆鵬等編《全唐五代詞》本。〔明〕吳訥刊刻：《陽春集》「唐宋元明百家詞」本（臺北：廣文書局，1971 年 5 月）；〔清〕侯文燦刊刻：《陽春集》「名家詞集」本（南京：古籍出版社，1988 年 2 月）（據金武祥重刻本）；〔清〕王鵬運刊刻：《陽春集》「四印齋」本（上海：上海古籍出版社，2002 年 3 月《續修四庫全書》，冊 1721）（據〔清〕光緒王鵬運輯刻四印齋所刻詞影印）。曾昭岷、王兆鵬等編：《全唐五代詞》（北京：中華書局，1999 年 12 月）；黃進德：《馮延巳詞新釋輯評》（北京：中國書店，2006 年 7 月）。

　　馮延巳詞史地位，可自三方面了解：其一、源於花間，又突破花間。歐陽炯於〈花間集序〉中開宗明義云：「鏤玉雕瓊，擬化工而迴巧；裁花剪葉，奪春豔以爭鮮」，〔註2〕斯可見花間詞冶艷濃麗，以及專寫花間月下、男女情事的藝術手法，也凸顯了大多數花間詞人的風格。陳世脩〈陽春集序〉云：「公（馮延巳）以金陵盛時，內外無事，朋僚親舊，或當燕集，多運藻思，爲樂府新詞。俾歌者倚絲竹而歌之，所以娛賓而遣興也。」〔註3〕即說明馮延巳係帶著娛賓遣興之目的而倚聲填詞，不脫花間題材範圍；王國維稱馮延巳「不失五代風格」〔註4〕是矣。今學者葉嘉瑩則將馮延巳與溫庭筠、韋莊並舉，以爲其詞雖上承溫庭筠雕琢華麗的技巧，及韋莊主觀鮮明的色彩而來，卻擁有一種直接感發的力量，不受事件侷限。〔註5〕此乃馮延巳詞源於花間，又突破花間之所在。

　　其二、開北宋一代婉約詞風。清人馮煦於〈唐五代詞選序〉云：「吾家正中翁，鼓吹南唐，上翼二主，下啓歐晏，實正變之樞貫，短長之流別。」〔註6〕馮延巳不但與溫庭筠、韋莊、李煜並列，突破花間詞風之薰染，也拓展詞的感情境界，深化詞的抒情品味，影響北宋晏殊、歐陽脩等人之創作風格，乃唐五代詞向北宋詞演進之關鍵所在，其作品風格開啓了北宋詞發展的新方向。

　　其三、「和淚拭嚴妝」的風格特色。王國維將馮延巳的風格特色，

〔註2〕〔後蜀〕歐陽炯〈花間集序〉，見〔後蜀〕趙崇祚編、李一泯校、李冰若注：《宋紹興本花間集附校注》（臺北：鼎文書局，1974年10月），頁1。

〔註3〕〔宋〕陳世脩〈陽春集序〉，見〔清〕王鵬運刊刻：《陽春集》「四印齋」本，頁278。

〔註4〕〔清〕王國維：《人間詞話》（北京：中國人民大學出版社，2004年9月），頁6。

〔註5〕葉嘉瑩：《唐五代名家詞選講》（北京：北京大學出版社，2007年1月），頁67。

〔註6〕〔清〕馮煦〈唐五代詞選序〉，見成肇麐：《唐五代詞選》（臺北：臺灣商務印書館：2006年5月），頁2。

比爲「和淚拭嚴妝」，〔註7〕正說明馮延巳有一種固執的情感操守，在不可爲而爲之的精神上發之於詞，便成了他超越其他南唐詞人，甚至是五代詞人的特色；這也是南唐詞人處風雨飄搖之時代所獨有的特殊成就。基於上述三點，馮延巳詞史之地位，自然是不容小覷。

過去研究馮延巳者，往往將焦點集中於詞人所處的時代背景、文學經典的創作歷程、文學內部的藝術特質，及其對後世詞學的種種影響等。或以作者爲研究核心，探討作者之於詞的聯繫性與因果性；或從文學作品本身出發，梳理經典中的風格形式及文學特色，然而這樣的研究方法，往往忽略一個重要的環節——讀者的存在價值。

一部值得歷代流傳的文學作品，在面對不同時代的讀者群體時，其作品內部的文學價值自然有所增減、有所變化，在歷時性和共時性的文化背景下，不同的讀者，自有自己的文化範式和心理模式，面對同樣的文學作品，自有不同的反應。〔註8〕研究一代又一代的讀者對於文學作品的「接受」程度，正是「接受史研究」中最重要的目的。

〔德國〕H.R.姚斯（Hans Robert Jauss）於《走向接受美學》一書中提及：「只有通過讀者的傳遞過程，作品才進入一種連續性變化的經驗視野。」〔註9〕「一部作品的歷史意義，就是在這過程中得以確定，它的審美價值也是在這過程中得以實證。」〔註10〕姚斯認爲，文學作品的價值，取決於讀者，通過不同讀者的閱讀、鑑賞、闡釋與理解，作品才有文學意義。「接受理論」的運用，使研究者將焦點投注於讀者身上，確爲一種嶄新的研究方法。

陳文忠《中國古典詩歌接受史》一書替接受史下了適當的定義：「接受史就是詩歌本文潛在意義的外化形式的衍化史，是作品在不同階段經讀者解釋後所呈現的具體面貌，也就是讀者閱讀經驗的歷史。它通

〔註7〕　〔清〕王國維：《人間詞話》，頁4。
〔註8〕　〔德國〕姚斯、〔美國〕霍拉勃著，周寧、金元浦譯：《接受美學與接受理論》（瀋陽：遼寧人民出版社，1987年9月），頁47。
〔註9〕　同前註，頁24。關於「接受理論」，詳參本章第三節「理論基礎」。
〔註10〕　同前註，頁25。

常體現爲不同時期的接受者，包括普通讀者、詩評家及詩人作家，對作品不斷作出的鑑賞、闡釋及在創作中的吸收借用等等。」〔註 11〕文學作品在歷史洪流中，經一代又一代不同讀者的用心與接受，其中的探討，便是「接受史研究」的重要環節，故本文援用「接受理論」，站在讀者角度，審視不同時代的讀者群體在面對馮延巳詞時，所體現的各種感受與響應。

二、研究目的

以「馮延巳接受史」作爲研究論文，其目的蓋有三端：

其一、回歸詞體文學發展之開端，通過新的研究方法，給予新的文學定位：

詞肇於唐，沿於五代，登峰於宋，隨後歷金、元、明、清，各放異彩。近年詞學研究者，多將研究重點放在明、清詞上大作文章，對於晚唐五代詞，或基於前人研究碩果已豐，或礙於研究方法之侷限，往往忽略不談，然晚唐五代詞之地位，實在不可忽視。自晚唐五代花間、南唐詞人之努力，詞體始從「詩餘」〔註 12〕中獨立出來，以「豔科」〔註 13〕爲其本色，南唐馮延巳詞更下開宋初婉約詞風。龍榆生《唐

〔註11〕 陳文忠：《中國古典詩歌接受史》（合肥：安徽大學出版社，1998 年8 月），頁 10。

〔註12〕 「詩餘」，詞別名也。或因講究格律，直承唐詩而來，宋翔鳳《樂府餘論》載：「謂之詩餘者，以詞起於唐人絕句」；或因字數、情文餘於詩，況周頤《蕙風詞話》卷一載：「詩餘之『餘』，作贏餘之『餘』解。唐人朝成一詩，夕付管弦，往往聲希節促，則加入和聲。凡和聲皆以實字填之，遂成爲詞。詞之情文節奏，並皆有餘於詩，故曰詩餘」；或說詞乃三百首之餘；或說詩亡詞興，故稱詩餘。見〔清〕宋翔鳳：《樂府餘論》（上海：上海書店，1994 年《叢書集成續編》，冊 160，頁 172；〔清〕況周頤著、孫克強輯考：《蕙風詞話‧廣蕙風詞話》（鄭州：中州古籍出版社，2003 年 11 月），卷 1，頁 3。王兆鵬、劉尊明：《宋詞大辭典》（南京：鳳凰出版社，2003 年 9 月），頁10。

〔註13〕 「豔科」指詞之題材、風格，偏於綺豔，乃詞最初之本色，即歐陽炯〈花間集序〉云：「綺筵公子，繡幌佳人，遞葉葉之花箋，文抽麗

宋名家詞選》云：「延巳在五代爲一大作家，與溫、韋分鼎三分，影響北宋諸家者尤鉅。」〔註14〕南唐馮延巳確實爲詞體發展過程中的關鍵人物。故本文通過「接受理論」的新視野，以歷代讀者爲主體進行研究，斯能突破傳統的研究困境，重新給予馮延巳詞新的文學定位。

其二、通過歷代讀者對馮詞的接受回饋與響應，重新審視文學作品的藝術價值：

傳統的文學研究，文學作品往往被視爲研究的主體，而讀者僅處於一個配襯的客體角色；「接受理論」卻持著相反的意見，研究主體由作品轉向讀者，作品本身反而只是一種客觀的存在。〔註15〕雖然如此，卻不能忽略作品與讀者之間的關聯性，此兩者並不是非此即彼的，它們存在著緊密的依賴關係。因此，通過讀者對馮延巳詞的接受反應，文學作品便能呈現出各式各樣的面貌；釐清不同讀者介入的狀況，得以重新審視馮延巳詞的藝術價值，此乃本論文研究的第二個目的。

其三、梳理歷代讀者對馮詞的接受歷程，釐清讀者審美視野中對作品的價值判斷：

「讀者」大抵由普通讀者、評論家、作家三種角色扮演，不同讀者均由不同的文化加以制約，包括自身的個人氣質、藝術修養、生活趣味、家庭環境等，也因爲每一個讀者的生活模式與生活經驗有所差異，因而造就了不同的讀者群體，擁有了千變萬化的感受與體驗。不同的讀者，對同一作品的接受程度，可能產生或隱或顯的差異性，他們對於同一件作品的審美視野與價值判斷，便有各自的理解方式，故梳理歷代讀者對於馮延巳詞的接受態度，以釐清讀者自身對於馮延巳詞的價值判斷，乃本論文研究的第三個目的。

錦，舉纖纖之玉指，拍按香檀」之作。〔後蜀〕趙崇祚編、李一氓校、李冰若注：《宋紹興本花間集附校注》，頁 1。

〔註14〕龍榆生：《唐宋名家詞選》（臺北：大孚書局，1978 年 1 月），頁 43。

〔註15〕馬以鑫：《接受美學新論》（上海：學林出版社，1995 年 10 月），頁20。

第二節　研究成果概述

　　自八十年代中期，接受理論傳進中國，以新方法從事中國古典文學研究，日益受到學者重視，也帶動詞學研究的新方向。近年來，接受理論傳入臺灣，開啓了臺灣學者一條嶄新的研究思路，然運用接受理論從事詞學研究者，卻寥寥可數；而以馮延巳爲對象之接受史研究，海峽兩岸更未尋得，故本論題實具學術研究之價值。以下分成兩部分概述研究現況：

一、文學接受的研究現況

　　1983 年，學者張黎發表〈關於「接受美學」筆記〉，〔註16〕刊於《文學評論》，被視爲較早介紹西方接受理論的單篇論文；自此之後，相關論文相繼推出，除了通論性介紹外，或深入探析接受理論所衍生之問題，或針對接受理論作一番反思與檢討，或藉由接受理論進行各領域之文學研究等。

　　大陸學者所發表的單篇論文，不勝枚舉，重要學者如陳文忠〈古典詩歌接受史研究芻議〉、〈接受史視野中的經典細讀〉；金元浦〈論文學接受度〉、〈文化研究的視野：大眾傳播與接受〉；朱立元、楊明合撰〈接受美學與中國文學史研究〉等。〔註17〕諸位學者以接受理論爲核心，作爲研究的出發基點，進而結合中國文學的研究路數，確能從另一個角度闡釋中國文學。如陳文忠〈接受史視野中的經典細讀〉一文，提出對傳統經典細讀的反思，進而以接受理論展開新的研究方向；朱立元、楊明合撰〈接受美學與中國文學史研究〉一文，提出以

〔註16〕張黎：〈關於「接受美學」筆記〉，《文學評論》1983 年第 6 期（1983年 11 月），頁 106～117。

〔註17〕陳文忠：〈古典詩歌接受史研究芻議〉，《文學評論》1996 年第 5 期，頁 128～137；陳文忠：〈接受史視野中的經典細讀〉，《江海學刊》2007年第 6 期，頁 170～177；金元浦：〈論文學接受度〉，《河北學刊》1996年第 5 期，頁 57～62；金元浦：〈文化研究的視野：大眾傳播與接受〉，《文學前沿》2000 年第 1 期，頁 157～161；朱立元、楊明：〈接受美學與中國文學史研究〉，《文學評論》1988 年第 4 期，頁 158～161。

接受美學闡釋中國文學的六大好處。

　　此外，近五年之單篇論文，如方建中〈論姚斯接受美學思想〉、張新偉〈接受美學與文學批評的主體性〉、李欣人《周易》與接受美學〉、馬凌雲〈以接受美學看《古詩十九首》中的意境〉、錢志熙〈論初唐詩人對元嘉體的接受及其詩史意義〉、尙永亮〈接受美學視野下的元和詩歌及其研究進路〉、唐潔璠〈論接受美學在中國的接受〉、黃桂鳳〈李賀在杜詩接受史上的特殊地位〉等，﹝註18﹞均以接受視野重新檢視中國古典文學。

　　由上舉證，可見大陸地區所發表的相關期刊論文，數量可觀，專書與學位論文自然豐碩。第一部在中國出版的接受理論專書，當屬1987年由周寧、金元浦所翻譯《接受美學與接受理論》，此書集結〔德〕姚斯《接受美學》及〔美〕霍拉勃《接受理論》二編，出版後便開啓中國文學走向新研究思路的大門。其後，張廷琛《接受理論》、朱立元《接受美學》、R. C.赫魯伯（Robert C. Holub）著、董之林譯《接受美學理論》、馬以鑫《接受美學新論》、朱立元《接受美學導論》、金元浦《接受反應文論》、王金山、王青山《文學接受研究》、鄔國平《中國古代接受文學與理論》、陳文忠《中國古代詩歌接受史研究》、尙學峰、過常寶、郭英德等《中國古典文學接受史》等接受研究專論，

﹝註18﹞方建中：〈論姚斯接受美學思想〉，《求索》2004年第5期，頁156～158；張新偉：〈接受美學與文學批評的主體性〉，《求索》2004年第9期，頁226～228；李欣人：〈《周易》與接受美學〉，《周易研究》2005年第3期，頁24～31；馬凌雲〈從接受美學看《古詩十九首》中的意境〉，《涪陵師院學報》第22卷第7期（2006年1月），頁66～70；錢志熙〈論初唐詩人對元嘉體的接受及其詩史意義〉，《中國文化研究》夏之卷（2007年5月），頁155～167；尚永亮：〈接受美學視野下的元和詩歌及其研究進路〉，《陝西師範大學學報》（哲學社會科學版）第36卷第5期（2007年9月），頁82～91；唐潔璠：〈論接受美學在中國的接受〉第18卷第4期，（2008年8月），頁69～73；黃桂鳳：〈李賀在杜詩接受史上的特殊地位〉，《玉林師範學院學報》（哲學社會科學版）第29卷第2期（2008年2月），頁1～5。

如雨後春筍般相繼出版。〔註19〕其中周寧、金元浦《接受美學與接受理論》與董之林譯《接受美學理論》二書,是根據西方文論加以翻譯,對於認識西方接受理論之基礎與根源,有大大幫助,唯翻譯之文句或有不通順之處,仍需留意;而《接受理論》、《接受美學》、《接受反應文論》、《接受美學新論》、《接受美學導論》等專書,均是學者自行吸取西方文論,加以闡述的重要著作,頗值得參考。《文學接受研究》、《中國古代接受文學與理論》、《中國古代詩歌接受史研究》、《中國古典文學接受史》等專書,則是將西方接受理論融入中國古典文學研究的重要參考書目,如陳文忠《中國古代詩歌接受史研究》,通過接受理論進行古典詩歌研究,建立新的研究方法,並從評論者的闡釋研究、普通讀者的效果研究、詩人創作的影響研究等三方面進行著墨;鄧華新《中國古代接受詩學》則強調中國文學本身具有的詩學接受觀念,對於詩學接受的歷史與發展脈絡,作一番精闢的梳理。另有高中甫《歌德接受史》、尚永亮《莊騷傳播接受史綜論》、李劍鋒《元前陶淵明接受史》、劉學鍇《李商隱詩歌接受史》等主題式接受史研究。〔註20〕

　　在學位論文方面,以「接受」為題的文學研究論文,最早發表於2002 年,如《《琵琶記》接受史研究》、《建安文學接受史研究》,隨後則有《論《史記》在宋代的接受》、《謝朓詩歌齊梁隋唐接受史》、《鮑

〔註19〕張廷琛:《接受理論》(成都:四川文藝社,1989 年 5 月);朱立元:《接受美學》(上海:上海人民出版社,1989 年 8 月);R. C. 赫魯伯(Robert C. Holub) 著、董之林譯:《接受美學理論》(臺北:駱駝出版社,1994 年 6 月);王金山、王青山:《文學接受研究》(呼和浩特:內蒙古大學出版社,2005 年 7 月);鄔國平:《中國古代接受文學與理論》(哈爾濱:黑龍江人民出版社,2005 年 11 月);尚學峰、過常寶、郭英德等:《中國古典文學接受史》(濟南:山東教育出版社,2005 年 11 月)。

〔註20〕高中甫:《歌德接受史》(北京:社會科學文獻出版,1993 年 4 月);尚永亮:《莊騷傳播接受史綜論》(北京:文化藝術出版,2000 年 10 月);李劍鋒:《元前陶淵明接受史》(濟南:齊魯書社,2002 年 7 月);劉學鍇:《李商隱詩歌接受史》(合肥:安徽大學出版社,2004 年 8 月)。

照詩接受史研究——以南北朝至唐代爲中心》、《《三國志演義》在明清時代的傳播接受研究》、《韓孟詩派傳播接受史研究》、《清前期《左傳》接受史研究》、《魯迅對莊子的接受史研究》、《漢樂府接受史論（漢代——隋代）》、《魏晉風度接受史及其現代性研究》、《宋代賈島接受史論》等學位論文。〔註21〕在形式上，或斷代爲界，或跨代綜述；在內容上，或針對專書，或針對文人作品，或針對文體發展，可謂包羅萬象，學術價值自然卓越。

　　至於臺灣地區，或因接觸接受理論的時間較大陸地區晚，或因大陸地區發表論文的篇章數量過於可觀，大多學者不再從理論基礎入手，反而依各類文學體裁，運用接受理論方法，進行學術研究。單篇論文如陳瑞文〈姚斯的接受美學及其文藝溝通理論：從藝術理論到審美理論〉一文，從藝術理論切入，透視接受者、作品、作者及藝術史的相互關係；又如王瓊玲〈評點、詮釋與接受——論吳儀一之《長生殿》評點〉、周家嵐〈從接受史角度看晚清知識份子對「水滸傳」的三種詮釋策略〉、王基倫〈歐蘇散文創作與接受活動的考察〉、朱我芯〈試以堯斯「文學接受史」與巴爾特「五種語碼」解讀白居易「賣炭翁」〉、陳俊榮〈臺灣小說的接受史觀〉、鄺采芸〈讀者導向下「傳奇

〔註21〕余丹：《《琵琶記》接受史研究》（蕪州：安徽師範大學碩士論文，2002年1月）；王玫：《建安文學接受史研究》（福州：福建師範大學博士論文，2002年5月）；虞黎明：《論《史記》在宋代的接受》（金華：浙江師範大學碩士論文，2003年5月）；馬榮江：《謝朓詩歌齊梁隋唐接受史》（西安：陝西師範大學碩士論文，2003年5月）；羅春蘭：《鮑照詩接受史研究——以南北朝至唐代爲中心》（上海：復旦大學博士論文，2004年4月）；張紅波：《《三國志演義》在明清時代的傳播接受研究》（桂林：廣西師範大學碩士論文，2005年3月）；劉磊：《韓孟詩派傳播接受史研究》（武漢：武漢大學博士論文，2005年4月）；呂小霞：《清前期《左傳》接受史研究》（濟南：山東大學碩士論文，2005年5月）；宋徽：《魯迅對莊子的接受史研究》（大連：遼寧師範大學碩士論文，2006年5月）；唐會霞：《漢樂府接受史論（漢代——隋代）》（西安：陝西師範大學博士論文，2007年5月）；趙前明：《魏晉風度接受史及其現代性研究》（西安：西北大學碩士論文，2007年5月）；董瑜：《宋代賈島接受史論》（泉州：華僑大學碩士論文，2007年6月）。

觀念的建構——以明文人對「琵琶記」的接受現象談起〉、蔣方〈唐代屈騷接受史論略〉、柯香君〈試從接受美學論「元曲四大家」〉、高禎臨〈跨越時空的對話——《趙氏孤兒》的接受與再創〉、林家如〈李娃傳奇之接受關係研究〉、蔡慧崑〈論〈霍小玉傳〉中的「否定性」——以伊瑟爾的接受美學理論為依據〉等，〔註22〕均通過接受理論方法，重新審視古典詩歌、散文、小說、傳奇、戲曲等傳統文學。

　　學位論文方面，有林栩鈺《河東君與《柳如是別傳》——「接受觀點」的考察》、高光敏《北宋時期對韓愈接受之研究》、陳裕美《宋代對黃庭堅詩法之接受研究》、黃月銀《馬致遠神仙道化劇及其接受史研究》、李婷妮《閑樂：宋初白居易接受研究》、曾國璧《《西遊記》接受史研究》、陳秋雯《張愛玲小說在臺灣的接受現象》等。〔註23〕

〔註22〕陳瑞文：〈姚斯的接受美學及其文藝溝通理論：從藝術理論到審美理論〉，《高雄師大學報》第 10 期（1999 年 4 月），頁 267～281；王瓊玲：〈評點、詮釋與接受——論吳儀一之《長生殿》評點〉，《中國文哲研究集刊》第 23 期（2003 年 9 月），頁 71～128；周家嵐：〈從接受史角度看晚清知識份子對「水滸傳」的三種詮釋策略〉，《中華學苑》第 56 期（2003 年 2 月），頁 85～112；王基倫：〈歐蘇散文創作與接受活動的考察〉，《東華漢學》第 1 期（2003 年 2 月），頁 19～43；朱我芯：〈試以堯斯「文學接受史」與巴爾特「五種語碼」解讀白居易「賣炭翁」〉，《喬光學報》第 21 期（2003 年 7 月），頁 121～130；陳俊榮：〈臺灣小說的接受史觀〉，《政大中文學報》第 2 期（2004 年 12 月），頁 161～184；鄺采芸：〈讀者導向下「傳奇」觀念的建構——以明文人對「琵琶記」的接受現象談起〉，《國文學誌》第 9 期（2004 年 12 月），頁 121～152；蔣方：〈唐代屈騷接受史論略〉，《新亞論叢》第 8 期（2006 年 10 月），頁 239～246；柯香君：〈試從接受美學論「元曲四大家」〉，《人文與社會學報》第 1 卷第 8 期（2006 年 7 月），頁 253～278；高禎臨〈跨越時空的對話——《趙氏孤兒》的接受與再創〉，《輔仁國文學報》第 22 期（2006 年 7 月），頁 233～255；林家如〈李娃傳奇之接受關係研究〉，《東吳中文研究集刊》第 14 期（2007 年 6 月），頁 71～89；蔡慧崑〈論〈霍小玉傳〉中的「否定性」——以伊瑟爾的接受美學理論為依據〉，《博學》第 6 期（2007 年 7 月），頁 37～61。

〔註23〕林栩鈺：《河東君與《柳如是別傳》——「接受觀點」的考察》（臺北：國立中央大學博士論文，2003 年）；高光敏：《北宋時期對韓愈接受之研究》（臺北：國立師範大學博士論文，2003 年）；陳裕美：《宋

臺灣地區接受文學之相關論文，在數量上雖不及大陸學者，但頗能見其內容上的用心。

專書著作，當推 2000 年楊文雄所著《李白詩歌接受史》及 2002 年蔡振念所著《杜詩唐宋接受史》二書。〔註24〕楊文雄《李白詩歌接受史》乃兩岸三地第一部詩人接受史專著，分別以效果史、闡釋史、影響史三種角度，論述李白詩歌的接受情形；在此基礎上，蔡振念於 2002 年發表《杜詩唐宋接受史》，更運用接受理論研究杜甫在唐、宋兩代的文學定位。此二書對於臺灣學界，頗有啓發之功。

二、詞學接受的研究現況

當接受理論席捲大陸學界之際，詞學的接受研究也順勢興起；而開啓詞學接受研究之方向者，當推葉嘉瑩。葉嘉瑩於 1988 年 12 月出版《中國詞學的現代觀》一書，此中收錄〈從西方文論看中國詞學〉、〈三種境界與接受美學〉兩篇文章，提出接受理論對於中國詞學之重要性。〈從西方文論看中國詞學〉一文，徵引闡釋學、詮釋學、符號學、接受美學等西方文論，重新看待中國詞學，以此爲根據，重新釐清王國維、張惠言等詞論家對詞學的各種看法。在接受理論方面，葉嘉瑩指出接受理論與王國維的論說，有不少暗合之處，如王國維「眾芳蕪穢美人遲暮之感」及「三種境界說」，均是透過讀者之感發，而替作品賦予一種新的生趣。〔註25〕〈三種境界與接受美學〉一文中，

代對黃庭堅詩法之接受研究》（臺北：南華大學碩士論文，2003 年）；黃月銀：《馬致遠神仙道化劇及其接受史研究》（臺北：國立師範大學碩士論文，2003 年）；李婷妮：《閒樂：宋初白居易接受研究》（花蓮：國立東華大學碩士論文，2003 年）；曾國瑩：《《西遊記》接受史研究》（臺中：東海大學碩士論文，2004 年）；陳秋雯：《張愛玲小說在臺灣的接受現象》（高雄：國立中山大學碩士論文，2004 年）。

〔註24〕楊文雄：《李白詩歌接受史》（臺北：五南圖書有限公司，2000 年 3 月）；蔡振念：《杜詩唐宋接受史》（臺北：五南圖書有限公司，2002 年 2 月）。

〔註25〕葉嘉瑩：《中國詞學的現代觀》（臺北：大安出版社，1999 年 7 月），頁 33～56。

引譚獻《復堂詞錄・序》中「作者之用心未必然，而讀者之用心何必不然」之說，與讀者反應論及接受理論之說並舉。葉嘉瑩又以王國維稱「此等語皆非大詞人不能道」，說明只有偉大的詞人才能夠在作品中寫出引起讀者豐富聯想的詞句。〔註26〕上述兩篇文章，雖不是專論接受美學，確實也敞開詞學接受研究的一扇大門。隨後趙山林於 1990 年發表〈詞的接受美學〉一文，刊載於《詞學》第八輯。〔註27〕此篇完整介紹詞學之接受研究；並提出詞的接受程序與一般文學差異之處，在於詞係音樂文學，在傳輸的過程中，可能有待歌者的演唱，始能傳達到聽眾的耳裡；而作者或應讀者之請、或應歌者之邀，其創作的內容勢必滿足讀者的各種期待。趙山林〈詞的接受美學〉一文，若視爲第一篇針對詞的接受研究進行深入著墨的論文，亦不爲過。

　　1990 年之後，如蔣安全〈試論作爲小詞接受者的蘇軾〉、譚新紅〈史達祖詞接受史初探〉、程繼紅〈論清代三大詞派對辛詞的接受與評價〉、趙曉蘭〈論花間詞的傳播及南唐詞對花間詞的接受〉、劉鋒燾〈論宋金詞人對蘇詞的接受與繼承〉、蘭香梅〈綠肥紅瘦有新詞——論宋人對李清照詞的接受〉、王秀林、劉尊明〈「亡國之音」穿越歷史時空：李煜詞的接受史探賾〉、鄧建、劉尊明〈宋代柳永詞接受論析〉、張春義〈南宋初中期東坡詞接受背景探源〉、葉曄〈明詞中的次韻宋元名家詞現象——以蘇軾、崔與之、倪瓚詞的接受爲中心〉、谷穎、邱陽〈王船山《瀟湘怨詞》對稼軒詞的接受〉等單篇論文相繼發表，〔註28〕可見詞學接受之研究越來越豐富。

〔註26〕葉嘉瑩：《中國詞學的現代觀》，頁 121～126。

〔註27〕趙山林：〈詞的接受美學〉，收於唐圭璋、施蟄存、馬以榮等編《詞學》第 8 輯（上海：華東師範大學出版社，1990 年 10 月），頁 24～40。

〔註28〕蔣安全：〈試論作爲小詞接受者的蘇軾〉，《中國韻文學刊》1995 年第 1 期，頁 65～69；譚新紅：〈史達祖詞接受史初探〉，《中國韻文學刊》2000 年第 2 期，頁 57～61；程繼紅：〈論清代三大詞派對辛詞的接受與評價〉，《江西師範大學學報》（哲學社會科學版）第 35 卷第 4 期（2002 年 11 月），頁 78～82；趙曉蘭：〈論花間詞的傳播及南唐詞對花間詞的接受〉，《四川師範大學學報》第 30 卷第 1 期

　　在學位論文方面，1999 年董希平《秦觀詞傳播接受研究》發表後，繼有康曉娟《兩宋詞學對蘇軾「以詩爲詞」的接受》、陳穎《周邦彥詞的接受過程研究》、張春媚《溫庭筠詞傳播接受研究》、鄧健《柳永詞傳播接受研究》、陳福升《柳永、周邦彥詞接受史研究》、楊蓓《論東坡詞在宋金元的傳播與接受》、洪豆豆《清代李清照詞傳播接受研究》、張航《姜夔詞傳播與接受研究》、李春英《宋元時期稼軒詞接受研究》、黎蓉《二晏詞接受史論》、王麗琴《歐陽脩詞在宋代的傳播接受研究》等碩、博士論文發表，詞學之接受研究，成果益豐。〔註29〕

　　　　（2003 年 1 月），頁 83～89；劉鋒燾：〈論宋金詞人對蘇詞的接受與繼承〉，《文史哲》2003 年第 3 期，頁 64～69；蘭香梅：〈綠肥紅瘦有新詞——論宋人對李清照詞的接受〉，《貴州社會科學》2003 年第 2 期（2003 年 3 月），頁 74～77；王秀林、劉尊明：〈「亡國之音」穿越歷史時空：李煜詞的接受史探賾〉，《江海學刊》2004 年第 4 期，頁 170～174；鄧建、劉尊明：〈宋代柳永詞接受論析〉，《古典文學知識》2005 年第 3 期，頁 48～55；張春義：〈南宋初中期東坡詞接受背景探源〉，《湖北大學學報》（哲學社會科學版）第 34 卷第 2 期，頁 93～95；葉曄：〈明詞中的次韻宋元名家詞現象——以蘇軾、崔與之、倪瓚詞的接受爲中心〉，《中國文化研究》秋之卷（2007 年 8 月），頁 60～67；谷穎、邱陽：〈王船山《瀟湘怨詞》對稼軒詞的接受〉，《瀋陽師範大學學報》（社會科學版）2008 年第 32 卷第 3 期，頁 131～134。

〔註29〕董希平：《秦觀詞傳播接受研究》（武漢：湖北大學碩士論文，1999 年 4 月）；康曉娟：《兩宋詞學對蘇軾「以詩爲詞」的接受》（北京：首都師範大學碩士論文，2000 年 4 月）；陳穎：《周邦彥詞的接受過程研究》（北京：首都師範大學碩士論文，2002 年 5 月）；張春媚：《溫庭筠詞傳播接受研究》（武漢：湖北大學碩士論文，2002 年 5 月）；鄧健：《柳永詞傳播接受研究》（武漢：湖北大學碩士論文，2003 年 6 月）；陳福升：《柳永、周邦彥詞接受史研究》（上海：華東師範大學博士論文，2004 年 4 月）；楊蓓：《論東坡詞在宋金元的傳播與接受》（福州：福建師範大學碩士論文，2004 年 4 月）；洪豆豆：《清代李清照詞傳播接受研究》（武漢：湖北大學碩士論文，2005 年 5 月）；張航：《姜夔詞傳播與接受研究》（福州：福建師範大學碩士論文，2006 年 9 月）；李春英：《宋元時期稼軒詞接受研究》（濟南：山東大學博士論文，2007 年 3 月）；黎蓉：《二晏詞接受史論》（武漢：湖北大學碩士論文，2007 年 5 月）；王麗琴：《歐陽脩詞在宋代的傳播接受研究》（武漢：湖北大學碩士論文，2007 年 5 月）。

　　在專書方面，朱麗霞於 2005 年出版《清代辛稼軒接受史》、李冬紅於 2006 年出版《《花間集》接受史論稿》最受矚目。〔註30〕《清代辛稼軒接受史》一書，根據「創作」與「詞論」兩種觀點切入，再依時代先後進行探究，文末並附上「稼軒經典文本接受史述略」。《《花間集》接受史論稿》一書，首先運用傳播接受觀點，進行版本的接受研究，以計量方式，凸顯歷代詞選所呈現的接受情形；其次，從詞學與詞史的角度，探究《花間集》在歷代的接受概況。此二書方法獨到，觀點新穎，論述詳盡，足供後學研究之資。

　　臺灣地區的詞學接受研究尚未成熟，相關論著極少。以此命題之單篇論文，目前所見，僅有同門顏文郁〈論宋代詞壇對蘇軾之接受〉一文，作者以兩宋爲範圍，從詞論角度探討蘇詞在當代之評價，從和韻角度探討詞人作家對蘇詞仿效之現象；從詞選本探討蘇詞在宋代流傳之情形。1998 年陳松宜發表《清代接受宋詞之研究》，可視爲國內第一部研究詞學接受之碩士論文；2007 年葉祝滿繼而發表《性別與認同——李清照其人其詞的創作與接受研究》，然總計亦不過二書而已，仍有研究之空間。〔註31〕2006 年開始，王師偉勇密切注意接受理論之研究範疇，陸續於各大學進行「詞學研究之新方法與新材料」的演講，提出接受研究的十種材料：即和韻作品、仿擬作品、詩話、筆記、詞籍（集）序跋、詞話、論詞長短句、論詞絕句、評點資料、詞選等，並用心發表相關論文，如〈馮煦〈論詞絕句〉十六首探析〉、〈清代「論詞絕句」論溫庭筠詞探析〉、〈清江昱〈論詞十八首〉探析〉、〈陳澧〈論詞絕句〉六首探析〉、〈兩宋詞人仿擬典範作品析論〉、〈高旭論〈十大家詞〉絕句探析〉、〈清代論詞絕句之整理、研究及其詞學

〔註30〕朱麗霞：《清代辛稼軒接受史》（濟南：齊魯書社，2005 年 1 月）；李冬紅：《《花間集》接受史論稿》（濟南：齊魯書社，2006 年 6 月）。

〔註31〕顏文郁：〈宋代東坡接受〉，《東方人文學誌》第 7 卷第 4 期（2008 年 12 月），頁 175～199；陳松宜：《清代接受宋詞之研究》（臺北：國立中央大學碩士論文，1999 年）；葉祝滿：《性別與認同——李清照其人其詞的創作與接受研究》（臺北：國立政治大學碩士論文，2007 年）。

價值〉等，〔註32〕對於接受史材料之運用研究，不遺餘力。

　　馮延巳之研究論文，歷來多圍繞於詞人本身與其作品。大陸地區
單篇論文，如施蟄存〈讀馮延巳詞札記〉、黃進德〈馮延巳及其詞考
辨〉，係考辨馮延巳詞；黎烈南〈亡國之音哀以思：馮延巳詞的風格
及其成因〉、曹章慶〈論馮延巳詞的焦慮情緒和臣妾心態〉、李建國〈論
馮延巳「深美閎約」藝術風格的構成〉、李梅〈淺論馮延巳詞中的憂
患意識〉等，係針對馮詞之藝術風格與情感思想，進行論述；胡淑慧
〈馮延巳、晏殊詞異同辨〉、張曉寧〈為問新愁，何事年年有──晏
幾道馮延巳詞比較〉，係針對馮延巳與他人之比較研究等。〔註33〕學

〔註32〕王偉勇、王曉雯合撰：〈馮煦〈論詞絕句〉十六首探析〉，「中國近世
　　　　文學國際學術研討會」會議論文（2005 年 12 月），已收入《近世文
　　　　學國際學術研討會論文集之三‧清代文學與學術》（臺北：新文豐出
　　　　版公司，2007 年 3 月）；王偉勇〈清代「論詞絕句」論溫庭筠詞探析〉，
　　　　《文與哲》第 9 期（2006 年 12 月）；王偉勇、鄭琇文合撰：〈〔清〕
　　　　江昱〈論詞十八首〉探析〉，《國文學報》（高師大）第 5 期（2006 年
　　　　12 月）；王偉勇、林淑華合撰：〈陳澧〈論詞絕句〉六首析探〉，《政
　　　　大中文學報》第 7 期（2007 年 6 月）；王偉勇〈兩宋詞人仿擬典範
　　　　作品析論〉，收入《人文與創意學術研討會論文集》（臺北：里仁書
　　　　局，2008 年 6 月）；王偉勇、鄭琇文：〈高旭論〈十大家詞〉絕句探
　　　　析〉，「第四屆國際暨第九屆全國清代學術研討會會議論文」（2008 年
　　　　6 月），收入《清代學術研討會論文集》；王偉勇：〈清代論詞絕句之
　　　　整理、研究及其詞學價值〉，「世新大學中國文學系第二屆兩岸韻文
　　　　學學術研討會──韻文學的欣賞與研究」會議論文（2009 年 5 月）。
〔註33〕施蟄存：〈讀馮延巳詞札記〉，原刊於《上海師範大學學報》1979 年
　　　　第 3 期，收入《詞學研究論文集》（上海：上海古籍出版社，1982 年
　　　　3 月），頁 257～265；黃進德：〈馮延巳及其詞考辨〉，原發表於《中
　　　　華詞學》第 2 輯（1995 年 12 月），見《馮延巳詞新釋輯評‧附錄》，
　　　　頁 199～212。黎烈南：〈亡國之音哀以思：馮延巳詞的風格及其成
　　　　因〉，《首都師大學報》1998 年第 3 期，頁 8～13；曹章慶：〈論馮延
　　　　巳詞的焦慮情緒和臣妾心態〉，《中國韻文學刊》2000 年第 2 期，頁
　　　　25～31、李建國：〈論馮延巳「深美閎約」藝術風格的構成〉，《山峽
　　　　大學學報》（人文社會科學版）第 27 卷第 2 期（2005 年 3 月），頁
　　　　37～40、李梅：〈淺論馮延巳詞中的憂患意識〉，《漳州師範學院學報》
　　　　（哲學社會科學版）2007 年第 1 期，頁 66～69。胡淑慧：〈馮延巳、
　　　　晏殊詞異同辨〉，《北京理工大學學報》（社會科學版）第 7 卷第 3 期

術論文亦不出此範圍，如胡淑慧《《陽春詞》、《珠玉詞》異同辨》（2002
年5月）、歐陽俊杰《論馮延巳詞的士大夫化》（2006年5月）、李曉
飛《論馮延巳詞「悲喜縱錯」、「盤旋鬱結」的藝術風格及成因》（2007
年12月）等。〔註34〕

　　臺灣地區單篇論文，如吳銘如〈南唐詞人馮延巳詞之特色〉、陳
嘉琳〈正中詞對晏歐詞風影響之研究〉二文，乃偏向詞人作品風格之
探究。碩士論文有姚友惠《馮延巳與晏殊詞比較研究》、范詩屏《馮
晏歐詠秋詞研究》，〔註35〕二書均將馮延巳與其他詞人比較，以探異
同，也是從傳統文學研究的方法著手。

　　由上可知，直接運用接受理論進行馮延巳詞研究者，海峽兩岸尚
未見及，然筆者仍可從傳統文學研究之角度，尋得契合之作。大陸地
區之單篇論文，如劉立杰〈論正中詞對溫韋詞的繼承〉、曹章慶〈論
馮延巳詞對屈宋辭賦和韓偓詩歌的受容性〉〔註36〕兩篇，是探討馮延
巳詞對前人的繼承；郭素霞〈論馮延巳詞的歷史地位〉；陳恕誠〈南
唐詞人的創作及其在詞史演進中的地位〉〔註37〕兩篇，則是探討馮延

　　　　（2005年6月），頁38～40；張曉寧：〈為問新愁，何事年年有——
　　　　晏幾道馮延巳比較〉，《陝西師範大學繼續教育學報》（西安）第22
　　　　卷第4期（2005年12月），頁65～68。
〔註34〕胡淑慧：《《陽春詞》、《珠玉詞》異同辨》（呼和浩特：內蒙古大學碩
　　　　士論文，2002年5月）、歐陽俊杰：《論馮延巳詞的士大夫化》（重慶：
　　　　西南大學碩士論文，2006年5月）、李曉飛：《論馮延巳詞「悲喜縱
　　　　錯」、「盤旋鬱結」的藝術風格及成因》（長春：東北師範大學碩士論
　　　　文，2007年12月）。
〔註35〕吳銘如：〈南唐詞人馮延巳詞之特色〉，《嘉南學報》第23期（1997年
　　　　11月），頁153～162；陳嘉琳：〈正中詞對晏歐詞風影響之研究〉，《華
　　　　醫學報》第12期（2000年5月），頁91～102；姚友惠：《馮延巳與晏
　　　　殊詞比較研究》（彰化：彰化師範大學碩士論文，2001年）；范詩屏：
　　　　《馮晏歐詠秋詞研究》（高雄：國立高雄師範大學碩士論文，2005年）。
〔註36〕劉立杰：〈論正中詞對溫韋詞的繼承〉，《黑龍江社會科學》2005年第
　　　　6期，頁102～104；曹章慶：〈論馮延巳詞對屈宋辭賦和韓偓詩歌的
　　　　受容性〉，《中山大學學報》第26卷第1期（2006年），頁81～87。
〔註37〕郭素霞：〈論馮延巳詞的歷史地位〉，《鐵道師院學報》第14卷第3
　　　　期（1997年6月），頁53～57；陳恕誠：〈南唐詞人的創作及其在詞

巳在詞史上的文學地位，兩人切入點雖不同，仍可視爲讀者接受之範疇。學位論文方面，戴文婧《馮延巳研究》〔註38〕一書，通過傳統的文學研究方法，探討馮延巳詞的創作背景、作品風格及其詞學地位與影響，明確道出馮延巳乃「開北宋一代風氣」之詞人，頗值得參考。

　　臺灣地區之研究論文，如陳嘉琳〈正中詞對晏歐詞風影響之研究〉一文，將南唐馮延巳之於北宋晏殊、歐陽脩的詞風影響，作一番精闢的整理與闡釋，若將接受理論運用於其間，自然能釐清出馮延巳在北宋的接受情形。姚友惠發表《馮延巳與晏殊詞比較研究》碩士論文，將馮延巳與晏殊的創作背景、詞人作品之內容、形式、藝術技巧、風格等五大方向進行探究。從中可窺得跨時代詞人之間的接受影響。范詩屏《馮晏歐詠秋詞研究》，通過「詠秋」主題進行三家詞人探究，從中亦能梳理三家詞人在詞風上的接受關係。

　　以上所舉有關馮延巳詞研究的論文，都是以傳統研究方法進行梳理，仍可見詞人接受的痕跡。惟時代範圍侷限於北宋，尤以晏殊、歐陽脩兩家爲主軸，無法探討馮延巳詞在各個時代的接受歷程。故筆者將站在歷代讀者的角度，以嶄新的視野看待馮延巳詞；亦即以西方接受理論爲鎖鑰，運用各時代的接受史料，嘗試突破傳統文學研究的藩籬。

第三節　研究方法

一、理論基礎

　　本論文係以「接受理論」爲研究基礎。「接受理論」亦稱「接受美學」（Aesthetics of reception），發端於德國，〔註39〕於七十年代初

　　　史演進中的地位〉，《安徽師範大學》（人文社會科學版）第 28 卷第 3
　　　期（2000 年 8 月），頁 324～329。
〔註38〕戴文婧：《馮延巳研究》（揚州：揚州大學碩士論文，2007 年 5 月）。
〔註39〕「接受理論」發端於〔德國〕康士坦茨大學，主要理論家爲漢斯・
　　　羅伯特・姚斯（Hans Robert Jauss）及沃爾夫岡・伊瑟爾（Walfangg
　　　Iser）。「接受理論」並非憑空出現，理論的產生乃受到俄國形式主義、

期開始嶄露頭角，成爲德國重要的文學理論學派。其後，接受理論不
但異軍突起，甚至傳播到西歐各國，並與後期美國的「讀者反應批評」
理論〔註40〕相互合流、滲透。至八十年代中期，接受理論傳到中國，
在中國展開一波接著一波的理論高潮。接受理論研究方法替傳統文學
研究開啓了一扇嶄新的視窗，突破傳統研究方法所帶來的困境與侷
限，拓展了研究者的新視野。

　　接受理論源起於〔德國〕康茨坦斯大學，漢斯‧羅伯特‧姚斯（Hans
Robert Jauss）於 1967 年發表〈文學史作爲向文學理論的挑戰〉〔註41〕
一文，提出新的文學史觀，也揭示「接受理論」的誕生，姚斯認爲：「在
這個作者、作品和大眾的三角形之中，大眾並不是被動的部分，並不僅
僅作爲一種反應，相反，它自身就是歷史的一個能動的構成。一部文學
作品的歷史生命如果沒有接受者的積極參與是不可思議的。」〔註42〕
在作家、作品與讀者三者之間，讀者總是被忽略不談的，通過接受理論
的崛起，讀者得以被廣泛重視。姚斯即從讀者對文學作品的接受角度出
發，將傳統文學史上，側重在作家與作品上的研究態度，轉換至讀者身
上，文學史即以讀者的角度爲核心來開展。姚斯於此篇宣言中，提出七
大論題加以論述：簡言之，可以六字概括：「讀者決定一切」。〔註43〕

布拉格結構主義、茵格爾頓的現象學及迦達默的解釋學等理論之影
響。關於「接受理論」之先驅，參〔德〕姚斯、〔美〕霍拉勃：《接
受美學與接受理論‧接受理論》，頁 289～333。

〔註40〕「讀者反應批評理論」強調讀者之於文本的重要性，其意義必須從
閱讀的活動中實現，並強調讀者的反應是研究文學的焦點。《讀者反
應理論批評》一書亦引用現象學及沃爾夫岡‧伊瑟爾的觀點，正說
明「接受理論」與「讀者反應批評」有著互相影響、互相滲透的關
係。伊麗莎白‧弗洛恩德 Elizabeth Freund 著、陳燕谷譯：《讀者反
應理論批評》（臺北：駱駝出版社，1994 年 6 月），頁 131～147。

〔註41〕〔德國〕H.R.姚斯：〈文學史作爲向文學理論的挑戰〉，見〔德〕姚斯、
〔美〕霍拉勃：《接受美學與接受理論‧走向接受美學》，頁 3～56。

〔註42〕〔德〕姚斯、〔美〕霍拉勃：《接受美學與接受理論‧走向接受美學》，
頁 24。

〔註43〕馬以鑫：《接受美學新論》，頁 17。作者將姚斯所主張的七大論點整理
成：一、讀者的歷史地位；二、作品的價值由讀者理解而定；三、創

讀者之於文學，有其歷史地位。姚斯認為：「一部文學作品，並不是一個自身獨立、向每一個時代的每一讀者均提供同樣的的觀點的客體。它不是一尊紀念碑，形而上學地展示其超時代的本質。它更多地像一部管弦樂譜，在其演奏中不斷獲得讀者新的反響。」〔註44〕通過不同讀者的不同反響，文學作品可以一代接著一代，如鎖鍊般，持續且豐富的茁壯，作品的歷史性，便通過讀者之間的傳遞、接受過程，得以實現；也因為不同時代下的不同讀者，文學的歷史性也會不同。

讀者決定一切，便也決定了文學作品的優劣程度，作品的價值端由讀者來決定，故姚斯提出「期待視野」的核心概念。所謂「期待視野」是指讀者在閱讀作品或欣賞文學時，其審美經驗構成的思維定向，即本身所具有的審美經驗和能力。〔註45〕姚斯認為：「一部文學作品在其出現的歷史時刻，對它的第一讀者的期待視野是滿足、超越、失望或反駁，這種方法明顯地提供了一個決定其審美價值的尺度。」〔註46〕當作者從事創作時，或多或少會考慮讀者的接受水平，以便創造出符合讀者期待視野的作品，若作品本身的內涵超乎讀者的期待視野，可能就無法引起讀者共鳴。然而在世代相傳的接受歷程中，不同讀者因為生活經驗、價值觀、思想道德、行為規範、教育水平、生長環境的不同，故有著千變萬化的期待視野。姚斯亦提出接受

作時應考慮讀者；四、不同時代的不同讀者對作品的理解不一樣；五、讀者接受的反饋；六、不同時代有不同時代的文學史；七、文學的社會功能應予以突出，並以「讀者決定一切」六字概括姚斯的論點。

〔註44〕〔德〕姚斯、〔美〕霍拉勃：《接受美學與接受理論‧走向接受美學》，頁26。

〔註45〕姚斯「期待視野」的概念，來自於〔德〕社會學家卡爾‧曼海姆那及解釋學家伽達默，表明與文化事務的一種先在的聯繫。姚斯運用「期待視野」作為接受理論的主要概念，藉此說明每一個讀者都以自己的方式，按照自己的特殊性，來閱讀、感受一部作品，呈現出不同的體驗與理解。參馬以鑫：《接受美學新論》，頁71；金元浦：《接受反應文論》（濟南：山東教育出版社，1998年10月），頁121～126。

〔註46〕〔德〕姚斯、〔美〕霍拉勃：《接受美學與接受理論‧走向接受美學》，頁31。

歷程中的縱向「歷時性」與橫向「共時性」關係。〔註47〕在歷時性關係上，說明了不同時代的讀者，對一部作品及其作者的反應，均有所差異，讀者的期待視野將隨著時代而遞變；在共時性的關係上，說明同一時代的不同讀者，對於一部作品的接受程度亦有區別，讀者之間的期待視野乃隨著個人經驗而有所不同。無論是從縱向歷時性或橫向共時性的關係去討論，可以肯定的是，讀者的期待視野並非一成不變的，也因為如此，讀者對作品的接受態度，或潛心閱讀、或模仿學習、或批判超越、甚至是漠然看待，都足以使文學作品的價值更加豐富、更加充實。

　　沃爾夫岡・伊瑟爾（Walfangg Iser）在姚斯發表〈文學史作為向文學理論的挑戰〉後，隨即發表〈本文的召喚結構〉〔註48〕一文，立論超拔，奠定其在接受理論上的地位，與姚斯並駕齊驅。伊瑟爾深受現象學理論的影響，其代表人物羅曼・茵格爾頓（Roman Ingarden，1893～1970）指出，文學作品包含許多意義未定性（Indeterminacies），和意義空白（Blanks）。〔註49〕這種未定性與意義空白，需賴於讀者在閱讀過程中加以填補，作品才能完整呈現。作品的未定性與意義空白，是連結創作意識與接受意識的橋樑，讀者可以在閱讀的過程中，將作品的未定性加以確定，以填補作品中的意義空白。作品中的創作意識，只有通過讀者才能以不同方式或不同的面貌得以實現。換言

〔註47〕同前註，頁 47。姚斯認為：「每一共時性系統必然包括它的過去和它的未來，作為不可分割的結構因素，在時間中歷史某一點的文學生產，其共時性橫斷面必然暗示著進一步的歷時性以前或以後的橫斷面。」

〔註48〕沃爾夫岡・伊瑟爾〈本文的召喚結構〉德文本收於〔德〕雷納・瓦寧編《接受美學：理論與實踐》（慕尼黑：芬客出版社，1970 年）；英譯本標題作：〈散文的虛構作品中的未定性與讀者反應〉，載 J・希利斯・米勒編《敘事面面觀》（紐約倫敦：哥倫比亞出版社，1971 年），頁 1～45。

〔註49〕羅曼・茵格爾頓認為文學作品是一種未定性的結構，具有無數的未定性與空白處，當讀者介入時，便能排除或填補文學的未定性與空白處，而此行動便是文學的「具體化」。〔德〕姚斯、〔美〕霍拉勃：《接受美學與接受理論・走向接受美學》，頁 302～304。

之，作品的意義只有在閱讀過程中才能產生，它是作品與讀者之間相互作用的產物。一部作品的未定性與意義空白越多，讀者能更加深入參與，作品意義的發展空間便更精彩。

另外，伊瑟爾認為一部作品，儘管它使用的語言、文字、詞句都毫無變化，但隨著時間的推移，作品的意義卻不斷地變化。而作品中所描寫的世界與讀者的生活世界是有差異的，不同的讀者在閱讀過程中，必須運用自身的想像力，賦予作品不同的意義。﹝註50﹞此一論點，與姚斯提出的「歷時性」與「共時性」的接受歷程，確有異曲同工之妙，也都說明了作品本身的價值與意義，是通過不同時代、不同讀者來加以決定的。

姚斯與伊瑟爾提出的論點，奠定了接受理論的基礎，兩人所建構的理論雖有差異，﹝註51﹞但都將研究重點從「作者──作品」，轉移至「作品──讀者」的關係，將讀者視為文學創作中，最能發揮作用與意義的角色。「接受理論」固然有其商榷之處，﹝註52﹞但它確實為文學研究者開拓了一條新道路。透過接受理論的啟發，文學研究不再只是專注於作家的生長背景或創作經歷，也不只是重視作品的藝術技巧或語詞結構，而是將焦點轉向讀者身上，通過時間縱向與橫向的關係，

﹝註50﹞金元浦：《讀者反應文論》，頁42～45。

﹝註51﹞〔德〕姚斯、〔美〕霍拉勃：《接受美學與接受理論・譯者前言》，頁8。周寧、金元浦提出四點不同之處：一、研究起點不同：姚斯以文學史角度入手；伊瑟爾從英、美「新批評」和「敘事學」起步。二、所受影響不同：姚斯深受伽達默解釋學及俄國形式主義之影響；伊瑟爾則受到茵格爾頓現象學之影響。三、理論形式不同：姚斯之理論較於鬆散、矛盾；伊瑟爾之理論架構性較強。四、理論特點不同：姚斯重視接受歷程的集體性與社會背景；伊瑟爾重視讀者的閱讀活動。

﹝註52﹞姚斯、伊瑟爾所提出的接受理論，仍有商榷的空間，如：一、接受理論的提出，將研究重點放在讀者身上，忽視了作者在文學創作的過程；二、認為讀者決定一切，以為所有的作品都需要讀者的介入，實際上並非如此；三、作者需考慮讀者的期待視野，演變成有所為而為的文學創作；四、作品的價值、善惡美醜均由讀者決定，失去應有的客觀標準等。本論文僅援用接受理論作為研究方法的基礎論點，理論所產生的缺失問題，並不影響本論文的研究內容。

將歷代讀者接受的狀況引進文學研究的領域中，使文學研究更為精彩。

以北宋柳永為例，〔南宋〕陳振孫云：「詞格固不高，而音律諧婉，語意妥帖，承平氣象，形容曲盡，尤工於羈旅行役」、〔清〕劉熙載云：「惟綺羅香澤之態，所在多有，故覺風期未上耳」。〔註53〕此處乃不同讀者針對同一位詞家作品，所發出的不同聲音；又如周濟前期推崇姜夔，認為辛棄疾為外道，後期卻說「稼軒縱橫故才大；白石侷促故才小」。〔註54〕此乃同一位讀者，隨著年齡、見識的增長而產生的不同見解。詞的接受史研究，便是通過作品在同一讀者或不同讀者眼中的地位升降，以審視各個時期的審美觀念與價值觀念的發展變化。

本文係借鑒西方接受理論的理念與方法，進行馮延巳的詞學研究。而詞與一般文學最大的不同，即一般文學的接受程序，是作品——讀者的關係，而詞的接受程序，有兩條重要路徑：一、作品——讀者；二、作品——歌者——聽眾。〔註55〕所以有此差異，與詞乃音樂文學有著莫大的關係。所謂「柳中郎，只好十七、十八女孩兒，執紅牙拍板，唱『楊柳岸、曉風殘月』」。〔註56〕蓋填詞原係為歌者而填，為歌唱而作，藉由歌者之口，傳達於聽眾，即「倚絲竹歌之」、「娛賓遣興」之謂也。歌者擔任馮延巳詞與讀者（聽眾）之間的重要橋樑，在接受的研究過程中，自不可忽略。然歌者研究之相關線索，卻無跡可循，困難重重；〔南宋〕劉將孫〈新城饒克明詞集序〉云：「歌喉所為喜於諧婉者，或玩辭者所不滿；騷人墨客樂稱道之者，又知音者有所不合。」〔註57〕沈義父《樂府指迷》云：「前輩好詞甚多，往往不

〔註53〕〔宋〕陳振孫：《直齋書錄解題》（臺北：廣文書局，1978年3月），卷21，頁1271；〔清〕劉熙載：《詞概》，唐圭璋：《詞話叢編》（北京：中華書局，2005年10月），冊4，頁3689。

〔註54〕〔清〕周濟：《介存齋論詞雜著》，唐圭璋：《詞話叢編》，冊2，頁1634。

〔註55〕趙山林：〈詞的接受美學〉，頁24～25。

〔註56〕〔宋〕俞文豹：《吹劍續錄》，見〔宋〕孫奕等撰：《宋人箚記八種》（臺北：世界書局，1963年4月），頁38。

〔註57〕〔宋〕劉將孫〈新城饒克明詞集序〉，見《養吾齋集》（臺北：臺灣商務

協律腔，所以無人唱。如秦樓楚館所歌之詞，多是教坊樂工及市井做賺人所作，衹緣音律不差，故多唱之。求其下語用字，全不可讀。」〔註58〕可知歌者所唱，娛賓遣興，率俗而已！故詞的接受研究，自然而然，排除了歌者的探討，雖頗可惜，亦無可奈何。

二、研究材料

　　接受史研究的完整過程，陳文忠《中國古典詩歌接受史研究》指出應包括兩大步驟：一、接受史料的系統整理；二、接受歷程的理論闡釋。全面並系統性的蒐集、整理接受史料，始能進一步探討文學作品在歷代的接受情形與文學定位，故接受史料的整理乃研究接受史最關鍵的一大環節。

　　陳文忠將接受史研究分成三大區塊：其一、以普通讀者為主體的效果史研究；其二、以評論家為主體的闡釋史研究；其三、以詩人創作者為主體的影響史研究。所掌握的史料，也因研究主體不同，有所區隔。〔註59〕然普通讀者、評論家、詩人作者三種角色往往混淆，實難以細分，故筆者在整理接受史料的過程中，僅大方向地分成三部分：「作品傳播」、「詞人創作」與「詞學批評」，並參考王師偉勇所提出十項接受研究材料，進行探究，茲說明如次：

（一）作品傳播

　　馮延巳《陽春集》版本流傳及其作品傳播，是研究接受史的首要問題，值得注意之處有二端：

1、版　本

　　馮延巳有《陽春集》一卷傳世，乃最早、最完整的詞人別集。然

　　　　印書館，1986 年 3 月《景印文淵閣四庫全書》，冊 1199），卷 9，頁 84。
〔註58〕〔宋〕沈義父：《樂府指迷》，唐圭璋：《詞話叢編》，冊 1，頁 281。
〔註59〕陳文忠：《中國古典詩歌接受史研究》，頁 13～26。效果史研究：包含文學選本、詩話筆記、論詞絕句、論詞長短句等；闡釋史研究：包含詞話、詞籍序跋、評點資料等；影響史研究：包含仿擬、和韻、集句、檃括等作品。

南唐五代之際，並沒有任何史料記載，故晦隱一時，至北宋，《陽春集》始受到注意。《陽春集》歷兩宋、金、元、明、清，經人們因爲不同目的之刊刻、印行，而得以流傳。追溯詞集版本的源流，以瞭解《陽春集》的傳播情形，對於研究《陽春集》在歷代的接受狀況，是有其必要的。

2、選　本

選本，是一種成熟的文學批評形式，通過歷代選本的考察審視，可得各個選家之文學主張、審美判斷與價值標準，選本所顯示的，往往不是作者的特色，倒是選者的眼光。選本又分爲詞選及詞譜兩類：

詞選之擇錄，係詞人作品流傳之關鍵鎖鑰，可爲後代文學提供創作典型，並昭示文學發展之方向。歷代詞選之蒐集，可參照王兆鵬《詞學史料學》，作者將唐宋以還諸家詞選，分門歸類，並加以介紹，使人一目了然。另可參楊家駱《叢書子目類編・集部・詞曲類・總類》、《四庫全書總目・詞曲類》所錄之詞選書目。

填詞之譜，計有兩種，一爲音譜，即以樂音符號記錄曲調者，惜已失傳；一爲詞譜，作爲詞人填詞之範式定格，《四庫全書總目》云：「取唐宋舊詞，以調名相同者互校，以求其句法、字數；取句法、字數相同者互校，以求其平仄；其句法、字數有異同者，則據而注爲又一體；其平仄有異同者，則據而注爲可平可仄……定爲科律而已。」〔註60〕故詞譜所擇錄之詞調與範式，具有標準性，可作爲詞人、學者倚聲填詞之準繩；亦具普遍性，可做爲讀者閱讀、揣摩作品之工具書。可見詞譜對於推動詞體創作與詞人作品之普及，有著莫大的影響力。

（二）詞人創作

讀者因喜愛而閱讀文學作品，進而學習、模仿、借用，舉凡受其影響而創作的作品，均屬創作上的接受史料。內容或形式，可包含和

〔註60〕〔清〕紀昀等：《四庫全書總目提要》（石家莊：河北人民出版社，2000年3月），冊4，頁5502。

韻（含依韻、次韻、用韻等）、仿擬、集句、檃括等；其表現方式，
或直接明顯，或間接隱藏，或推崇認同，或取代超越：

1、和韻（含依韻、次韻、用韻等）作品

〔明〕徐師曾《詩體明辨》云：「和韻詩有三類，一曰依韻，爲
同在一韻中而不必用其字也；二曰次韻，謂和其原韻而先後次第皆因
之也；三曰用韻，謂用其韻而先後不必次也。」〔註61〕詞之和韻亦同。
和韻最初用於文人贈答之作，後來依對象不同演變成兩類：共時性和
韻與跨時代和韻。〔註62〕前者多屬文人間雙向交流；後者則是單向的
精神唱和，無論何者，和韻作品的背後，均可見和韻者對原創者的模
仿與推崇。

2、仿擬作品

各種文學的發展，必須經歷繼承與創新的過程，王國維《人間詞
話》云：「最工之文學，非徒善創，亦且善因。〔註63〕」最完善的文學，
不僅要善於創新，而且要善於繼承，繼承即指因襲、效仿他人作品。凡
詞人詞題之下，提及「仿」、「效」、「法」、「用」、「擬」等，均屬之。〔註
64〕其內容不外乎仿其體、擬其意，或法其句式、效其風格等。

3、集句、檃括

集句、檃括之作，與「奪胎換骨」之法類似，黃庭堅〈答洪駒父
書〉說：「自作語最難，老杜作詩，退之作文，無一字無來處。……
古之能爲文章者，眞能陶冶萬物，雖取古人之陳言入於翰墨，如靈丹
一粒，點鐵成金也。〔註65〕」即取前人詞句填詞，雖無新意，卻也表

〔註61〕〔明〕徐師曾：《詩體明辨》（臺北：廣文書局，1972 年 4 月），下冊，
　　　　卷 14，頁 1039。
〔註62〕陳友康：〈和韻的產生與流變〉，《雲南民族大學學報》（哲學社會科
　　　　學版）第 24 卷第 24 期（2007 年 7 月），頁 137。
〔註63〕〔清〕王國維：《人間詞話・拾遺》，頁 52。
〔註64〕王偉勇：〈兩宋詞人仿蘇辛體析論〉，《宋代文學研究叢刊》（高雄：
　　　　麗文化事業公司，2007 年 6 月），第 14 期，頁 121。
〔註65〕〔宋〕黃庭堅〈答洪駒父書〉，見戴月芳主編：《黃庭堅詩文》（臺北：

達出異代作者與原作者「心有戚戚焉」之認同感，而文學原形亦能藉此另見新格。

（三）詞學批評

詞論史料，乃讀者所發表關於詞學理論與詞學批評之資料，即包含詞人生平、作品創作根源、詞旨內涵、風格特徵、審美意義等評論，大致可分為兩類：一為詞話專書，二為散見各種典籍中的零星資料，如序跋、筆記、詩話、評點、論詞絕句、論詞長短句、書目提要、詞人傳記等。另外，從歷代詞選對於各個作家及其作品的收錄、詮釋、梳理之情形中，亦能得知一二。今探討馮延巳批評接受，即從中著手：

1、詞　話

詞話，乃歷代詞評家評論詞人之文字記載。唐圭璋《詞話叢編》所收宋至近人詞話八十五部，乃匯集歷代詞話最齊全的一套叢書。朱崇才在《詞話叢編》的基礎上，又收錄該叢編未收錄的成卷詞話七十餘部，編製為「詞學資料數據庫」及「詞話年表」，〔註66〕可作為蒐集詞論史料的重要依據，可惜未能一窺全貌，故本論文的詞話史料，仍以唐圭璋《詞話叢編》為主；若《詞話叢編》未收而能取得者，如〔清〕徐釚《詞苑叢談》、張宗橚《詞林紀事》，亦加以運用。

2、序　跋

詞集（籍）序跋，可從詞別集、詞總集、詞叢編、詞律、詞譜、詞韻書中的序跋著手蒐尋，從中可窺得撰寫者之詞學觀與重要的詞學評論。施蟄存《詞籍序跋萃編》及金啓華、張惠民等人所編《唐宋詞集序跋匯編》，已將大部分序跋資料蒐集齊全，可資參考。

3、詩話、筆記

詞乃詩之餘，故詩話中不少論詞資料，不可忽略，詩話中成卷之詞話，大抵已收錄於《詞話叢編》，亦可參見《歷代詩話》、《歷代詩

錦繡出版公司，1992 年 7 月），頁 285。
〔註66〕朱崇才：《詞話史·自序》（北京：中華書局，2006 年 3 月），頁 1。

話續編》、《清詩話》、《清詩話續編》、《百種詩話類編》等。而歷代的野史、筆記資料中頗多散見的論詞資料。施蟄存、陳如江從 305 位宋元人的筆記、詩話等著作中，蒐羅相關論詞之作，編輯成《宋元詞話》一書，對於詞學研究，功不可沒。

4、論詞作品

論詞作品包含兩類：「論詞絕句」及「論詞長短句」。「論詞絕句」大量出現於清代。吳熊和《唐宋詞匯評・兩宋卷》附「清人論詞絕句」，凡 28 家 601 首；孫克強《清代詞學批評史論》附「清人論詞絕句」，凡 45 家 773 首。王師偉勇至今蒐得 133 家 1067 首，遠遠超出吳熊和 466 首、孫克強 294 首，足作爲本文探討之依據。〔註67〕「論詞長短句」，即以詞論詞之作，學界自今尚未整理，可就《全宋詞》、《全金元詞》、《全明詞》（含補編）、《全清詞・順康卷》（含補編）、《清詞別籍百三十四種》等總集著手蒐尋。

5、其　他

除了上述四項外，尚能從《歷代詞紀事會評叢書》、《唐宋詞彙評》、《歷代詞人品鑒辭典》、《歷代詞人彙考》、《宋代詞學資料匯編》

〔註67〕吳熊和《吳熊和詞學論集・詞話叢編續後》，收錄論詞絕句凡 38 家 826 首；而後孫克強《清代詞學》第四章第三節據吳氏所錄，又增 4 家，凡 42 家 654 首，以上均未刊出具體內容。至 2004 年，吳熊和主編《唐宋詞匯評・兩宋卷》，附錄與陶然合輯之「清人論詞絕句」，始正式刊出，凡 28 家 595 首（按：該書目錄所載，與實際收錄差 6 首，實爲 601 首）。洎乎 2009 年，孫克強出版《清代詞學批評史論》一書，又公布所錄清人論詞絕句，凡 45 家，773 首。王師偉勇迄今蒐得論詞絕句，凡 133 家，1067 首，較吳、孫二人爲多。見吳熊和：《吳熊和詞學論集・詞話叢編續後》（杭州：杭州大學出版社，1999 年 4 月）；孫克強：《清代詞學》（北京：中國社會科學出版社，2004 年 7 月），頁 68～71；孫克強：《清代詞學批評史論》（上海：上海古籍出版社，2008 年 11 月），頁 365～502；吳熊和主編：《唐宋詞匯評・兩宋卷》（杭州：浙江教育出版社 2004 年 12 月），冊 5，頁 4386～4447。另參王偉勇：〈清代論詞絕句之整理、研究及價值〉，《清代論詞絕句初編》（臺北：里仁書局，2010 年 9 月），頁 3。

等著手蒐集論詞資料。此外,「評點」與「史籍」資料,亦屬重要;評點資料方面,尚無彙整之書目,仍須下一番工夫,始能蒐羅齊全。歷朝史籍錄有〈人物志〉、〈藝文志〉,或詞人之遺聞軼事,亦有參考價值,不容忽略。

三、研究架構

運用接受理論,網羅詞學史料,以主題為骨架,以時間為經、以讀者為緯,研究讀者對馮延巳詞的審美反應,進而窺探審美觀念和價值取向的發展變化。在縱向的歷時性與橫向的共時性關係上,通過讀者的閱讀、鑑賞、闡釋、模仿等諸多反應,便能對馮延巳詞的接受結果,作一番系統性的總結與概括。故本論文研究範圍,上起北宋下迄清代,〔註68〕從以下三方面進行主題性思考,每一主題中,欲凸顯接受史的意識問題:

(一)馮延巳詞的傳播接受

馮延巳詞在歷代傳播之情形,可通過詞集版本、歷代詞選、歷代詞譜等資料加以摸索。接受史研究,首當其衝需要解決的問題,即是「文本」,故在版本問題上,必須先釐清《陽春集》的刊刻概況及校注本的流傳情形。各家刊刻詞集或校注詞集的目的均有所差異,詞集之內容與形式,自然也隨著刊刻者或校注者所處之時代與其詞學觀而有所不同,種種因素,便影響文本在歷代流傳與被接受之情形,此乃本論文首要解決的第一大面向。

第二大面向,即探討歷代詞選與歷代詞譜收錄馮延巳詞的情形。讀者對詞的學習與接觸,多半從詞選開始,選家對詞人作品的收錄,除了附有選家本身的文學主張、詞學觀念、審美眼光外,即代表著某一個時期詞壇上的發展趨勢,也透露出選家與大眾讀者的評價與認同。故歷代詞選所揭示的,不僅是單純的傳播概念,更重要的是一種

〔註68〕筆者鑑於《陽春集》於北宋之前未見史料記載,故研究範圍自北宋始。

選擇、揄揚和評價。〔註69〕歷代詞譜亦然。本論文蒐得之重要歷代詞選與詞譜，計有 40 本，筆者採量化統計之方式，訂定表格，對歷代詞選與詞譜中現存的馮延巳作品，作一番精細之數量統計，俾進一步探討馮延巳詞在歷代選家與大眾讀者心中之地位與影響力。

（二）馮延巳詞的創作接受

探討後世詞人在創作上對馮延巳詞的接受狀況，可從「仿擬」、「和韻」（次韻、用韻、依韻等）、「集句」等作品一窺究竟；後世詞人通過學習、模仿、借用等模式，以表達對馮延巳作品的讚揚，是不容質疑的。將詞人創作的接受情形，加以量化統計，便能具體得知，某一特定時期之詞人在創作上對馮延巳的推崇程度。

然而除了單純的推崇外，其背後是否具有更深層的意義。如將馮延巳視為仿擬對象，或擬其作品風格，或效其作法體製；又如和韻、集句之作，或擬其聲以抒情，或借其句以寫意，目的不同，馮延巳詞在詞人創作上的接受情形亦有所差異，其間的關係，也是筆者用心之所在。

故筆者將以時代為界線，檢索兩宋迄清代之詞人創作，作一番歸納，一方面整理出馮延巳詞在歷代詞人創作上的接受情形，一方面則深入探究歷代詞人在面對馮延巳詞的同時，如何通過學習、模仿、借用等模式，進行接受創作。

（三）馮延巳詞的批評接受

詞選家、作家，係通過選擇及創作，間接表現對詞人作品的認同；而歷代詞論家，或者說是文人學者，則是通過文字，直接陳述對詞人作品的價值批判，故在閱讀各類的評論史料之際，可獲得更具體、更坦白的詞論批評，亦能從中窺得「時序」與「世情」〔註70〕在詞學研究上的意義。故本論文以時代為界線，自北宋迄清，蒐得相關史料，

〔註69〕李冬紅：《花間集接受史論稿》，頁 54。

〔註70〕語出《文心雕龍・時序》：「文變染乎世情，興廢繫乎時序。」〔梁〕劉勰撰、周振甫譯注《文心雕龍》（臺北：里仁書局，1984 年 5 月），頁 816。

包含：詞話、序跋、詩話、筆記、論詞絕句、論詞長短句，及相關的詞學彙編、評點資料、史籍資料等，深入探討歷代的詞論家，以及文人學者對於馮延巳詞的各種看法。

另一方面，評論史料的出現，便產生一種理性分析的思考模式，在看似零星片斷的評論資料的背後，卻也隱藏著一種繼承與創新的詞學思想。各家的批評模式雖各有千秋，但卻能在差異之中，逐代深化為一個完整的批判體系。馮延巳詞在歷代批評史料上，是否也能窺得一二，也是筆者嘗試摸索的重要課題。

第二章　馮延巳詞的傳播接受

　　作家完成一件文學作品後，並不會自動將作品投予接受者，在作品與接受者之間，必定有一道傳播過程；唯有通過傳播過程，作品才能傳達到接受者手中，接受者始能給予文學作品各式各樣的響應與回饋。少了傳播過程，作品僅不過是作者宣洩情感與學養的產物罷了。故文學傳播是接受史研究中重要之一環，也是直接影響接受結果之重要關鍵。〔註1〕所以探討馮延巳作品在歷代之接受歷程，首要工作，必須釐清馮延巳詞在各朝或隱、或顯的存在現象，及其流傳的各式途徑；換言之，馮延巳詞的傳播接受，係以其作品的存在與作品的流傳作爲根本依據的。

　　本章節首先從文本的整體性，即馮延巳《陽春集》之詞集名義及版本刊刻，作一扼要概述，關於馮延巳詞集流傳的客觀存在，始能獲得基本認識。其次，用心於文本的個體性，即馮延巳詞在歷代選本中選錄之情形，通過明確的計量分析，馮延巳於歷代選本中的傳播接受，便能全面呈現。

第一節　詞集名義與版本刊刻

　　馮延巳詞集，今傳本名爲《陽春集》，一卷。五代之際，未見任

〔註1〕馬以鑫：《接受美學新論》，頁74～75。

何史料記載，至北宋嘉祐三年，經陳世脩蒐羅編撰，始得流傳。以下就詞集名義、版本刊刻兩方面，進行梳理，以探究馮延巳《陽春集》客觀存在之現象。

一、詞集名義

馮延巳詞集，一名《香奩集》，一名《陽春集》，又作《陽春錄》。〔南宋〕張侃《拙軒詞話》載：

> 《香奩集》，唐韓偓用此名所編詩。南唐馮延巳亦用此名所製詞，又名《陽春》。偓之詩淫靡，類詞家語。前輩或取其句，或剪其字，雜於詞中，歐陽文忠公嘗轉其語而用之，意尤新。〔註2〕

根據張侃之言，馮延巳詞集原名《香奩集》，此或與韓偓《香奩集》風格相近，或用字遣詞有所因襲，故稱之。〔清〕賀裳《皺水軒詞筌》即云：「『無憑諳鵲語，猶得暫心寬。』韓偓語也。馮延巳去偓不多時，用其語曰：『終日望君君不至。舉頭聞鵲喜。』雖竊其意，而語加蘊藉。」〔註3〕張侃並舉歐陽脩為證，以明詞家援用韓偓《香奩集》之例。將詞人與《香奩集》並舉，除張侃外，尚有他人，如樓鑰《攻媿集・求定齋詩餘序》稱林淳：「平日遊戲為長短句甚多，深得唐人風韻，其得意處雖雜之《花間》、《香奩》集中，未易辨也。」〔註4〕又如《歷代詩餘》引〈王直方詩話〉謂趙令畤小詞「臉薄難藏淚，眉長易覺愁」，乃根據《香奩集》中「桃花臉薄難藏淚，柳葉眉長易覺愁」之句而來。〔註5〕詞人在詞體創作之初，其藝術技巧或淫靡、或豔情，其內容或抒兒女私情，與韓偓《香奩集》相似，故能尋得契合之處，

〔註2〕〔宋〕張侃：《拙軒詞話》，唐圭璋：《詞話叢編》，冊1，頁194。

〔註3〕〔清〕賀裳：《皺水軒詞筌》，唐圭璋：《詞話叢編》，冊1，頁695。

〔註4〕〔明〕樓鑰：《攻媿集・求定齋詩餘序》（北京：中華書局，1995年《叢書集成初編》，冊2011），卷52，頁728。

〔註5〕〔清〕沈辰垣等：《歷代詩餘》（臺北：廣文書局，1972年5月），冊8，卷116，頁1。〔唐〕韓偓：《香奩集》（臺北：新文豐出版公司，1989年7月《叢書集成續編》，冊164），〈復偶見三絕〉之二，頁548。

這也是張侃定論之因。然《香奩集》是否眞爲韓偓所作，歷來爭議不斷，此議題可參徐復觀〈韓偓詩與《香奩集》論考〉〔註6〕一文，張侃之說仍待商榷。

　　張侃稱馮延巳詞集又名《陽春》。《陽春》一詞，最早見於宋嘉祐三年陳世脩編《陽春集》，然是編已佚，僅存一〈序〉，〈序〉謂：「（馮延巳）爲樂府新詞，俾歌者倚絲竹而歌之，所以娛賓而遣興也。日月寖久，錄而成編。」〔註7〕施蟄存〈讀馮延巳詞札記〉引此段文字，以爲陳世脩要昭告世人，《陽春集》爲馮延巳手編之詞集，詞名原爲馮氏自定。今查馮延巳相關史料記載，並無馮延巳編《陽春集》一事，北宋嘉祐之前，亦未聞《陽春集》之名，詞集之名如何得知，未可知矣。施蟄存云：「此必陳世脩自題之而於序中隱約歸之於馮延巳耳。」〔註8〕然此論並無確切證據足以證實。

　　今觀「陽春」一詞，並非出自「陽春白雪」〔註9〕典故，畢竟詞

〔註6〕　徐復觀：《中國文學論集》（臺北：臺灣學生書局，1980年10月），頁255～296。

〔註7〕　〔宋〕陳世脩〈陽春集序〉，見王鵬運刊刻：《陽春集》「四印齋」本，頁278。

〔註8〕　施蟄存：〈讀馮延巳詞札記〉，施蟄存：《詞學研究論文集》（上海：上海古籍出版社，1982年3月），頁258～259。

〔註9〕　「陽春」、「白雪」典出《韓非子・十過》，原指「清徵」、「清角」二曲。《韓非子・十過》載師曠曰：「古之得聽〈清徵〉者皆有德義之君也。今吾君德薄，不足以聽。」又載「師曠不得已，援琴而鼓：一奏之，有玄鶴二八道南方來。集於郎門之垝。再奏之而列，三奏之，延頸而鳴，舒翼而舞。音中宮商之聲，聲聞於天。」又云師曠奏〈清角〉：「一奏之，有玄雲從西北方起；再奏之，大風至，大雨隨之，裂帷幕，破俎豆，墮廊瓦，坐者散走，平公恐懼，伏於廊室之間。晉國大旱，赤地三年。平公之身遂癃病。」一曲琴聲招來玄鶴鳴舞或爲可信，然不妨將其視爲樂曲中意境之美。張漢東〈「濮上鬼曲」與《陽春》《白雪》〉一文指出，「玄鶴飛來，在於琴聲之中」，鶴指候鳥，春天之際從南方返北度夏，正說明樂曲的季節在春天，亦代表著陽光明媚、春意盎然之生機。此曲即成爲後來的《陽春》曲。參陳啓夫：《增訂韓非子校釋・十過》（臺北：臺灣商務印書館，1985年12月），卷6，頁661。張漢東：〈「濮上鬼曲」與《陽春》《白雪》〉，《安徽大學學報》（哲學社會科學版）2000年第3期，頁93。

人不會自詡其詞猶如〈陽春〉、〈白雪〉之音。「陽春」除了意指古代精深高雅之樂曲外，尚有四義較爲常見：一、引申爲知音難尋，如陳子良〈辯正論注序〉：「陽春和寡，深可悲歎」；司空圖〈李公磎行狀〉：「陽春白雪，世人寡合，豈虛言也」。〔註10〕二、溫暖春季，如李白〈春夜宴從弟桃花園序〉云：「陽春召我以煙景」；白居易〈汎渭賦〉：「得於斯而優遊，又感陽春之氣熙熙兮」。〔註11〕三、清明盛世，如李白〈梁甫吟〉：「長嘯〈梁甫吟〉，何時見陽春」。〔註12〕四、爲政惠愛，《御定月令輯要》「有腳陽春」條下記載：「原開天遺事：宋璟愛民恤物，朝野歸美，時人咸謂璟爲有腳陽春，言所至之處，如陽春煦物也」；〔元〕王惲〈春夜宴詩〉云：「陽春原有腳，玉度瑩無暇」。〔註13〕對照馮延巳所處之時代，正值政治動亂、朋黨攻奸之際，「陽春」若作爲知音難尋之意，或作爲清明盛世之喻，不無可能。〔註14〕

據張侃云，馮延巳詞集，一名《香奩》，一名《陽春》，而後《香奩》一名不顯，以《陽春》最爲普遍。宋、元時期，多作《陽春錄》，如〔南宋〕陳振孫《直齋書錄解題》載：「《陽春錄》一卷，南唐馮延巳撰。」〔南宋〕羅泌〈六一詞跋〉載：「元豐中，崔公度跋馮延

〔註10〕〔唐〕陳子良〈辯正論注序〉，見〔清〕董誥等編：《欽定全唐文》（臺北：文友書局，1972 年 8 月），冊 4，卷 134，頁 1700。〔唐〕司空圖〈李公磎行狀〉，見〔清〕陸心源：《唐文拾遺》（臺北：文海出版社，1962 年），卷 33，頁 474。

〔註11〕〔唐〕李白〈春夜宴從弟桃花園序〉，見〔清〕董誥等編：《欽定全唐文》，冊 8，卷 349，頁 4473；〔唐〕白居易〈汎渭賦〉，見《欽定全唐文》，冊 14，卷 656，頁 8462。

〔註12〕〔唐〕李白〈梁甫吟〉，見〔清〕清聖祖敕撰：《全唐詩》（臺北：明倫出版社，1971 年 10 月），冊 3，卷 162，頁 1681。

〔註13〕〔宋〕陳元靚：《御定月令輯要》（臺北：臺灣商務印書館，1984 年 7 月《景印文淵閣四庫全書》，冊 467），卷 4，頁 188。〔元〕王惲〈春夜宴詩〉，見〔清〕顧嗣立：《元詩選》（北京：中華書局，1987 年 1 月），乙集，頁 471。

〔註14〕曾昭岷〈馮延巳詞考辨〉認爲「陽春」以喻清明盛世；而施蟄存於此篇後記云：「『陽春』是一個與歌曲有關的語詞」。見《詞學》（第七輯）（上海：華東師範大學出版社，1989 年 2 月），頁 129、139。

巳《陽春錄》。」〔南宋〕羅愿《新安志》載:「馮相國樂府號《陽春錄》。」〔元〕馬端臨《文獻通考》載「《陽春錄》一卷」;〔元〕脫脫等《宋史・藝文志》載:「馮延巳《陽春錄》一卷」。〔註15〕明、清之後,則以《陽春集》爲通稱,如《愛日精廬藏書志》載:「《陽春集》一卷,抄本」、《鐵琴銅劍樓藏書目》載:「《陽春集》一卷,舊抄本」;《邵亭知見傳本書目》載「《陽春集》一卷,南唐馮延巳撰」,他如王士禎《居易錄》均如是記載。〔註16〕傳世之詞集版本亦同,如〔明〕吳訥《唐宋元名百家詞》於〈詞人小傳〉中稱馮延巳「著有《陽春集》」;清王鵬運「四印齋刻本」載:「馮正中《陽春集》一卷,宋嘉祐戊戌陳世脩輯。」劉繼增《陽春集校注本》載:「南唐馮延巳《陽春集》一卷,係舊鈔本,購自常熟書賈,首有嘉祐戊戌陳世脩序。」〔註17〕或有稱之爲《陽春錄》者,如〔明〕錢溥《秘閣書目》,〔註18〕仍屬少數。今詞學研究者,則沿用《陽春集》,作爲馮延巳詞集之名,本文因之。

〔註15〕〔宋〕陳振孫:《直齋書錄解題》,卷 21,頁 1268。〔宋〕羅泌〈六一詞跋〉,施蟄存:《詞籍序跋萃編》(北京:中國社會科學出版社,1994 年 12 月),頁 54。〔宋〕羅愿:《新安志》(臺北:成文出版社,1974 年 12 月《中國方志叢書》,冊 234),卷 10,頁 676。〔元〕馬端臨:《文獻通考》(臺北:臺灣商務印書館,1987 年 12 月),卷 246,頁 1943。〔元〕脫脫等:《新校本宋史并附編三種》(臺北:鼎文書局,1983 年 11 月),〈藝文志〉,卷 208,頁 3257。

〔註16〕〔清〕張金吾《愛日精廬藏書志》(臺北:文史哲出版社,1982 年 3月),卷 36,頁 1417。〔清〕瞿鏞編纂、瞿果行標點、瞿鳳起覆校:《鐵琴銅劍樓藏書目》(上海:上海古籍出版社,2000 年 9 月),頁 688。〔清〕莫友芝:《邵亭知見傳本書目》(臺北:廣文書局,1996年 1 月),卷 16,頁 349。〔清〕王士禎:《居易錄》,見(臺北:臺灣商務印書館,1985 年 2 月《景印文淵閣四庫全書》,冊 869),卷 13,頁 467。

〔註17〕〔明〕吳訥刊刻:《陽春集》「百家詞」本,頁 8。〔清〕王鵬運刊刻:《陽春集》「四印齋」本,頁 292。〔清〕劉繼增:《校注陽春集・序》,臺灣圖書館未藏,另見施蟄存:《詞籍序跋萃編》,頁 16。

〔註18〕〔明〕錢溥:《秘閣書目》(臺南:莊嚴文化出版公司,1997 年 6 月《四庫全書存目叢書》,冊 277),頁 30。

二、版本刊刻

北宋之前，《陽春集》不見經傳，至嘉祐三年（1058 年），陳世脩編撰《陽春集》，遂得以問世，其〈序〉云：

> 南唐相國馮延巳，乃余外舍祖也。公與李江南有布衣舊，因以淵漠大才，弼成宏業。……公以金陵盛時，內外無事，朋僚親舊，或當燕集，多運藻思，爲樂府新詞。俾歌者倚絲竹而歌之，所以娛賓而遣興也。日月寖久，錄而成編。……公薨之後，吳王納土，舊帙散佚，十無一二，今采獲所存，勒成一帙，藏之於家云。大宋嘉祐三年戊戌十月望日，陳世脩序。〔註19〕

是知，馮延巳曾於金陵盛時，爲樂府新詞，以娛賓遣興，且云「日月寖久，錄而成編」，表示馮延巳時，有詞集編成，然南唐滅亡，舊帙散佚，陳世脩再次蒐羅采獲，編撰成卷。陳〈序〉內容是否屬實，姑不論之，然從後世《陽春集》刊刻本，書前載陳〈序〉一事可知，陳世脩編撰之《陽春集》一出，遂爲後世所本之可能性頗大，惜舊本未傳耳。另據〔南宋〕羅愿《新安志》載：

> 馮相國樂府號《陽春錄》者，馮氏子孫泗州推官璪嘗以示
> 晏元獻公，公以爲眞賞。〔註20〕

晏元獻即晏殊。《新安志》記載，北宋馮璪，乃馮延巳子孫，據《咸淳毗陵志》，可知馮璪曾於〔宋〕天禧五年參加科考，並與王堯臣同榜。〔註21〕依羅愿之言，馮璪藏有《陽春集》抄本，晏殊曾過目，並以爲「眞賞」。〔宋〕劉攽《中山詩話》亦謂：

> 晏元獻尤喜江南馮延巳歌詞，其所自作，亦不減延巳。〔註22〕

〔註19〕〔宋〕陳世脩〈陽春集序〉，見王鵬運刊刻：《陽春集》「四印齋」本，頁 278。

〔註20〕〔宋〕羅愿：《新安志》，卷 10，頁 676。

〔註21〕〔宋〕史能之：《咸淳毗陵志》（臺北：成文出版社，1983 年 3 月《中國方志叢書》，冊 422），卷 11，頁 3045。

〔註22〕〔宋〕劉攽：《中山詩話》，施蟄存、陳如江輯錄：《宋元詞話》（上海：上海書店，1999 年 2 月），頁 56。

《新安志》之記載，具體指出晏殊親見馮詞之證，《中山詩話》亦謂晏殊對馮詞之好尚。晏殊生於淳化二年（991年），卒於至和二年（1055年），晏殊所見之詞集，必成書於至和二年之前。若《新安志》所言屬實，陳世脩編輯《陽春集》之前（1058年），馮延巳詞集已有抄本傳世。然奇怪的是，陳世脩卻云「舊帙散佚，十無一二」，不知是陳氏未見此抄本，抑或是陳氏誇大不實之論。

　　此外，〔南宋〕羅泌跋歐陽脩《近體樂府》云：

　　　　元豐中崔公度跋馮延巳《陽春錄》，謂皆延巳親筆，其間有
　　　　誤入六一詞者，《桐汭志》、《新安志》亦記其事。〔註23〕

崔公度謂所見「皆延巳親筆」，殆崔公度嘗見馮延巳詞集墨跡。〔註24〕

又〔南宋〕羅愿《新安志》載：

　　　　至元豐中，高郵崔公度伯易跋，以爲李氏既有江左文物甲
　　　　天下，而馮公才華風流，又爲江左第一，其家所藏集，乃
　　　　光祿公手鈔最爲詳確。〔註25〕

〔南宋〕陳振孫《直齋書錄解題》亦載：

　　　　《陽春錄》一卷，南唐馮延巳撰。高郵崔公度伯易題其後，
　　　　稱其家「所藏最爲詳確」。〔註26〕

崔公度乃熙寧初人（1068～），上述記載文字，均提及崔公度有馮詞鈔本一事，唯是否爲陳世脩所編之嘉祐本？抑或晏殊親得之馮璪藏本？已無從得知。根據羅愿記載，崔公度元豐中曾跋《陽春集》，其撰寫年代約於元豐三年至元豐六年（1080～1083）左右，距陳世脩撰《陽春集》，僅不過晚二十餘年，其史料記載對於陳編卻隻字未提，怪矣！

　　陳振孫《直齋書錄解題》又載：

　　　　《陽春錄》……高郵崔公度伯易題其後。……世言「風乍
　　　　起」爲延巳所作，或云成幼文也。今此集無有，當是幼文

〔註23〕〔宋〕羅泌〈近體樂府跋〉，施蟄存：《詞籍序跋萃編》，頁54。
〔註24〕黃進德：〈馮延巳及其詞考辨〉，見《馮延巳詞新釋輯評‧附錄》，頁207。
〔註25〕〔宋〕羅愿：《新安志》，卷10，頁676～677。
〔註26〕〔宋〕陳振孫：《直齋書錄解題》，卷21，頁1268。

作。長沙本以置此集中，殆非也。〔註27〕

陳振孫當時所見馮延巳詞有二本，一爲崔公度所藏，無「風乍起」一闋；一爲南宋長沙坊刻本，收「風乍起」一闋。〔註28〕簡言之，《陽春集》一卷，北宋或有三本傳世：即馮瓙藏本、陳世脩嘉祐本、崔公度藏本；南宋則加上長沙本，收〈謁金門〉（風乍起）一闋，可能爲嘉祐本之復刻，然證據不足，事實如何，未可知矣。

今傳最早之《陽春集》，爲〔明〕吳訥《唐宋元明百家詞集》〔註29〕本，簡稱《吳本》。吳訥《百家詞》流傳甚晦，至 1930 年，商務印書館根據天津圖書館所藏舊本排印，始廣爲流傳。《陽春集》「百家詞」本前有陳世脩序，或源自於陳世脩輯本，卷首前有目錄，依調區分，計三十三調，一百十八闋。至明末，毛晉有汲古閣藏未刻詞舊鈔本，根據《中國古籍善本書目書名索引》，此本爲〔清〕彭文勤所藏，〔註30〕惜無法一窺全豹。

清康熙二十八年己巳（1689 年），無錫侯文燦刻有《十名家詞》本，簡稱「侯本」。〈序〉云：

> 古詞專集自汲古閣六十家宋詞外，見者絕少，然私心未愜也。近顧梁汾先生從京師歸，知余有詞癖，出《陽春》、《東山》諸稿見餉。既聞孫星遠先生有唐宋以來百家詞鈔本，訪之，僅存數種，合之筍衍中所藏，共得四十餘家。〔註31〕

侯文燦從顧梁汾得《陽春集》，又見孫星遠所藏唐宋以來百家詞鈔，殊不知所依爲何。《邵亭知見傳本書目》載：

〔註27〕同前註，頁 1268〜1269。

〔註28〕施蟄存：〈讀馮延巳詞札記〉，見《詞學研究論文集》，頁 257。

〔註29〕〔明〕吳訥《唐宋元明百家詞集》輯於明正統間，其題名傳載不一，原鈔本曰《唐宋名賢百家詞集》，朱彝尊《詞綜・發凡》曰《宋元百家詞》，《善本書室藏書志》與《千頃堂書目》曰《四朝名賢詞》，現簡稱《百家詞》。林堅之《百家詞・序例》，見〔明〕吳訥：《唐宋元明百家詞》，頁 2。

〔註30〕天津圖書館主編：《中國古籍善本書目書名索引》（濟南：齊魯書社，2003 年 4 月），下冊，頁 1842。

〔註31〕〔清〕侯文燦刊刻：《名家詞集・序》（據金武祥重刻本），頁 1。

> 《陽春集》一卷，南唐馮延巳撰。康熙中鍋山侯文燦刊《名
> 家詞》本，又何夢華藏單本舊抄，凡一百十八闋，有宋嘉
> 祐戊戌陳世脩序，蓋世修掇拾所編也。〔註32〕

蓋侯文燦依據之底本，或源自於陳世脩本。今侯本原刻不易見得，惟
清光緒十五年己丑（1889年），江陰金武祥重刻侯氏《十名家詞》，
爲《名家詞集》，簡稱「金本」，始通行之，民國陳秋帆《陽春集箋‧
跋》記載：

> 《陽春錄》刊者絕尟，今所存者四印齋本外，尚有江陰金
> 武祥粟香室本。武祥是刻，列入《名家詞集》中。敘稱「仿
> 亦園侯氏別輯五代宋元人十家詞重刻」。〔註33〕

清康熙五十四年乙未（1715），蕭江聲有《陽春集》鈔本，〔註34〕
乃與《南唐二主詞》、《簡齋詞》合爲一冊，簡稱「蕭本」。蕭本後有
少岳山人題跋：

> 右詞三卷，從磬室借錄，因再閱原本乃磬室手鈔，可愛，遂
> 留之，而以此本歸焉。磬室知余之重其手跡，當亦不吝也。
> 第一卷爲《南唐二主詞》，第二卷爲《陽春集》，南唐馮延巳
> 所著。……嘉靖甲辰冬十一月少岳山人復初識。〔註35〕

又見蕭本《陽春集》書後有「嘉靖甲辰秋假文氏鈔本錄於懸磬室」一
行。磬室即指明代錢谷；文氏，當指文徵明。錢谷字叔寶，曾遊於文
徵明門下，由此可知，嘉靖甲辰秋，錢谷曾借文徵明鈔本過錄一部，
同年冬，少岳山人據錢谷過錄本傳鈔一部。而蕭江聲手記云：「乙未
長夏，假洞庭東山葉氏樸學齋藏本錄於留餘堂東軒，書此以識歲月」，
蕭江聲乃據洞庭東山葉氏樸學齋藏本所傳錄。〔註36〕又《鐵琴銅劍樓

〔註32〕〔清〕莫友芝：《邵亭知見傳本書目》，卷16，頁649。
〔註33〕陳秋帆：《陽春集箋‧跋》（民國二十二年（1933）南京書店排印本），
　　　　頁1。
〔註34〕天津圖書館編：《中國古籍善本書目書名索引‧陽春集》下云：「南
　　　　唐馮延巳撰，清康熙五十四年，蕭江聲抄本。」下冊，頁1852。
〔註35〕〈少岳山人題跋〉見傅增湘《藏園群書經眼錄》卷19於舊鈔本《簡
　　　　齋集》下引錄（北京：中華書局，1983年9月），冊5，頁1600。
〔註36〕少岳山人即項元琪；磬室即錢谷。所引蕭本之史料，參王兆鵬：《詞

藏書目錄》於《陽春集》下亦載：

> 南唐馮延巳撰。宋陳世脩輯并序。《直齋書錄》作《陽春錄》，
> 謂高郵崔公度伯易題，是本已佚。亦蕭飛濤所鈔，卷後有
> 「嘉靖甲辰秋假文氏鈔本錄於懸磬室。穀記」。蓋出自錢叔
> 寶鈔藏本。〔註37〕

簡言之，蕭本乃據明嘉靖間鈔本而來。

　　同年，王鵬運得彭元勤所藏汲古閣舊鈔本，校勘刻印，補遺七闋，
爲四印齋刻本。前有馮煦、陳世脩序，後有王鵬運跋。馮煦〈陽春集
序〉云：

> 往與成子漱泉有《唐五代詞選》之刻，嘗以未見吾家正中
> 翁《陽春集》足本爲憾。後二年，來京師，遇王子幼霞，
> 出彭文勤家所藏汲古鈔本。借而讀之，得未曾有。幼霞遂
> 以是編授之劂氏，而屬煦引其端。〔註38〕

王鵬運〈陽春集跋〉云：

> 馮正中《陽春集》一卷，宋嘉祐戊戌陳世脩輯……從彭文
> 勤傳鈔汲古閣未刻詞錄出，斠勘授梓，並補遺若干闋。未
> 刻詞前復有文勤朱書序目，茲附卷末，亦好古者搜羅之一
> 助云。〔註39〕

王鵬運四印齋刻本將舊本中〈江城子〉（曲闌干外）雙調一闋，視爲
兩闋，即〈江城子〉（曲闌干外）與〈江城子〉（碧羅衫子），共得三
十三調，一百十九闋，加上補遺六調七闋，共輯一百二十六闋，爲闋
數最多之本。

　　清光緒二十年甲午（1894），無錫劉繼增有校刻本。其所得舊鈔
本來源未詳。劉氏所刻，僅有硃印數本，未及墨刷，而其版遽毀，極

　　學史料學》（北京：中華書局，2004 年 5 月），頁 158～159。
〔註37〕〔清〕瞿鏞編纂、瞿果行標點、瞿鳳起覆校：《鐵琴銅劍樓藏書目錄》，
　　　　卷 24，頁 688。
〔註38〕〔清〕馮煦〈陽春集序〉，見王鵬運刊刻：《陽春集》「四印齋」本，
　　　　頁 277。
〔註39〕〔清〕王鵬運刊刻：《陽春集》「四印齋」本，〈陽春集跋〉，頁 292。

少流傳。劉繼增《校注陽春集・序》云：

南唐馮延巳《陽春集》一卷，係舊鈔本，購自常熟書賈。
首有嘉祐戊戌陳世脩序。原無目錄，今依次補之。凡詞一
百一十九闋。康熙間，吾邑侯蔚籛氏文燦嘗刻入《名家詞
集》。其〈南鄉子〉、〈江城子〉兩調，皆誤合二闋爲一闋。
嘉道間，昭文張月霄氏金吾《愛日精廬藏書志》有鈔本，
自錢塘何氏傳錄，凡一百十八闋，則尚有一闋誤合可知。
旣又別見一舊鈔本，其誤與侯本同。書中遇「鎭」、「照」
字皆缺末筆，似避明昭陵、裕陵諱。明人書籍，雖不盡避
諱，然如洛陽爲雒陽，檢校爲簡校，間或有之。是此書在
明代已有誤合，今取兩本互校，此本爲勝。〔註40〕

除了上述版本外，詞集叢編本亦有收馮延巳《陽春集》者，如清初趙
輯寧《星鳳閣鈔五代宋人詞》本，《中國善本書提要・陽春集》下載：

趙氏星鳳閣鈔本。南唐馮延巳撰。卷內有「趙印輯寧」印
記。陳世脩序〔嘉祐三年（1058）〕。〔註41〕

又《中國古籍善本書目書名索引》中收有〔清〕吉鄰齋鈔《唐宋詩詞
六種》、清鈔本《宋元名家詞鈔二十二種》，二書下均錄有《陽春集》
一卷。〔註42〕而清康熙四十六年（1707），清聖祖敕編《全唐詩》錄
有《陽春詞》七十八首。〔註43〕

總之，宋刻《陽春集》，或有四種存在之可能：一爲馮璪藏本、
二爲陳世脩編撰本、三爲崔公度藏本、四爲長沙本。長沙本收有〈謁
金門〉（風乍起）一闋，有別於崔公度藏本。然「舊本不出，無可究
詰」，〔註44〕全然無法得知是否尚有其他出入。金、元之際，未見《陽

〔註40〕劉繼增《校注陽春集・序》，施蟄存：《詞籍序跋萃編》，頁16。
〔註41〕王重民撰：《中國善本書提要》（上海：上海古籍出版社，1986年4
月），頁685
〔註42〕天津圖書館編：《中國古籍善本書目書名索引》，下冊，頁1682、
1843。
〔註43〕〔清〕清聖祖敕撰：《全唐詩》，卷898，頁10149～10159。
〔註44〕施蟄存：〈讀馮延巳詞札記〉，《詞學研究論文集》，頁258。

春集》刊刻流傳之情形。明代刊刻本，有吳訥《百家詞》本、毛晉《汲古閣未刻詞》本。吳訥《百家詞》至 1930 年始廣爲通行，而毛晉雖有一舊鈔本《陽春集》，因未及刻版流傳，無所裨益。洎乎清代，馮延巳《陽春集》有侯文燦《十名家詞》本、蕭江聲《陽春集》鈔本、王鵬運「四印齋」刻本、劉繼增《校注陽春集》本等；又趙輯寧《星鳳閣鈔五代宋人詞》、吉鄰齋鈔《唐宋詩詞六種》、《宋元名家詞鈔二十二種》均錄有《陽春集》一卷，斯可見《陽春集》版本之刊刻，至清代蔚爲大觀。蓋清代文獻存錄意識高，出版印刷發達之故，使馮延巳《陽春集》版本刊刻之現象遠勝前朝。

第二節　歷代選本與馮延巳詞

選本是一重要的傳播媒介，乃編選者對若干詞人作品，按照特定的取捨標準，進行選擇性輯錄，並依據某種體例編排成帙。〔註45〕編選者所處的時代風氣、文化背景，自身的藝術涵養、價值判斷、詞學主張等，均影響選家輯錄的標準與目的、選本的內容與範圍，即魯迅所云「選本所顯示的，往往非作者的特色，倒是選者的眼光」。〔註46〕選本亦是呼應時代潮流及社會需要，應運而生的產物；「刪汰繁蕪，使蕪稗咸除，菁華畢出」，〔註47〕乃選本與一般別集、總集不同之處，所收作品具代表性、普遍性，易於流傳，俾讀者學習。

本章節將以歷代選本爲探討對象，藉計量分析方法，統計馮延巳詞入選的情形，一窺馮延巳詞在歷代選本中「被接受」之現象。筆者所採集之選本，包含歷代著名的通代詞選與斷代詞選，且收錄範圍涵蓋五代詞。至於專題詞選，如〔宋〕黃大輿《梅苑》、〔明〕周履靖《唐

〔註45〕蕭鵬：《群體的選擇──唐宋人選唐宋詞》（臺北：文津出版社，1992年11月），頁1。
〔註46〕魯迅：《魯迅全集・且介亭雜文二集》（臺北：谷風出版社，1980年12月），卷7，頁135。
〔註47〕〔清〕紀昀等：《四庫全書總目提要》，冊4，卷186，頁5080。

宋元明酒詞》；女性詞選，如〔清〕歸淑芬《古今名媛百花詩餘》；郡
邑詞選，如〔清〕繆荃孫《國朝常州詞》、朱祖謀《湖洲詞徵》等，
均不列入討論範疇。此外，筆者亦將歷代詞譜視爲選本之一種，樂譜
失傳後，詞人僅能遵循平仄格律，依聲塡詞，詞譜遂成爲詞人塡詞之
準繩，入門之參考書目，自不可棄。正如〔清〕陳廷焯《白雨齋詞話》
所云：「求之《詞選》，以探其本；博之《詞綜》，以廣其才；按之《詞
律》，以合其法」〔註48〕是矣。研究方法上，係針對歷代選本進行翻
閱及統計，藉表格逐一呈現。王兆鵬《詞學史料學》云：

> 一部詞選，入選哪些人，各人選多少，都反映出選詞者的審
> 美趣味和審美判斷。因而根據詞選又可考察一首詞作的影響
> 和地位。入選率越高的詞作，表明其受歡迎的程度越高，對
> 讀者的影響力就越大。可以用計量分析的方法，統計說明詞
> 史上哪些作品入選率最高，影響力最大。總而言之，詞選作
> 爲傳播詞的一種特殊媒介，具有多方面的功能和價值。〔註49〕

王兆鵬指出，通過計量分析，可統計作品在詞選中入選率之高低，入
選率高，對讀者的影響大，受讀者歡迎的程度越高，反之亦然，此即
本文針對歷代詞選、詞譜進行統計分析的目的所在。選本統計結果，
分三方面析論之：

一、選本擇錄概況

　　北宋詞選，僅存《尊前集》、《金奩集》，係選錄晚唐、五代作品。
其他如無名氏《家宴集》、孔夷《蘭畹曲會》等均亡佚。南宋所編詞
選，除書坊刻《草堂詩餘》、黃昇《唐宋諸賢絕妙詞選》之選錄範圍，
涵蓋五代詞外，其餘詞選如黃昇《中興以來絕妙詞選》〔註50〕、曾慥

〔註48〕〔清〕陳廷焯：《白雨齋詞話》，唐圭璋：《詞話叢編》，冊4，卷6，
　　　　頁3935。

〔註49〕王兆鵬：《詞學史料學》，頁302。

〔註50〕黃昇有《唐宋諸賢絕妙詞選》、《中興以來絕妙詞選》十卷，合稱爲
　　　　《花庵詞選》，前編錄唐五代北宋詞，後編錄南宋詞，故筆者僅就前
　　　　編探討之。

《樂府雅詞》、趙聞禮《陽春白雪》，以宋詞爲選錄範疇；黃大輿《梅苑》專錄梅花詞，均不討論。又《草堂詩餘》原爲南宋書坊所刻，惜已失傳，今存最早之本爲元至正三年盧陵泰宇書院所刻《增修箋注妙選群英草堂詩餘》，至正十一年，則有雙璧陳氏刻本，筆者所得爲上海圖書館據〔明〕洪武二十五年遵正書堂所刻影本。故在宋編詞選的探討上僅四種，即〔北宋〕佚名《尊前集》、佚名《金奩集》、南宋書坊刻《草堂詩餘》（洪武本）、〔南宋〕黃昇《唐宋諸賢絕妙詞選》。

在時間上直銜北宋，與南宋同處一個歷史時期，在空間上與南宋南北對峙的金朝，詞人詞什多賴元好問《中州樂府》一書傳世。《中州樂府》乃元好問輯詩選《中州集》之附錄，係金代唯一詞選本。至元朝，則有陳恕可（一說仇遠）編《樂府補題》、鳳林書院刻《元草堂詩餘》（又名《精選名儒草堂詩餘》）、周密《絕妙好詞》、周南端《天下同文》、彭致中《鳴鶴餘音》，及輯者不詳的《宋舊宮人贈汪水雲南還詞》（一作《宋舊宮人詩詞》）等六部詞選。《樂府補題》所收乃宋遺民之詠物詞；《鳴鶴餘音》所收爲道家詞；《宋舊宮人贈汪水雲南還詞》所收爲擄至北方的故宋宮人詩詞；其餘詞選如《元草堂詩餘》選錄宋末元初遺民詞人文天祥、鄧剡等 63 家詞人作品，而不錄唐宋詞；《絕妙好詞》一書，爲南宋周密所輯，成書約於元貞元年左右，全書選錄範圍不出南宋詞人；《天下同文》一卷，由元人周南端《天下同文》甲集中輯出，僅收元代詞人盧摯、姚雲、王夢應等 7 家 29 首作品。由上可知，金元詞選本選錄之情形，不出二端：1. 以近代或當代詞人詞什爲主，選錄範圍，均不出南宋、金、元三朝；2. 詞選自詩選中輯出，選錄作品的數量明顯偏低。故五代詞人作品在金元詞選本上的傳播情形，呈現嚴重停滯的狀態，筆者亦不列入探討範疇。

明編詞選有兩大趨向，〔註 51〕一爲將詞人別集或詞選總集，匯集成一部大型叢編，如吳訥《唐宋元明百家詞》、毛晉《宋六十名家

〔註 51〕明編詞選之兩大趨向，參陶子珍：《明代四種詞集叢編研究》（臺北：秀威資訊科技股份有限公司，2006 年 7 月），頁 166。

詞》、毛晉《詞苑英華》、明石村書屋《宋元明三十三家詞》等；一為自歷代作品中擇其精華之選本，如顧從敬《類編箋釋草堂詩餘》、錢允治《類編箋釋續選草堂詩餘》〔註52〕、佚名《天機餘錦》、楊慎《詞林萬選》、楊慎《百琲明珠》、陳耀文《花草粹編》、董逢元《唐詞紀》、茅暎《詞的》、卓人月《古今詞統》、陸雲龍《詞菁》、潘游龍《古今詩餘醉》等。前者可視為詞人別集刊刻的另一種呈現，已於前一節論之；後者所列為明代重要選本，選錄範圍均涵蓋五代詞，筆者欲根據此11種選本探討之。〔註53〕

　　清代乃詞學之全盛期，詞選編撰亦邁入巔峰，據王兆鵬《詞學史料學》所錄104種象徵性詞選，或以時代為範圍，如成肇麐《唐五代詞選》、王昶《國朝詞綜》、徐乃昌《晚清詞選》；或以地域為範圍，如葉申薌《閩詞鈔》、朱祖謀《湖州詞徵》、陳作霖《國朝金陵詞鈔》、李肇增《淮海秋笳集》；或用以闡明詞學宗旨，如朱彝尊《詞綜》、張惠言《詞選》、周濟《詞辨》、陳廷焯《詞則》，或專錄主題性作品、女性作品，如趙式《古今別腸詞選》、汪森《撰辰集》、顧嘉容《本朝名媛詩餘》、徐乃昌《閨秀詞鈔》等，可見清編選本之豐富，選域之廣泛。〔註54〕排除郡邑詞選、專題詞選、女性詞選，及其他選錄範圍不涵蓋五代詞者，目前蒐得13種重要詞選，即朱彝尊《詞綜》、先著、程洪《詞潔》、沈辰垣、王奕清等《歷代詩餘》、沈時棟《古今詞選》、

〔註52〕《草堂詩餘》原是南宋書坊所刻，流傳至明蔚為盛行，一系列以「草堂詩餘」命名之刊本、評點本、續選本，相繼迭出，如顧從敬《類編箋釋草堂詩餘》、楊慎評點《草堂詩餘》、《精選名賢詞話草堂詩餘》、沈際飛評點《古香岑草堂詩餘》、錢允治《類編箋釋續選草堂詩餘》等，除了《類編箋釋草堂詩餘》、錢允治《類編箋釋續選草堂詩餘》二書，其餘不出原刻本之範疇，故不論之。

〔註53〕其餘詞選如錢允治《類編箋釋國朝詩餘》、陳子龍等輯《幽蘭集》，範圍均囿於明代，題明鱐溪逸史輯《匯選歷代名賢詞府全集》、吳承恩《花草新編》、楊明盛《詩餘類編》、楊肇祉《詞壇絕逸品》等尚未寓目，故不列入討論。

〔註54〕王兆鵬：《詞學史料學》，頁302～406。

夏秉衡《清綺軒詞選》（又名歷朝名人詞選）、黃蘇《蓼園詞選》、張惠言輯《詞選》、董毅《續詞選》、周濟《詞辨》、陳廷焯《詞則》、王闓運《湘綺樓詞選》、梁令嫻《藝蘅館詞選》、成肇麐《唐五代詞選》。今就所得 13 種清編詞選探討之。〔註55〕

　　明、清兩代除了諸多詞選外，詞譜亦是詞體研究的重要文獻載體。詞係倚聲而填，因聲以擇調，因調以配律，字有定數，句有定式，平仄有定律。〔宋〕楊纘《作詞五要》即云：

> 第三要按詞填譜。自古作詞，能依句者已少，依譜用字者，百無一二。詞若歌韻不協，奚取焉。或謂善歌者，融化其字，則無疵。殊不知詳製轉折、用或不當，即失律，正旁偏側，凌犯他宮，非復本調矣。〔註56〕

張炎《詞源》卷下〈音譜條〉亦云：「詞以協音為先，音者何，譜是也。」〔註57〕可見詞譜乃填詞之必要。然宋代以前詞譜，屬曲調之譜，惜已失傳，今所見明、清詞譜，屬格律之譜，以示填詞之規範。故詞譜關心之命題，主要集中於詞體本身的聲律、字數、句式、句法等方面，所選用之範式，具有標準性，以供填詞者閱讀、學習。今蒐得之重要詞譜，包含〔明〕周瑛《詞學筌蹄》、張綖《詩餘圖譜》、程明善《嘯餘譜》、〔清〕賴以邠《填詞圖譜》（含續集）、萬樹《詞律》、徐本立《詞律拾遺》、杜文瀾《詞律補遺》、王奕清等《欽定詞譜》、秦巘《詞繫》、葉申薌《天籟軒詞譜》、舒夢蘭、謝朝徵、《白香詞譜》、謝元淮《碎金詞譜》等 12 種，另如錢裕《有真意齋詞譜》〔註58〕尚未寓目。

〔註55〕其餘詞選如柯崇樸選輯、周篔編次《詞緯》、孫致彌《詞鵠初編》、孔傳鏞《笥亭詞選》、孫星衍《歷代詞鈔》、許寶善《自怡軒詞選》、蔣方增《浮筠山館詞鈔》、許寶善《自怡軒詞選》、蔣方增《浮筠山館詞鈔》、黃承勛《歷代詞腴》、周之琦《心日齋十六家詞錄》、周之琦《晚香室詞錄》、楊希閔《詞軌》、樊增祥《微雲榭詞選》、譚獻《復堂詞錄》等，選錄範圍雖始於唐五代，然均藏於大陸地區圖書館，難以一窺全貌。

〔註56〕〔宋〕楊纘：《作詞五要》，唐圭璋：《詞話叢編‧詞源》，冊1，頁268。

〔註57〕〔宋〕張炎：《詞源》，唐圭璋：《詞話叢編》，冊1，卷下，〈音譜條〉，頁255。

〔註58〕錢裕《有真意齋詞譜》選錄常用詞調100種，惜臺灣不藏。其餘詞譜，

　　本小節將通過宋編詞選、明編詞選、清編詞選、明清詞譜四大研究範疇，藉著計量分析〔註59〕的方法，探討馮延巳詞在歷代選本中被收錄之現象，以窺馮延巳詞的傳播接受（馮延巳詞見錄歷代選本一覽表，詳參【附錄2】）：

（一）宋編詞選

　　據四種宋編詞選，即〔北宋〕佚名《尊前集》、佚名《金奩集》、南宋書坊刻《草堂詩餘》（明洪武本）、〔南宋〕黃昇《唐宋諸賢絕妙詞選》，馮延巳詞入選之情形，如下所示：

表格 1-1：宋編詞選收錄馮延巳詞統計表

項目	編號	作者	詞　選　名　稱	收詞數量
宋編詞選	01	佚名	尊前集〔註60〕	10
	02	佚名	金奩集〔註61〕	0
	03	書坊	草堂詩餘〔註62〕	2
	04	黃昇	唐宋諸賢絕妙詞選〔註63〕	2

　　《尊前集》錄唐明皇、唐昭宗、後唐莊宗至前蜀李珣等唐五代詞家 36 人，289 闋作品，所收以唐代詞人及花間詞人為宗，唐代詞人

　　　尚有鄭元慶《三百詞譜》、郭鞏《詩餘譜式》、呂德本《詞學辨體式》、許寶喜《詞譜》、王一元《詞學玉律》、孔傳鐸《紅蔾軒詞牌》等，因影響力不大，故不列入討論，參王兆鵬：《詞學史料學》，頁14。

〔註59〕歷代選本選錄詞人及作品之情形，參王兆鵬：《詞學史料學》，以及人工翻閱方式。筆者經嚴密謹慎的態度計量，仍不敢斷言絲毫無誤，然並不影響整體觀念。

〔註60〕〔宋〕佚名：《尊前集》（臺北：廣文書局，1971年5月吳訥《唐宋元明百家詞》）。

〔註61〕〔宋〕佚名：《金奩集》（上海：上海古籍出版社，2002年3月《續修四庫全書》，冊1728）（據朱祖謀輯刻彊村叢書本影印）。

〔註62〕〔宋〕書坊刻：《草堂詩餘》（上海：上海古籍出版社，2002年3月《續修四庫全書》，冊1728）（據上海圖書館藏明洪武二十五年遵正書堂刻本影印）。

〔註63〕〔宋〕黃昇：《花庵詞選‧唐宋諸賢絕妙詞選》（臺北：曾文出版社，1975年）。

如劉禹錫 38 闋、白居易 26 闋；花間詞人如歐陽炯 31 闋、孫光憲 23
闋、李珣 18 闋等。單就花間西蜀詞人統計，所收詞達 122 闋。至於
南唐李煜 14 闋，〔註64〕馮延巳詞錄有 10 闋。

《金奩集》一卷，朱祖謀〈書金奩集鮑跋後〉稱《金奩集》：「蓋
宋人雜取《花間集》中溫、韋諸家詞，各分宮調，以供歌唱，其意欲
爲《尊前》之續。」〔註65〕北宋無名氏自《花間集》、《尊前集》輯出
詞人作品，入選作品包含溫庭筠詞 62 首、韋莊 48 首、張泌 1 首、歐
陽炯 16 首，並註明宮調，重新排列；另外又輯無名氏和張志和〈漁
父〉詞 15 首，計 142 首。〔註66〕南唐詞人馮延巳作品，完全不錄。

《草堂詩餘》所收詞人，上自五代，下迄南宋，共 370 闋，所收
詞以北宋人爲主，如周邦彥 54 闋、秦觀 27 闋、蘇軾 23 闋等；至於
五代詞人，如溫庭筠 2 闋、韋莊 4 闋、李煜 4 闋，而馮延巳詞 2 闋。
可見五代詞人入選之比例均低，馮延巳亦不例外。

黃昇《唐宋諸賢絕妙詞選》與《中興以來絕妙詞選》，合稱《花
庵詞選》。今觀《唐宋諸賢絕妙詞選》，即收唐五代及北宋詞人 134 家，
523 闋作品，確實豐富。此書第一卷專收唐五代詞，98 闋作品中，溫
庭筠 10 闋、李珣 8 闋、韋莊 7 闋、孫光憲 6 闋、毛熙震 5 闋；而馮
延巳僅佔 2 闋，入選比例偏低。

由上得知，北宋初《金奩集》專收花間詞人作品，尤以溫、韋二
家爲多，馮延巳詞不錄。而《尊前集》、《草堂詩餘》、《唐宋諸賢絕妙
詞選》三編均錄馮詞，唯《尊前集》所錄較爲可觀而已。就宋編詞選
選錄結果，可得四端：

其一、據蕭鵬《群體的選擇——唐宋人選詞與詞選通論》指出，《尊
前集》可分爲三部分，第一，係編者有意補《花間》所未錄，即溫庭

〔註64〕〔宋〕佚名：《尊前集》所錄李煜詞中，有〈浣溪沙〉（手卷珠簾上
玉鉤）、〈菡萏香銷翠葉殘〉二闋應屬李璟詞，頁 2、30。

〔註65〕朱祖謀〈書金奩集鮑跋後〉，施蟄存：《詞籍序跋萃編》，頁 5。

〔註66〕蕭鵬：《群體的選擇——唐宋人選詞與詞選通論》，頁 94～95

筠前後之詞人篇什，時代上推盛、中、晚唐，下兼採南唐；第二，直接續補《花間》之不足，增錄數闋花間詞人作品；第三，係增補《尊前》一集之續選，不是原選家所補，即爲後人所補，未可知矣。簡言之，第一、二部分屬「花間集補」，第三部分屬「尊前集補」。〔註 67〕而今所見《陽春集》已非原編之舊，係經過後人整理與刪改而成，馮詞見於第一部分有 3 首，見於第三部分有 7 首，不知多少作品係符合原選家選詞之眼光。施蟄存〈歷代詞選集敘錄〉稱《尊前集》：「其下又重出馮延巳詞七首，……疑此皆後人增入，非原本次序也。」〔註 68〕然舊本不出，實難考訂矣。

其二、《陽春集》輯錄、刊刻之困難。〔北宋〕陳世脩於嘉祐三年，始採獲馮詞之散帙，輯錄成篇，《陽春集》遂正式問世，在此之前並無流傳之跡象，縱使有馮璟抄本傳入晏殊手中，仍屬未明之事。可想而知，嘉祐三年之前，能觀見馮延巳詞，是如此難得。《尊前集》編定之年代，學界多所爭議，較可信之說法，爲宋初人所編，選家親見《陽春集》之可能性頗低。嘉祐三年後，雖有陳世脩編撰《陽春集》、崔公度所藏本與長沙本，然關於詞集刊刻之史料記載，至南宋才受到關注。故馮延巳詞於北宋選本中的傳播情形，與花間詞人有顯著差距。

其三、《花間集》大放異彩。趙崇祚編選《花間集》，幸能保存溫庭筠、韋莊、歐陽炯、孫光憲等十八位詞人作品，西蜀詞始能完整地流傳後世，並視爲填詞之典範。如〔宋〕陳善《捫蝨新話》：

> 唐末詩格卑鄙，而小詞最爲奇絕。今世人盡力追之，有不
> 能及者，予故嘗以唐《花間集》當爲長短句之宗。〔註 69〕

可見西蜀詞人因《花間集》之編輯而大放異彩。《尊前集》選家用心於花間，如歐陽炯、孫光憲、李珣等，均有可觀成績，然取彼而遺此，

〔註 67〕同前註，頁 92～93。

〔註 68〕施蟄存：〈歷代詞選集敘錄〉，《詞學》（第一輯）（上海：華東師範大學出版社，1981 年 11 月），頁 282。

〔註 69〕〔宋〕陳善：《捫蝨新話》（北京：中華書局，1985 年《叢書集成初編》，冊 311），下集卷 3，頁 67。

南唐詞人作品自然備受忽略。又黃昇《花庵詞選》,《四庫全書總目提要》云:

> 去取亦特爲謹嚴,非《草堂詩餘》之類參染俗格者可比。
> 又每人名之下各注字號里貫,每篇題之下亦間附評語,俱
> 足以資考核。在宋人詞選,要不失爲善本也〔註70〕

可知此書乃黃昇以存史爲目的而編選,是宋代現存規模最大、蒐羅最廣之選本,然馮延巳詞僅見2闋,遠不如其他五代詞家。

其四、選家重歌輕詞之現象。清人蔣景祁云:「《花間》猶唐音也,《草堂》則宋調矣」,〔註71〕《草堂詩餘》錄詞,以當代爲主,乃南宋書坊商人根據當時市井選歌說唱需要,所編輯之詞選,蒐羅繁雜,雅俗兼存。此種「應歌而廣選」的本子,爲了適應市場需要,而收錄當時流行的作品,書坊商人選詞刻集的目的,多少以營利爲主,作品入選的情形,正可反映出當時民間流行之趨向。而南宋以前,選本之功用,主要是作爲唱本爲社會所消費的,龍沐勛〈選詞標準論〉云:

> 南宋以前,既以應歌爲主,故其批評選錄標準,一以「聲
> 情並茂」爲歸,而尤側重音律。〔註72〕

至南宋後,才逐漸轉爲讀本爲社會所消費,然當詞仍囿於小道之範疇時,選家在去取之間,重歌輕詞,甚至輕人。加上南唐馮延巳與北宋晏殊、歐陽脩諸家,風格相近,彼此之作品混淆不清,重歌輕人的現象,在選本中被凸顯出來。如馮延巳〈醉桃源〉(南園春半踏青時)、(角聲吹斷隴梅枝)、(東風吹水日銜山)三闋,又見歐陽脩《近體樂府》,作〈阮郎歸〉,〔南宋〕羅泌校云〈阮郎歸〉三篇:「並載《陽春錄》,名〈醉桃源〉。」〔註73〕曾慥《樂府雅詞》選宋人作品,將此三

〔註70〕 〔清〕紀昀等:《四庫全書總目提要》,冊4,卷199,頁5493。

〔註71〕 〔清〕蔣景祁〈湖海樓詞序〉,見〔清〕陳維崧撰:《湖海樓詞》(臺北:中華書局,1981年《四部備要》,冊559),頁1。

〔註72〕 龍沐勛:〈選詞標準論〉,《詞學季刊》(上海:上海書店,1985年12月),第1卷第2號,頁2。

〔註73〕 〔宋〕歐陽脩撰、羅泌校:《近體樂府》,見〔明〕毛晉:《宋六十名家詞》(上海:上海古籍出版社,1989年12月),頁15。

首作品，視爲歐陽脩詞；〔註74〕又《草堂詩餘》、《唐宋諸賢絕妙詞選》
錄「南園春半踏青時」一闋，題爲歐陽脩作，「東風吹水日銜山」一
闋，《草堂詩餘》又作李煜詞等。〔註75〕選家無心考證，導致詞人作
品出入之情形，不計其數。而選家重歌輕詞、輕人的現象，亦深深影
響馮延巳詞見錄歷代選本之情形。〔註76〕

　　由《尊前集》、《金奩集》可知，北宋詞選家蘊含著唐五代崇拜
之現象，所收詞以唐代詞人及花間西蜀詞人爲宗，南唐馮延巳雖受
到晏殊、歐陽脩等臺閣詞人之愛戴，其作品在宋初詞選本中，仍屬
滄海一粟。南宋詞選《草堂詩餘》、《唐宋諸賢絕妙詞選》二部，一
以應歌而廣選，一以存史而廣選，殊途同歸，卻在收詞之過程中，
忽略馮延巳及其作品，甚至在未經考證下，武斷地視《近體樂府》
所收爲是，而《陽春集》所收爲非。可見馮延巳詞在兩宋選本傳播
之情形，實不顯著。

（二）明編詞選

　　今就顧從敬《類編箋釋草堂詩餘》、錢允治《類編箋釋續選草
堂詩餘》、佚名《天機餘錦》、楊愼《詞林萬選》、楊愼《百琲明珠》、
陳耀文《花草粹編》、卓人月《古今詞統》、茅暎《詞的》、陸雲龍
《詞菁》、潘游龍《古今詩餘醉》、董逢元《唐詞紀》等 11 種明編
詞選，予以統計，一窺馮延巳詞在明編詞選中收錄之情形，結果如
下：

〔註74〕〔宋〕曾慥：《樂府雅詞》（臺北：臺灣商務印書館，1986 年 3 月《景
　　　　印文淵閣四庫全書》，冊 1489），卷上，頁 187～188。
〔註75〕〔宋〕書坊刻：《草堂詩餘》，頁 79～80。〔宋〕黃昇：《唐宋諸賢絕
　　　　妙詞選》，卷 2，頁 39。
〔註76〕曾昭岷、王兆鵬等：《全唐五代詞》，頁 694～695。根據曾昭岷等
　　　　人考辨，歐陽脩《近體樂府》卷一所錄〈阮郎歸〉（南園春半踏青
　　　　時）、〈角聲吹斷隴梅枝〉、〈東風吹水日銜山〉，當從馮延巳之作，
　　　　名〈醉桃源〉。此一互見現象在諸選本中不計其數，待下節深入討
　　　　論。

表格 1-2：明編詞選收錄馮延巳詞統計表

項目	編號	作 者	詞 選 名 稱	收詞數量
明編詞選	01	顧從敬	類編箋釋草堂詩餘	2
	02	錢允治	類編箋釋續選草堂詩餘〔註77〕	2
	03	佚名	天機餘錦〔註78〕	3
	04	楊慎	詞林萬選〔註79〕	0
	05	楊慎	百琲明珠〔註80〕	1
	06	陳耀文	花草粹編〔註81〕	65
	07	董逢元	唐詞紀〔註82〕	98
	08	卓人月	古今詞統〔註83〕	1
	09	茅暎	詞的〔註84〕	2
	10	陸雲龍	詞菁〔註85〕	1
	11	潘游龍	古今詩餘醉〔註86〕	4

　　由以上統計數據可知，董逢元《唐詞紀》、陳耀文《花草粹編》

〔註77〕　〔明〕顧從敬：《類編箋釋草堂詩餘》、錢允治：《類編箋釋續選草堂詩餘》（上海：上海古籍出版社，2002 年 3 月《續修四庫全書》，冊1728）。

〔註78〕　〔明〕佚名：《天機餘錦》（1931 年（民國 20 年）國立中央研究院歷史語言研究所排印本）。

〔註79〕　〔明〕楊慎：《詞林萬選》（臺南：莊嚴文化出版公司，1997 年 6 月《四庫全書存目叢書》，冊 422～424）。

〔註80〕　〔明〕楊慎：《百琲明珠》（上海圖書館藏明萬曆四十一年原刻本）。

〔註81〕　〔明〕陳耀文：《花草粹編》（臺北：臺灣商務印書館，1986 年 3 月《景印文淵閣四庫全書》，冊 1490）。

〔註82〕　〔明〕董逢元：《唐詞紀》（臺南：莊嚴文化出版公司，1997 年 6 月《四庫全書存目叢書》，冊 422～424）。

〔註83〕　〔明〕卓人月：《古今詞統》（上海：上海古籍出版社，2002 年 3 月《續修四庫全書》，冊 1728）。

〔註84〕　〔明〕茅暎：《詞的》（北京：北京出版社，2000 年 1 月《四庫未收書輯刊》，第八輯，第 30 冊）。

〔註85〕　〔明〕陸雲龍：《詞菁》（明刻本），藏於中國國家圖書館。

〔註86〕　〔明〕潘游龍：《古今詩餘醉》（據明崇禎丁丑（10 年）海陽胡氏十竹齋刊本影印）。

收錄馮延巳作品之情形，位居明代選本之一、二。董逢元《唐詞紀》之選詞範圍，上起隋、唐，下至宋、元，其中以唐、宋詞為主要選錄對象，共收 948 首作品，《四庫全書總目提要》云：

> 雖以唐詞為名，而五季十國之作居十之七。蓋時代既近，末派相沿，往往皆唐之舊人，不能截分畛域。〔註87〕

所收馮延巳詞達 98 首，占全書十分之一左右，馮詞收錄情形亦居所有選本之冠，另如溫庭筠詞收 67 首；孫光憲詞收 61 首；韋莊收 48 首，幾乎是詞人作品總數量。

陳耀文《花草粹編》乃明代頗具規模之詞選，選錄對象以唐宋詞人為主，間雜金、元、明人詞，3280 餘首作品中，馮延巳詞即收有 65 首，堪稱豐富，陳耀文序云：

> 夫填詞者，古樂府流也，自昔選次者眾矣。唐則有《花間集》，宋則《草堂詩餘》。詩盛於唐衰於晚葉，至夫詞調，獨妙絕無倫。然世之《草堂》盛行，而《花間》不顯，故知宣情易感，含思難諧者矣。……益以諸人之本集、各家之選本、記錄之附載、翰墨之所遺留，上溯開、天，下迄宋末，曲調不載於舊刻者。元詞間亦與焉。……貽之詞垣，庶其寄於取材云。〔註88〕

陳耀文以文學發展之角度，簡單闡述詞體發展之始末，並推崇晚唐詞之妙絕無倫，同時說明了時人重《草堂》而輕《花間》的態度。陳耀文以《花間》、《草堂》二集為主，另取材各家詞集、旁採詩話、本事等，輯成《花草粹編》一書，為當時詞人提供倚聲填詞之範本，冀好古之士，能從中學習，一窺古人填詞之思絡。馮延巳為開北宋先河之詞家，自不能忽略。

顧從敬《類編箋釋草堂詩餘》，何良俊〈序〉稱：「乃其家藏宋刻本，比世所行本多七十餘調。」〔註89〕實為顧從敬在舊本《草堂詩餘》

〔註87〕〔清〕紀昀等：《四庫全書總目提要》，冊 4，卷 200，頁 5519。
〔註88〕〔明〕陳耀文：《花草粹編‧序》，頁 114。
〔註89〕〔明〕何良俊〈類編草堂詩餘序〉，見〔明〕顧從敬：《類編箋釋草

基礎上，補增篇目，並將舊本按題材內容改爲小令、中調、長調的分類方式，而僞託宋本以行世。是編錄唐宋詞 443 闋，較《草堂詩餘》多出 76 首，其中，馮延巳詞收錄 2 首，與《草堂詩餘》一致。又錢允治於《類編箋釋草堂詩餘》基礎上編有《類編箋釋續選草堂詩餘》，爲《類編箋釋草堂詩餘》之續編本，其中，馮延巳詞增錄 2 首。

《天機餘錦》、《詞林萬選》、《百琲明珠》、《詞的》、《古今詞統》、《詞菁》、《古今詩餘醉》等七種詞選之選錄範圍始於唐宋，下迄明代，選域廣泛，不再集中於唐五代、北宋。如王士禎《花草蒙拾》云：「《詞統》一書，搜采鑑別，大有廓清之力」。〔註 90〕今觀馮延巳作品收錄情形，平均不到 2 首：《天機餘錦》一書，入選 1253 首作品，馮延巳作品有 3 首；《詞林萬選》入選 229 首作品，未收馮延巳詞；《百琲明珠》入選 156 首，其中卷一錄唐五代詞 40 首，馮延巳詞僅 1 首；《詞的》收詞 391 首，馮延巳詞有 2 首；《古今詞統》所收計 2030 首，馮延巳詞僅見 1 首；《詞菁》收詞 270 餘首，馮延巳詞 1 首；《古今詩餘醉》收詞 1346 首，馮延巳詞有 4 首。再以同時代詞人韋莊爲例：《天機餘錦》2 首、《詞林萬選》5 首、《百琲明珠》0 首、《詞的》10 首、《古今詞統》9 首、《詞菁》1 首、《古今詩餘醉》8 首；以同屬南唐詞人李煜爲例：《天機餘錦》6 首、《詞林萬選》1 首、《百琲明珠》17 首、《詞的》9 首、《古今詞統》16 首、《詞菁》6 首、《古今詩餘醉》19 首，無論是韋莊或李煜，其作品入選之情形，均勝過馮延巳。

「詞衰於明」，似乎是詞學界的定論，朱彝尊〈水村琴趣序〉云：「詞自宋元以後，明三百年無擅場者。排之以硬語，每與調乖，竄之以新腔，難與譜合。」〔註 91〕朱彝尊指出，詞體發展至明代，已成案

堂詩餘》，頁 68。

〔註 90〕 〔清〕王士禎：《花草蒙拾》，唐圭璋：《詞話叢編》，冊 1，頁 685。

〔註 91〕 〔清〕朱彝尊：《曝書亭集》（臺北：臺灣商務印書館，1984 年 7 月《景印文淵閣四庫全書》，冊 1317～1318），卷 40，頁 109。

頭文學之事實。吳衡照《蓮子居詞話》云：「論詞於明，並不逮金元，遑言兩宋哉。」〔註92〕高佑釲〈湖海樓詞序〉云：「詞始於唐，衍於五代，盛於宋，沿於元，而榛蕪於明。明詞佳者不過數家，余悉踵《草堂》之習，鄙俚褻狎，風雅蕩然矣。」〔註93〕吳衡照認為明詞不及金、元詞，何況比之兩宋；高佑釲認為詞發展至明，榛蕪雜亂，鄙俚褻狎之作充斥其間，風雅典正之詞蕩然無存。明代詞體創作與詞學理論的確不比兩宋，然若以此抹殺明詞在歷史上之價值，不免失之公允。就明代詞選而言，確實較前代可觀；除《草堂詩餘》之刊刻輯本外，諸詞選在詞壇上均佔有一席之地。

今得《類編箋釋草堂詩餘》、《天機餘錦》、《詞林萬選》、《百琲明珠》、《古今詞統》、《詞菁》、《古今詩餘醉》《類編箋釋續選草堂詩餘》、《花草粹編》、《唐詞紀》、《詞的》等十一部明編詞選，馮延巳詞收錄情形，較兩宋突出，尤以《花草粹編》收 65 首及《唐詞紀》收 98 首為甚。陶子珍《明代詞選研究》一書，將明代詞選分為三期，一為嘉靖時期（孝宗弘治──世宗嘉靖），即突破傳統之發展期，選家漸將觸角由唐五代伸至南宋、元、明，此乃對北宋詞為尊之復古觀念所做的一大突破；二為萬曆時期（明神宗萬曆時期），即新舊交替之鼎盛期，此時亦逢後七子與公安派相互激盪時期，詞壇上「花草」之風熾盛，詞選家多以唐五代、北宋作品為主，亦能與反雅正主張相互交雜；三為崇禎時期（晚明），為尊法南宋之轉型期，選詞範疇不再侷限於唐五代、北宋，而是推崇南宋之作，同時亦拓展當世之作。〔註94〕可見明代詞選收錄的標準與範疇，與時代下的風氣與趨向息息相關，而馮詞收錄之情形，難免受其影響：《類編箋釋草堂詩餘》、《天機餘錦》、《詞林萬選》、《百琲明珠》屬嘉靖間詞選，《古今詞統》、《詞菁》、《古

〔註92〕〔清〕吳衡照：《蓮子居詞話》，唐圭璋：《詞話叢編》，冊 3，卷 3，頁 2461。
〔註93〕高佑釲〈湖海樓詞序〉，見〔清〕陳維崧《湖海樓詞集》，頁 2。
〔註94〕陶子珍：《明代詞選研究》（臺北：秀威資訊科技股份有限公司，2003 年 7 月），頁 516～518。

今詩餘醉》屬崇禎間詞選，六種詞選所收馮延巳詞均不超過 5 首，可見馮延巳詞在明代嘉靖、崇禎年間不受重視；《類編箋釋續選草堂詩餘》、《花草粹編》、《唐詞紀》、《詞的》屬萬曆間詞選，除《類編箋釋續選草堂詩餘》、《詞的》外，《花草粹編》、《唐詞紀》兩部詞選中，馮詞入選作品數極爲可觀。

詞選家選詞所採用的標準與原則，雖是個人主張，然卻能映射出時代氛圍下的發展走向。《花草粹編》、《唐詞紀》二編，前者欲粹集《花間》、《草堂》，以備一代典章，故以《花草》命名，又採錄《樂府雅詞》、《梅苑》、《天機餘錦》等各家選本，及詩話、筆記、小說之作品，共輯錄三千兩百八十餘首詞，是明代規模最大的詞選。後者雖以唐詞爲名，然以《花間》、《尊前》爲主要選源，五代十國之作，佔有十之七、八。《花間》、《草堂》之作，藉此二編再次發光發熱，更凸顯出明萬曆年間，《花間》、《草堂》遺風盛行之現象。嫵媚閑豔，正是明詞家風格也。

然值得注意的是，《花草粹編》錄馮延巳詞達 65 首；《唐詞紀》多達 98 首，二編主要根據的選本中，《花間集》不錄馮詞、《尊前集》僅收 3 首、《草堂詩餘》僅收 2 首，相較下僅鳳毛麟角而已。就其他詞人而言，溫庭筠於《花間集》中詞 66 首，《花草粹編》選 53 首，《唐詞紀》選 67 首；韋莊詞 48 首，《花草粹編》選 33 首，《唐詞紀》選 48 首；又李煜詞，《尊前集》收 5 首，《草堂詩餘》4 首，《花草粹編》收 35 首，《唐詞紀》收 36 首。由以上比對得知，花間詞人選錄情形，並無太大懸殊，而南唐後主李煜選錄情形，與馮延巳相似，均受到《花草粹編》、《唐詞紀》之厚愛。是知此二編詞選，雖承《花間》、《尊前》、《草堂詩餘》而來，卻有跳脫「花草」藩籬之跡，除以婉媚纖絕爲選詞標準外，似乎有意凸顯南唐風尚。可見《花草粹編》、《唐詞紀》二書，以清麗精巧、蘊藉婉轉之詞爲宗，有花間風雅，又能別開生面也，此一現象於《花間》、《草堂》遺風熾盛之季，尤爲可貴。

（三）清編詞選

今所得 13 種詞選，即朱彝尊《詞綜》、先著、程洪《詞潔》、沈辰垣、王奕清等《歷代詩餘》、沈時棟《古今詞選》、夏秉衡《清綺軒詞選》（又名歷朝名人詞選）、黃蘇《蓼園詞選》、張惠言輯《詞選》、董毅《續詞選》、周濟《詞辨》、陳廷焯《詞則》、王闓運《湘綺樓詞選》、梁令嫻《藝蘅館詞選》、成肇麐《唐五代詞選》，馮延巳詞在清代詞選中收錄之情形，統計如下：

表格 1-3：清編詞選收錄馮延巳詞統計表

項目	編號	作　者	詞　選　名　稱	收詞數量
清編詞選	01	朱彝尊	詞綜〔註95〕	20
	02	先著、程洪	詞潔〔註96〕	0
	03	沈辰垣、王奕清	歷代詩餘	71
	04	沈時棟	古今詞選〔註97〕	2
	05	夏秉衡	清綺軒詞選〔註98〕（歷代名人詞選）	6
	06	黃蘇	蓼園詞選〔註99〕	1
	07	張惠言	詞選〔註100〕	5
	08	周濟	詞辨〔註101〕	5
	09	董毅	續詞選〔註102〕	3

〔註95〕〔清〕朱彝尊：《詞綜》（臺北：世界書局，1956 年）。

〔註96〕〔清〕先著、程洪輯，劉崇德、徐文武點校：《詞潔》（保定：河北大學出版社，2007 年 9 月）。

〔註97〕〔清〕沈時棟：《古今詞選》（臺北：臺灣東方書店，1956 年 5 月）。

〔註98〕〔清〕夏秉衡：《清綺軒詞選》（《歷代名人詞選》）（臺北：大西洋圖書公司，1968 年 5 月）。

〔註99〕〔清〕黃蘇：《蓼園詞選》，見《清人選評詞集三種》（濟南：齊魯書社，1988 年 9 月）。

〔註100〕〔清〕張惠言：《詞選》（臺北：廣文書局，1979 年 6 月）。

〔註101〕〔清〕周濟：《詞辨》，見《清人選評詞集三種》。

〔註102〕〔清〕董毅：《續詞選》（臺北：廣文書局，1979 年 6 月）。

10	陳廷焯	詞則〔註103〕	32
11	王闓運	湘綺樓詞選〔註104〕	1
12	梁令嫻	藝蘅館詞選〔註105〕	14
13	成肇麐	唐五代詞選〔註106〕	54

清代，係詞學復興、極盛之時期，無論是詞體創作、詞學理論、詞選、詞譜之編撰等，均取得前所未有之成就。就詞選而言，今所得13種選本中，除《詞潔》不錄馮延巳詞外，其餘均錄之，尤以《歷代詩餘》收71首、《唐五代詞選》收54首、陳廷焯《詞則》收32首、朱彝尊《詞綜》收20首、梁令嫻《藝蘅館詞選》收14首最多，其餘詞選所收馮延巳作品僅數闋而已。

沈辰垣、王奕清奉敕輯《歷代詩餘》，共一百二十卷，前一百卷為詞選，後二十卷為詞論，詞選部分，錄唐宋元明詞9009首，蒐羅宏富，「自有詞選以來，可云集其大成」〔註107〕矣，選錄風格以風華典雅而不失於正者為標準，歷朝名家大多收錄，《四庫全書總目提要》稱其撰書動機云：

> 洎乎五季，詞格乃成。其歧為別集，始於馮延巳之《陽春詞》，其歧為總集，則始於趙崇祚之《花間集》。自宋初以逮明季，沿波迭起，撰述彌增，然求其括歷代之精華，為諸家之總匯者，則多窺半豹，未睹全牛，罕能博且精也。〔註108〕

《歷代詩餘》之前，未有匯集自唐五代迄明末之作品總集，歷代詞家詞什，或因選本不錄，而鮮為人知；或因擇錄一、二闋，而無法窺得全豹，《歷代詩餘》編撰之動機即出於此。馮延巳《陽春集》是第一部詞人別集，頗具歷史意義，《歷代詩餘》選入71首，雖不比〔明〕

〔註103〕〔清〕陳廷焯：《詞則》（上海：上海古籍出版社，1984年5月）。
〔註104〕〔清〕王闓運：《湘綺樓詞選》（民國6年（1917）王氏湘綺樓刊本）。
〔註105〕〔清〕梁令嫻：《藝蘅館詞選》（臺北：中華書局，1970年10月）。
〔註106〕〔清〕成肇麐：《唐五代詞選》（臺北：臺灣商務印書館：2006年5月）。
〔註107〕〔清〕紀昀等：《四庫全書總目提要》，冊4，卷199，頁5496。
〔註108〕同前註。

董逢元《唐詞紀》98 首之多，然在去蕪存菁的取捨下，亦堪稱豐富。馮延巳作品可藉由《歷代詩餘》之刊行，而廣爲流傳，其作品之風格特色與藝術技巧亦能藉此凸顯。

　　成肇麐《唐五代詞選》專錄唐五代詞人，屬斷代詞選，收錄詞人49 家 347 首，其中就以馮延巳收詞 54 首最多，其次爲溫庭筠收詞 40首，韋莊收詞 24 首。陳廷焯《白雨齋詞話》卷五云：

> 成肇麐《唐五代詞選》，刪削俚褻之詞，歸於雅正，最爲善
> 本。唐五代爲詞之源，而俚俗淺陋之詞，雜入其中，而較
> 後世爲更盛。至使後人陋《花間》、《草堂》之惡習，而並
> 忘緣情託興之旨歸，豈非操選政者加之屬乎？得此一編，
> 較顧梧芳所輯《尊前集》，雅俗判若天淵矣。〔註109〕

陳廷焯云：「唐五代爲詞之源，而俚俗淺陋之詞，雜入其中，而較後世爲更盛。」直指唐五代詞，雖爲詞之濫觴，然俚俗淺陋之詞有之，《花間》、《草堂》收於其間，明、清詞壇，均受影響，以推尊《花間》、《草堂》爲宗，而流於纖巧靡漫之習。故清初詞家，如朱彝尊、王昶等起而反動，提倡詞體應以抒發情性爲依歸。陳廷焯又云《唐五代詞選》「刪削俚藝之詞，歸於雅正」，可見此書不僅開宗尊體，尚能取其精粹，不類《花間》、《尊前》、《草堂》雅俗雜糅之現象。是編收馮延巳詞 54 首，約佔《陽春集》半數，收詞數量雖不比同爲斷代詞選之《唐詞紀》多，然在《唐五代詞選》嚴格的選錄準則下，其選錄之作，必具代表性，馮延巳詞藉此而廣爲流傳。

　　陳廷焯《詞則》，分爲四集，以《大雅集》爲正，其〈序〉云：

> 詞也者，樂府之變調，風騷之流派也。溫、韋發其端，兩
> 宋名賢暢其緒，風雅正宗，於斯不墜。金、元而後，競尚
> 新聲，眾喙爭鳴，古調絕響，操選政者，率昧正始之義，
> 嫮妍不分，雅鄭並奏，後之爲詞，茫乎不知其所從。〔註110〕

〔註109〕〔清〕陳廷焯：《白雨齋詞話》，唐圭璋：《詞話叢編》，冊 4，卷 5，
　　　　頁 3889。
〔註110〕〔清〕陳廷焯：《詞則·總序》，頁 1。

陳廷焯認爲金、元以後之選本，雅俗不分，茫然不知所從，其編撰《詞則》的主要目的，即取其雅正之作者，使湘、漢騷音猶在人間。另又擇錄《放歌集》、《閑情集》、《別調集》爲輔：《放歌集》，取其縱橫雄放、感激豪宕者；《閑情集》，取其盡態極研、哀戚頑豔者；《別調集》，取其清圓柔脆、爭奇鬥巧者。可見《詞則》已依作品風格，分門別類。《大雅集》詞 571 首，馮延巳詞有 13 闋；《閑情集》詞 655 首，馮詞 2 闋；《別調集》詞 685 首，馮詞 17 闋；至於以豪放風格爲其特色的《放歌集》詞 449 首，馮詞不錄。馮詞之風格特色，便通過陳廷焯《詞則》分門別類之選錄而凸顯出來。

朱彝尊、汪森《詞綜》，收詞 1800 餘首，其中唐五代詞有 216 首，宋詞 1387 首，金元詞 319 首，汪森又補輯 370 首，蒐羅豐富，體例精當。汪森云西蜀、南唐之後，作者日盛，曲調愈多，流派亦別，以致「言情者或失之俚，使事者或失之伉」，又云：

> 鄱陽姜夔出，句琢字煉，歸於醇雅。……世之論詞，惟《草
> 堂》是規。白石、梅溪諸家，或未窺其集，輒高自矜詡，
> 予嘗病焉。〔註111〕

可見《詞綜》以雅爲尚，推尊姜夔清空騷雅之姿，一洗《草堂》浮豔之陋，使倚聲者宗之。朱彝尊於〈孟林彥詞序〉云：

> 去《花庵》、《草堂》之陳言，不爲所役，俾淳灝滌濯，以
> 孤枝自拔於流俗，綺靡矣而不戾乎情，鏤琢矣而不傷夫氣。
> 〔註112〕

可見選家重視文學作品內在性情抒發的同時，並不否定詞體本身應有的綺靡鏤琢之格調。馮詞被選錄 20 闋作品，雖沒有《歷代詩餘》、《詞則》豐富，然接近作品數量的五分之一，仍是受到肯定的。

梁令嫻《藝蘅館詞選·序》云：

> 近世朱竹垞氏網羅百代，沕爲《詞綜》，……然苦於浩瀚，
> 使學子有望洋之嘆。若張皋文氏之《詞選》，……引繩批根，

〔註111〕〔清〕汪森〈詞綜序〉，〔清〕朱彝尊：《詞綜》，頁 1。
〔註112〕〔清〕朱彝尊〈孟林彥詞序〉，《曝書亭集》，卷 40，頁 108。

　　或病太嚴，……令嫻茲編，斟酌於繁簡之間。〔註113〕

梁氏斟酌於《詞綜》、《詞選》兩大選本之間，編成《藝蘅館詞選》一書，凡五卷，甲卷選唐五代詞 191 首，乙、丙、丁卷，各錄北宋詞 129 首、南宋詞 191 首、清詞 167 首，戊卷增補宋、清詞人之作 78 首。其中以南宋詞收錄最繁，辛棄疾詞有 27 首、周邦彥錄詞有 24 首、周密、張炎、王沂孫詞各有 18 首、姜夔詞有 16 首。至於馮延巳詞錄有 14 闋，若以作品比例論之，馮延巳詞收錄之情形並不差。

　　其餘詞選，包含先著、程洪《詞潔》、沈時棟《古今詞選》、夏秉衡《清綺軒詞選》、黃蘇《蓼園詞選》、張惠言《詞選》、董毅《續詞選》、周濟《詞辨》、王闓運《湘綺樓詞選》等，收錄馮延巳作品數量少，《詞潔》更是一篇未收，先著序云：「《詞潔》云者，恐視之或即於淫鄙穢雜，而因以見宋人之所爲，固自有眞耳。」〔註114〕正說明《詞潔》之選錄，是以宋人爲主，〈發凡〉亦云：「必若美成、堯章，宮調、語句兩皆無憾，斯爲冠絕。」〔註115〕宋人之中，當推周邦彥、姜夔詞爲尚，雖有唐五代之作間雜，仍是鳳毛麟角而已。

　　沈時棟《古今詞選》共錄歷代作品 994 首，收錄馮延巳詞 2 首，有〈選略〉八則，以明凡例，第一則云「有未經傳誦於世者，庶自古迄今，上下搜羅，略無遺憾。」第二則云：「是集雄奇香豔者俱錄，惟或粗或俗，間有敗筆者置之。」〔註116〕可見此選雅俗雜糅，施蟄存謂「清初人詞選，此本最爲下劣。」〔註117〕夏秉衡《清綺軒詞選》又名《歷朝名人詞選》，錄唐宋金元明清之作 847 首，收錄馮延巳詞 6 首，根據沈德潛序，此編乃補朱彝尊《詞綜》之憾，增補當世之作，以雅淡爲宗，觀其所選，以唐五代詞及北宋詞居多，實與《詞綜》宗

〔註113〕〔清〕梁令嫻：《藝蘅館詞選・序》，頁 1。
〔註114〕〔清〕先著〈詞潔序〉，〔清〕先著、程洪：《詞潔》，頁 2。
〔註115〕〔清〕先著、程洪：《詞潔・發凡》，頁 1。
〔註116〕〔清〕沈時棟：《古今詞選》，頁 1。
〔註117〕施蟄存：〈歷代詞選集序錄〉，《詞學》（第四輯）（上海：華東師範大學出版社，1986 年 8 月），頁 253。

法姜、張詞風有別，並強加附會，將古人詞增入閨情、閨思等題，也因爲如此，陳廷焯便評其「作俑於《花庵》、《草堂》，後世遂相沿襲，最爲可厭。」〔註118〕黃蘇《蓼園詞選》，收錄唐宋人詞213首，馮延巳詞僅錄有1首，詞序云：「《蓼園詞選》者，取材於《草堂》，而汰其近俳俚者也。」〔註119〕可知此選出自《草堂詩餘》，今觀《草堂詩餘》所收馮延巳詞僅2首，即謁金門（風乍起）、長相思（紅滿枝）兩闋，《蓼園詞選》則錄謁金門（風乍起）一闋，不足怪矣。

　　張惠言《詞選》，強調詞體意內言外、比興寄託的創作藝術，推尊五代北宋詞，以救近世之弊。收錄唐宋詞116首，溫庭筠詞入選18首，位居第一，張惠言認爲「溫庭筠最高，其言深美閎約」，〔註120〕意在推舉溫庭筠詞爲填詞之典範；其次爲北宋秦觀10首、南唐李煜7首，馮延巳詞則收錄5首。張惠言之後，董毅編《續詞選》二卷，所錄作品達122首，其中馮延巳詞增補3首，可補《詞選》之缺。周濟《詞辨》原帙十卷，今存前二卷，卷一正體，以溫庭筠爲首，卷二變體，以李煜爲首，共錄94首詞，其中又以溫庭筠、辛棄疾詞被收錄10首，李煜、周邦彥詞被收錄9首居多，而馮延巳詞，則收錄5首。王闓運《湘綺樓詞選》錄五代至南宋詞人，共計76首作品，僅是袖珍小書，其中又以姜夔詞選入5首，爲全書之冠，其次爲蘇軾，選入4首，其他詞人如李煜3首、秦觀2首、李清照2首、馮延巳、韋莊、孫光憲、歐陽脩、賀鑄等均錄1首，所選錄之詞僅供瀏覽，並無法凸顯詞人作品之特色與風格；而被張惠言、周濟等人所推崇的溫庭筠，其作品一篇未見，馮延巳詞在此選本中收錄之情形，總算略勝一籌。

（四）明、清詞譜

　　據〔明〕周瑛《詞學筌蹄》、張綖《詩餘圖譜》、程明善《嘯餘譜》、

〔註118〕〔清〕陳廷焯：《白雨齋詞話》，唐圭璋：《詞話叢編》，冊4，卷7，頁3937。

〔註119〕〔清〕況周頤〈蓼園詞選序〉，《清人選評詞集三種》，頁3～4。

〔註120〕〔清〕張惠言：《詞選‧序》，頁6。

〔清〕賴以邠《填詞圖譜》（含續集）、萬樹《詞律》、徐本立《詞律拾遺》、杜文瀾《詞律補遺》、王奕清等《欽定詞譜》、秦巘《詞繫》、葉申薌《天籟軒詞譜》、舒夢蘭、謝朝徵、《白香詞譜》、謝元淮《碎金詞譜》等 12 種詞譜，統計如下：

表格 1-4：明清詞譜收錄馮延巳詞統計表

項目	編號	作　者	詞　譜　名　稱	收詞數量
明編詞譜	01	周瑛	詞學筌蹄〔註121〕	2
	02	張綖	詩餘圖譜〔註122〕	1
	03	程明善	嘯餘譜〔註123〕	3
清編詞譜	01	賴以邠	填詞圖譜（含續集）〔註124〕	3
	02	萬樹	詞律	6
	03	徐本立	詞律拾遺	9
	04	杜文瀾	詞律補遺〔註125〕	0
	05	王奕清等	欽定詞譜〔註126〕	21
	06	秦巘	詞繫〔註127〕	15
	07	葉申薌	天籟軒詞譜〔註128〕	14
	08	舒夢蘭、謝朝徵	白香詞譜〔註129〕	1
	09	謝元淮	碎金詞譜〔註130〕	5

〔註121〕　〔明〕周瑛：《詞學筌蹄》（上海：上海古籍出版社，2002 年 3 月《續修四庫全書》，冊 1735）。

〔註122〕　〔明〕張綖：《詩餘圖譜》（上海：上海古籍出版社，2002 年 3 月《續修四庫全書》，冊 1735）。

〔註123〕　〔明〕程明善：《嘯餘譜》（上海：上海古籍出版社，2002 年 3 月《續修四庫全書》，冊 1736）。

〔註124〕　〔清〕賴以邠：《填詞圖譜》（臺南：莊嚴文化出版公司，1997 年 6 月《四庫全書存目叢書》，冊 426）。

〔註125〕　〔清〕萬樹：《詞律》、徐本立：《詞律拾遺》、杜文瀾《詞律補遺》，見《索引本詞律》（臺北：廣文書局，1989 年 10 月）。

〔註126〕　〔清〕王奕清等：《欽定詞譜》（臺北：臺灣商務印書館，1986 年 3 月《景印文淵閣四庫全書》，冊 1495）。

〔註127〕　〔清〕秦巘：《詞繫》（北京：北京師範大學出版社，1996 年 9 月）。

〔註128〕　〔清〕葉申薌：《天籟軒詞譜》（清道光間刊本）。

〔註129〕　〔清〕舒夢蘭、謝朝徵：《白香詞譜》（臺北：世界書局，1994 年 3 月）。

〔註130〕　〔清〕謝元淮：《碎金詞譜》（臺北：學海出版社，1980 年 11 月）。

　　以上十二種詞譜，係明清以來，具代表性之著作。〔明〕周瑛《詞學筌蹄》是現存最早的詞譜，成書於明弘治年間，全書共八卷，收錄177調，繫詞353首，收馮延巳詞2首，即〈謁金門〉（風乍起）、〈長相思〉（紅滿枝）。《詞學筌蹄》後，張綖《詩餘圖譜》、程明善《嘯餘譜》相繼問世。張綖《詩餘圖譜》凡三卷，收小令64調、中調49調、長調36調，各調譜平仄於前，綴唐宋人詞一首於後，此譜在清代中葉以前，影響甚大，收馮延巳詞僅〈謁金門〉（風乍起）1首。程明善《嘯餘譜》十卷，其中三卷為詞譜。田同之《西圃詞說》云：

> 宋元人所撰詞譜流傳者少。自國初至康熙十年前，填詞家多沿明人，遵守《嘯餘譜》一書。詞句雖勝於前，而音律不協，即衍波亦不免矣。此《詞律》之所由作也。〔註131〕

《嘯餘譜》可作為明末清初詞人倚聲填詞之重要典範。錄馮延巳詞三調，即〈長相思〉（紅滿枝）、〈謁金門〉（風乍起）、〈搗練子〉（深院靜）。由此觀之，馮延巳詞見於明編詞譜，僅此三闋而已，馮延巳詞於明編詞譜中接受情形，頗不樂觀。

　　至清代，詞譜為之蓬勃發展，賴以邠《填詞圖譜》六卷，續集3卷，共收545調，679體。收馮延巳詞3調，即〈長相思〉（紅滿枝）、〈三臺令〉（春色）（《填詞圖譜》作〈調笑令〉）與〈拋球樂〉（梅落新春入後庭）。萬樹《詞律》，全書二十卷，收660調，1180體，標注平仄韻腳、詳考詞調來源，考訂句法異同、斠勘鈔刻訛誤，並有論詞之主張。俞樾《校勘詞律序》：

> 《詞律》之作，蓋以有明以來，詞學失傳，舉世奉《嘯餘譜》為準繩，但取其便乎吻，而不知其戾乎古。於是掃除流俗，力追古初，一字一句，皆取宋元名作，排比而求其律。律嚴而詞之道尊矣。〔註132〕

陳匪石《聲執·詞律與詞譜》亦云：「識見之卓，無與比倫，後人不

〔註131〕〔清〕田同之：《西圃詞說》，唐圭璋：《詞話叢編》，冊2，頁1473。
〔註132〕〔清〕俞樾〈校勘詞律序〉，〔清〕萬樹等：《索引本詞律》，頁1。

得不奉爲圭臬矣」〔註133〕《詞律》收馮延巳詞6調，即：〈憶江南〉
（今日相逢花未發）、〈拋球樂〉（霜積秋山萬樹紅）、〈三臺令〉（明月）
（原作〈調笑令〉）、〈醉花間〉（林雀歸棲撩亂語）（原作〈中興樂〉）、
〈憶秦娥〉（風淅淅）、〈臨江仙〉（冷紅飄起桃花片）。

　　萬樹之後，徐本立、杜文瀾增補《詞律》之不足，各有《詞律拾
遺》及《詞律補遺》二編。徐本立《詞律拾遺》，八卷，前六卷補《詞
律》之未備，後兩卷爲補注，共補165調，495體，拾馮延巳詞達9
調，即〈更漏子〉（風帶寒）、〈喜遷鶯〉（霧濛濛）、〈賀聖朝〉（金絲
帳煖牙牀穩）、〈南鄉子〉（細雨濕流光）、〈金錯刀〉（日融融）、〈金錯
刀〉（雙玉斗）、〈舞春風〉（嚴妝才罷怨春風）（原作〈瑞鷓鴣〉）、〈臨
江仙〉（秣陵江上多離別）、〈壽山曲〉（銅壺滴漏初盡）；杜文瀾《詞
律補遺》再增補50調，可惜未補馮延巳詞。

　　王奕清等奉敕編《欽定詞譜》，全書40卷，收826調，2306體，
陳匪石《聲執·詞律與詞譜》稱是編：

　　　　後於萬氏三十年，沿襲萬氏體例。中秘書多，取材弘富，且
　　　　成書於《歷代詩餘》後，詞人時代後先，已可考見。依次收
　　　　錄創調者，或最先之作者，什九可據。惟以備體之故，多覺
　　　　氾濫。所收之調，涉入元曲範圍，又不如萬氏之嚴。〔註134〕

陳匪石之論，正道出《詞譜》之優劣，是編選錄所創詞調之作者，十之
八九可據，足供詞源之探索，然備體過繁，爲其一失也。是編錄馮延巳
詞，計21調：〈憶江南〉（去歲迎春樓上月）、〈南鄉子〉（細雨濕流光）、
〈南鄉子〉（細雨泣秋風）（單調）〔註135〕、〈擣練子〉（深院靜）、〈拋
球樂〉（霜積秋山萬樹紅）、〈薄命女〉（春日宴）原作〈長命女〉）、〈酒

〔註133〕陳匪石：《聲執·詞律與詞譜》，唐圭璋：《詞話叢編》，冊5，卷上，
　　　　頁4929。

〔註134〕同前註。

〔註135〕《花草粹編》、《詞綜》、《歷代詩餘》、《詞繫》等編，均將〈南鄉子〉
　　　　（細雨泣秋風）一闋視爲雙調，與〈南鄉子〉（玉枕擁孤衾）一闋
　　　　合爲上、下片，唯《欽定詞譜》、《天籟軒詞譜》視爲二詞。曾昭岷、
　　　　王兆鵬等：《全唐五代詞·馮延巳〈南鄉子〉考辨》，頁684。

泉子〉（芳草長川）、〈酒泉子〉（春色融融）、〈酒泉子〉（深院空幃）、〈醉花間〉（晴雪小園春未到）、〈點絳唇〉（蔭綠圍紅）、〈憶秦娥〉（風淅淅）、〈喜遷鶯〉（霧濛濛）、〈賀聖朝〉（金絲帳煖牙牀穩）、〈上行盃〉（落梅著雨消殘粉）（原作〈偷聲木蘭花〉）、〈臨江仙〉（冷紅飄起桃花片）、〈金錯刀〉（日融融）、〈金錯刀〉（雙玉斗）、〈虞美人〉（玉鈎鸞柱調鸚鵡）、〈鵲踏枝〉（六曲闌干偎碧樹）（原作〈蝶戀花〉）。《詞律》、《欽訂詞譜》二編，乃流傳至今，最豐富、最廣爲人知的詞律工具書。

秦巘《詞繫》是一部未刊稿，唐圭璋於 1983 年自《中文古籍善本書目》中尋得，《詞繫》始得重見天日。全書依唐、五代、宋代，分爲24 卷，收錄 1029 調，2220 餘體，每卷底下，又依詞人分調分體，如卷一收李白、張松齡、韓翃、韋應物等唐人諸調，以明體例；各體之下，又錄他人他體，以示變體；無論是正體或變體，秦巘均能考其調名、辨其體裁，並簡敘本事、參附己見，可謂詳盡矣。其凡例謂：「《詩餘圖譜》、《嘯餘譜》，當時盛行，填詞家奉爲圭臬。然體例踳駁蕪亂，貽誤後學非淺。康、乾間萬紅友訂爲《詞律》，糾訛駁謬，苦心孤詣，允爲詞學功臣，至今翕然宗之。惜乎援據不傳，校讎不審，其中不無缺失。……茲編以《詞律》爲藍本，於其缺者增之，訛者正之。」〔註 136〕故是編乃以拾遺補缺、糾偏駁謬爲成書之目的。在馮延巳方面，卷四「南唐」下，錄有馮延巳〈壽山曲〉（銅壺漏低初盡）、〈金錯刀〉（日融融）、〈芳草渡〉（梧桐落）、〈舞春風〉（嚴妝才罷怨春風）（原作〈瑞鷓鴣〉）、〈歸國遙〉（江水碧）（原作《歸自謠》）5 調，以示詞調之正體；又於諸體之下，錄有 10 調，即〈臨江仙〉（秣陵江上多離別）、〈醉花間〉（林雀歸棲撩亂語）、〈南鄉子〉（細雨濕流光）、〈南鄉子〉（細雨泣秋風）（雙調）、〈喜遷鶯〉（宿鶯啼）、〈拋球樂〉（霜積秋山萬樹紅）、〈鶴沖天〉（曉月墜）、〈上行盃〉（落梅著雨消殘粉）、〈憶秦娥〉（風淅淅）、〈憶江南〉（去歲迎春樓上月），以明其變體。

〔註 136〕 〔清〕秦巘：《詞繫·凡例》，頁 1～2。

　　葉申薌《天籟軒詞譜》，五卷，所收詞調 771 調，繫詞 1192 首，所錄詞人 227 人，平均每位詞人入選 5.2 首詞。其中唐代 15 人，五代 22 人，宋代 174 人，金元 28 人。〔註 137〕是編以原製之詞及名人篇什作爲擇調選詞的首要標準，原詞可以看出詞調的源流正變，來龍去脈，可以更清楚的瞭解詞調發展之歷程，以及後世詞人、學者對前人的繼承與創新；佳作具有典型性、代表性與規範性，更能成爲指導後人倚聲塡詞之準繩。〔註 138〕《天籟軒詞譜》錄馮詞 14 調：〈憶江南〉（去歲迎春樓上月）、〈南鄉子〉（細雨泣秋風）（原作「細雨濕秋風」）（單調）、〈拋毬樂〉（霜積秋山萬樹紅）、〈歸國遙〉（江水碧）（原作〈歸自謠〉）、〈薄命女〉（春日宴）（原作〈長命女〉）、〈醉花間〉（晴雪小園春未到）、〈謁金門〉（風乍起）、〈憶秦娥〉（風淅淅）、〈賀聖朝〉（金絲帳煖牙牀穩）、〈應天長〉（一鉤新月臨鸞鏡）（原作「一彎初月臨鸞鏡」）、〈臨江仙〉（秣陵江上多離別）、〈芳草渡〉（梧桐落）、〈舞春風〉（纔罷嚴妝怨曉風）（原作〈瑞鷓鴣〉）、〈鵲踏枝〉（六曲闌干偎碧樹）（原作〈蝶戀花〉）等，超出平均數據近二倍之多。

　　舒夢蘭、謝朝徵《白香詞譜》，收錄常用詞調 100 種，涵蓋唐五代至清代之作，多爲名篇，具選本功能，流傳廣泛，箋注本頗多，影響甚大，錄馮延巳詞僅 1 調，即〈謁金門〉（風乍起）。謝元淮《碎金詞譜》，道光二十三年初刻本爲六卷，道光二十八年重刻本增爲十四卷、續集六卷，錄 449 調，詞 558 首，實用性勝於完備性，收馮延巳詞 5 調，即〈拋球樂〉（霜積秋山萬樹紅）、〈擣練子〉（庭院深）、〈謁金門〉（風乍起）、〈鵲踏枝〉（原作〈蝶戀花〉）（幾日行雲何處去）、〈薄命女〉（春日宴）（原作〈長命女〉）。

　　詞譜之目的，是供詞人、學者塡詞應用，《欽定詞譜・序》云：
　　　詞之有圖譜，尤詩之有體格也。……夫詞寄於調，字之多

〔註 137〕袁志成：〈天籟軒詞譜研究〉，《廣西大學學報》（哲學社會科學版）第 30 卷第 5 期（2008 年 10 月），頁 102。
〔註 138〕同前註。

寡有定數,句之長短有定式,韻之平仄有定聲。〔註139〕

萬樹《詞律‧序》亦認爲:

詞謂之塡,如坑穴在焉,以物實之而合滿,如字可以易,

則枘鑿背矣,即強納之而不安。〔註140〕

詞譜最大之功用,係詞人塡詞之規範,蓋詞乃倚聲而塡,因聲以擇調,因調以配律,聲辭必須相契,故字有定數,句有定式,平仄有定律,不可隨意爲之,否則,如同榫頭和卯眼,互相牴觸而不相容也。又詞譜的另一功用,是供學詞者學習,非但有詞調可循,亦有作品可賞,爲後世學詞者所必備之工具書,倚聲家可永守之範式。

由上述統計可知,馮詞見於《欽定詞譜》達 21 調最多;其次爲《天籟軒詞譜》,錄馮詞 14 調;再次爲《詞律》、《詞律拾遺》二部,前者收馮延巳詞 6 調,後者拾遺 9 調。萬樹《詞律》是明以來,蒐羅詳盡、考據詳實的一部詞譜,後有徐本立、杜文瀾補錄之,可見地位之重要;《欽定詞譜》係清聖祖勒敕所編,前雖有萬樹《詞律》行於世,然不免有所舛漏,故輯 826 調 2360 體,以立詠歌之準。葉申薌《天籟軒詞譜》能對《詞律》稍加改編,又吸收《詞譜》之長,在編調、選詞上,體現選家對於詞調源頭與經典佳作之追求,堪稱善本也。至近代,萬樹《詞律》及《欽定詞譜》仍爲學界所通用。而《天籟軒詞譜》雖屬巨帙,然臺灣地區僅藏於國家圖書館善本書庫中,不易取得,甚爲可惜!此外,舒夢蘭、謝朝徵《白香詞譜》,收錄詞調 100種,其中包含馮延巳〈謁金門〉(風乍起)1 調,此編流傳廣泛,所錄多爲名篇佳作,具選本之功能,馮延巳〈謁金門〉(風乍起)收錄其間,自可廣爲流傳。又謝元淮《碎金詞譜》錄 449 調,詞 558 首,收馮延巳詞 5 調,此編雖無《詞律》、《欽定詞譜》豐富,然其實用性勝於完備性,亦爲學詞者或塡詞者所接受。

綜上所述,歷代選本對馮延巳詞收錄之概況,總結如下:

〔註139〕〔清〕王奕清等:《欽定詞譜‧序》,頁 1。

〔註140〕〔清〕萬樹:《索引本詞律‧自敘》,頁 7。

表格 1-5：歷代選本收錄馮延巳詞統計表

項目	編號	作　者	詞　選　名　稱	馮詞收錄統計	馮詞收錄總數
宋編詞選	01	佚名	尊前集	10	合計 14 首
	02	佚名	金奩集	0	
	03	書坊	草堂詩餘	2	
	04	黃昇	唐宋諸賢絕妙詞選	2	
金元詞選	缺	缺	缺	缺	缺
明編詞選	05	顧從敬	類編箋釋草堂詩餘	2	合計 179 首
	06	錢允治	類編箋釋續選草堂詩餘	2	
	07	佚名	天機餘錦	3	
	08	楊慎	詞林萬選	0	
	09	楊慎	百琲明珠	1	
	10	陳耀文	花草粹編	65	
	11	董逢元	唐詞紀	98	
	12	卓人月	古今詞統	1	
	13	茅暎	詞的	2	
	14	陸雲龍	詞菁	1	
	15	潘游龍	古今詩餘醉	4	
明編詞譜	16	周瑛	詞學筌蹄	2	合計 6 首
	17	張綖	詩餘圖譜	1	
	18	程明善	嘯餘譜	3	
清編詞選	19	朱彝尊	詞綜	20	合計 214 首
	20	先著、程洪	詞潔	0	
	21	沈辰垣、王奕清	歷代詩餘	71	
	22	沈時棟	古今詞選	2	
	23	夏秉衡	清綺軒詞選（歷代名人詞選）	6	
	24	黃蘇	蓼園詞選	1	

25	張惠言	詞選	5	
26	董毅	續詞選	3	
27	周濟	詞辨	5	
28	陳廷焯	詞則	32	
29	王闓運	湘綺樓詞選	1	
30	梁令嫻	藝蘅館詞選	14	
31	成肇麐	唐五代詞選	54	
清編詞譜	32　賴以邠	填詞圖譜（含續集）	3	合計74首
	33　萬樹	詞律	6	
	34　徐本立	詞律拾遺	9	
	35　杜文瀾	詞律補遺	0	
	36　王奕清等	欽定詞譜	21	
	37　秦巘	詞繫	15	
	38　葉申薌	天籟軒詞譜	14	
	39　舒夢蘭、謝朝徵	白香詞譜	1	
	40　謝元淮	碎金詞譜	5	
詞選、詞譜計：40 部			總計 487 首	

馮詞於選本上的傳播接受，由統計資料顯示，可得如下結論：

其一、馮詞的傳播接受不顯於宋

兩宋距南唐時代最近，而馮延巳詞卻不顯於世。宋代四部詞選，所收馮延巳詞之數量，合計僅 14 首，究其原因，實因《陽春集》輯錄、刊刻之困難；《花間集》大放異彩，選家專此而遺彼；又宋代詞選家重歌輕人，《陽春集》與他集互見之作，不詳加考據，故恆將馮詞誤作他詞。若排除《尊前集》所錄 7 首有疑義者，馮詞於兩宋選本中之傳播接受，實不足觀。

其二、馮詞的傳播接受停滯於金元

馮延巳詞不見於金元詞選中，作品的傳播接受呈現嚴重的停滯狀態。元好問《中州樂府》、陳恕可（一說仇遠）《樂府補題》、鳳林書

院刻《元草堂詩餘》、周南端《天下同文》、彭致中《鳴鶴餘音》、《宋舊宮人贈汪水雲南還詞》等編，所收作品，不出宋遺民、金、元之作，周密《絕妙好詞》以張孝祥爲首，下至仇遠，所錄不出南宋詞人，可見此七部詞選，對於晚唐五代、北宋之作，多所忽視。秦恩復〈元草堂詩餘跋〉云：

> 晚唐五季，柔曼綺靡之音，化爲側豔，一時文人學士，競撰新聲，別開生面。專集劉自《金荃》、《陽春》，雖《金荃》佚而《陽春》尚存，選錄始於《家宴》、《花間》，迨《家宴》亡而《花間》爲冠。自茲以後，如《梅苑》、《樂府雅詞》、《陽春白雪》、《花庵詞選》、《絕妙好詞》、《草堂詩餘》等書，並皆規模衛尉，搜采靡遺。唐宋以來，詞人亦云大備。至若《尊前》、《花草粹編》更無論矣。〔註141〕

五代有《花間集》，北宋有《尊前集》、《家宴集》等，《家宴》雖亡而《尊前集》存。而後有《梅苑》、《樂府雅詞》、《陽春白雪》、《花庵詞選》、《絕妙好詞》、《草堂詩餘》、《花草粹編》等選本，每編選詞動機、選錄範圍與詞學價值各不同，然可截長補短，所謂「唐宋名賢詞行於世，尚矣」。〔註142〕金、元詞選，不錄晚唐、五代、北宋詞，蓋出於此。

其三、馮詞的傳播接受復興於明

馮延巳詞仰賴《花草粹編》、《唐詞紀》二編以流傳於明代，其餘詞選、詞譜所錄之馮詞，平均不超過二闋。《唐詞紀》收馮延巳詞 98 首，是歷代選本中收馮詞最多者，可視爲《陽春集》之另一種刊刻本。然是編在當代並未受到太多關注，亦無舉足輕重之地位。而文學之發展，是由眾多因素彼此相互牽動，《唐詞紀》對於五代詞之保存、詞體演進之歷程、以及詞風之改易，自有其潛在之影響。陶子珍《明代詞選研究》舉出《唐詞紀》之體例，有區分詞體、詞調之功用，可作爲後世詞律、詞譜所依循；又認爲《唐詞紀》能宣揚五代詞風，亦呼應明代「清

〔註141〕秦恩復〈元草堂詩餘跋〉，施蟄存：《詞籍序跋萃編》，頁 698。
〔註142〕〔元〕鳳林書院：《元草堂詩餘》（臺北：新文豐出版公司，1985 年 2 月《叢書集成新編》，冊 80），頁 535。

楚流麗、綺靡醞藉」之風尚。〔註143〕又《花草粹編》所錄馮延巳詞達65 首,相當可觀。是編上溯唐五代,下迄宋金元明等朝詞人作品,所收以《花間》、《草堂》爲主,亦旁採其他諸集輔之,具有輯佚之價值。《花草粹編》、《唐詞紀》之編撰,或順應明人以纖爲豔的《花間》、《草堂》之格,然其收錄南唐馮延巳詞,是《花間》、《草堂》一系列詞籍中所忽略之處,馮延巳詞則賴此二編,再次爲人注目。

其四、馮詞的傳播接受鼎盛於清

清代詞壇選詞之風甚盛,各類詞選如歷代詞選、當代詞選、專題詞選、詞律、詞譜等,均大量刊行,今所寓目 22 部清編選本中,馮延巳詞收錄之情形,堪稱豐富,其詞於選本中的傳播接受至此臻於鼎盛。《歷代詩餘》是自宋以來,規模最大,蒐羅最詳盡的通代詞選,是自有詞選以來,集大成之巨帙。是編收錄馮詞 71 首,雖亞於明代《唐詞紀》,然仍佔《陽春集》之百分之六十三,是編擇菁去莠,馮延巳佳作,已然盡賅。《唐五代詞選》作爲清編斷代詞選,與明《唐詞紀》的詞學價值,有異曲同工之處,其收馮詞達 54 首,近《陽春集》半數,前有馮煦序云:「晚唐五季,……其辭則亂,其志則苦,義兼盡各,毋勞刻舟。抑思之,吾家正中翁,鼓吹南唐,上翼二主,下啓歐晏,實正變之樞貫,短長之流別。」〔註144〕馮煦繼承張惠言、周濟常州詞派之主張,認爲詞當具有沉摯之思,並以馮延巳後裔爲榮。他稱許馮延巳詞,辭亂志苦,能上翼南唐二主,下啓北宋晏、歐,開南唐之風尚,在詞體發展歷程上,實有不容忽視之地位。馮延巳及其詞,經由馮〈序〉的頌美及選本的選錄,使他在清代詞壇的地位,提升不少。

陳廷焯《詞則》,收馮延巳 32 首,其中《大雅集》13 首,《別調集》17 首。陳廷焯是將張惠言、周濟詞論,推向另一高峰的關鍵人物,主張扶雅放鄭、沉鬱頓挫之說;他對馮延巳詞也多所稱許。朱彝

〔註143〕陶子珍:《明代詞選研究》,頁 290～293。〔明〕陳霆:《渚山堂詞話》,唐圭璋:《詞話叢編》,冊 1,卷 3,頁 379。
〔註144〕〔清〕馮煦〈唐五代詞選序〉,成肇麐:《唐五代詞選》,頁 2。

尊編《詞綜》之目的，即欲改變時人委靡不振的纖麗詞風，故以雅正
爲宗，一洗《草堂》之陋。該書收錄馮延巳詞 20 首，有〈鵲踏枝〉
（幾日行雲、誰道閑情、庭院深深、六曲闌干）四闋，即間接稱許馮
延巳詞中忠厚惻怛之情、淒婉細膩之態。又《詞綜》之地位，丁紹儀
云：「自竹垞太史《詞綜》出而各選皆廢，各家選詞亦未有善於《詞
綜》者。」〔註 145〕《詞綜》作爲清代之金科玉律，詞學價值之高可
知，馮延巳詞之流傳，藉由《詞綜》之編撰，更有推波助瀾之效益。
近人龍榆生指出：「浙、常二派出，而詞學遂號中興。風氣轉移，乃
在一二選本之力。」〔註 146〕清代詞人往往通過選本之編撰，而體現
詞派的審美傾向與理論主張，詞選便成爲詞派宣揚詞學理論的有利工
具，朱彝尊、馮煦、陳廷焯等均如是。另外，《詞繫》一部，錄馮詞
15 首，其中 5 首爲正體，其餘爲變體。是編係作者依時代爲序，卷
下依詞人分類，各家之下，名列詞調正體，又於正體下詳載變體，對
於詞調之流變，及正體、變體之考證，均有莫大助益。《藝蘅館詞選》
是作者梁令嫻斟酌於朱彝尊《詞綜》、張惠言《詞選》之間而摘錄作
品之選本，計收馮詞 14 首；《天籟軒詞譜》追求詞調源頭與名人佳作，
對於詞調源流之考辨與發展之脈絡，特有幫助；而佳句名篇的輯錄，
使《天籟軒詞譜》更具詞選之功用與價值。

　　此外，馮延巳詞在清編詞譜的傳播流傳上，亦有一定的成績。當
詞自歌唱文學轉變爲案頭文學時，其本身具有的音樂性質，便隨之消
失殆盡，唯有通過依調填詞的方法，詞體始能與音樂緊密結合，詞人
作家除了關注於詞體的形式、內容、風格外，亦需重視音律之美感，
講究聲律之欣賞，才能確保詞在文學史上獨立的地位。而作爲詞人或
學詞者依調填詞之依據，即爲詞譜。詞譜之選，興於明而盛於清，在
明編《詞學筌蹄》、《詩餘圖譜》、《嘯餘譜》中，馮延巳詞僅錄〈謁金

〔註 145〕〔清〕丁紹儀：《聽秋聲館詞話》，唐圭璋：《詞話叢編》，冊 3，卷
　　　　　13，頁 2734。
〔註 146〕龍榆生：〈選詞標準論〉，頁 15。

門〉（風乍起）、〈長相思〉（紅滿枝）、〈搗練子〉（深院靜） 3 調；至清代，《詞律》錄 6 調、《詞律拾遺》又補 9 調，《欽定詞譜》錄馮延巳 21 調，《詞繫》錄 15 調，《天籟軒詞譜》錄 14 調，收錄成績相當可觀。詞譜作為讀者填詞、學習之依據，較之其他詞選，詞譜更能貼近讀者，一來依其調而填新詞，二來閱其詞而欣賞之，可謂兩全其美也。

簡言之，馮詞於兩宋、金、元朝之傳播接受，顯然差強人意，甚至呈現停滯之狀態；然至明、清兩代，馮詞之傳播接受情形，則是倒吃甘蔗，漸入佳境，尤以清代為甚；此或緣時代風氣、學術氛圍使然，致令馮詞的傳播接受，臻於巔峰。

二、作品入選概況

筆者據經眼之詞選、詞譜，採計量方式，可得馮延巳每闋詞在歷代的接受情形，茲以表格統計如下：

表格 1-6：馮延巳詞見錄歷代選本統計一覽表

編號	詞　調	首　句	宋編詞選	金元詞選	明編詞選	明編詞譜	清編詞選	清編詞譜	統計	排名
01	〈鵲踏枝〉	梅落繁枝千萬片	0	0	0	0	1	0	1	13
02	〈鵲踏枝〉	誰道閑情拋擲久	0	0	1	0	6	0	7	7
03	〈鵲踏枝〉	秋入蠻蕉風半裂	0	0	0	0	1	0	1	13
04	〈鵲踏枝〉	花外寒雞天欲曙	0	0	2	0	2	0	4	10
05	〈鵲踏枝〉	叵耐爲人情太薄	0	0	1	0	0	0	1	13
06	〈鵲踏枝〉	蕭索清秋珠淚墜	0	0	2	0	3	0	5	9
07	〈鵲踏枝〉	煩惱韶光能幾許	0	0	1	0	1	0	2	12
08	〈鵲踏枝〉	霜落小園瑤草短	0	0	1	0	1	0	2	12
09	〈鵲踏枝〉	芳草滿園花滿目	0	0	3	0	1	0	4	10
10	〈鵲踏枝〉	幾度鳳樓同飲宴	0	0	2	0	2	0	4	10
11	〈鵲踏枝〉	幾日行雲何處去	0	0	2	0	6	1	9	5

12	〈鵲踏枝〉	庭院深深深幾許	0	0	1	0	4	0	5	9
13	〈鵲踏枝〉	粉映墻頭寒欲盡	0	0	0	0	1	0	1	13
14	〈鵲踏枝〉	六曲闌干偎碧樹	0	0	2	0	7	2	11	3
15	〈採桑子〉	中庭雨過春將盡	1	0	1	0	2	0	4	10
16	〈採桑子〉	馬嘶人語春風岸	1	0	2	0	6	0	9	5
17	〈採桑子〉	西風半夜簾櫳冷	0	0	2	0	2	0	4	10
18	〈採桑子〉	酒闌睡覺天香煖	0	0	2	0	2	0	4	10
19	〈採桑子〉	小堂深靜無人到	0	0	2	0	5	0	7	7
20	〈採桑子〉	畫堂燈煖簾櫳捲	0	0	2	0	2	0	4	10
21	〈採桑子〉	笙歌放散人歸去	0	0	2	0	3	0	5	9
22	〈採桑子〉	昭陽記得神僊侶	0	0	2	0	1	0	3	11
23	〈採桑子〉	微風簾幕清明近	0	0	2	0	1	0	3	11
24	〈採桑子〉	畫堂昨夜愁無睡	0	0	2	0	2	0	4	10
25	〈採桑子〉	寒蟬欲報三秋候	0	0	2	0	0	0	2	12
26	〈採桑子〉	洞房深夜笙歌散	0	0	2	0	2	0	4	10
27	〈採桑子〉	花前失卻遊春侶	0	0	2	0	4	0	6	8
28	〈酒泉子〉	庭下花飛	0	0	2	0	1	0	3	11
29	〈酒泉子〉	雲散更深	0	0	1	0	0	0	1	13
30	〈酒泉子〉	庭樹霜凋	0	0	1	0	0	0	1	13
31	〈酒泉子〉	芳草長川	0	0	2	0	1	1	4	10
32	〈酒泉子〉	春色融融	0	0	2	0	1	1	4	10
33	〈酒泉子〉	深院空幃	0	0	2	0	1	1	4	10
34	〈臨江仙〉	秣陵江上多離別	0	0	1	0	1	4	6	8
35	〈臨江仙〉	冷紅飄起桃花片	1	0	1	0	3	1	6	8
36	〈臨江仙〉	南園池館花如雪	0	0	1	0	0	0	1	13
37	〈清平樂〉	深多寒月	0	0	1	0	0	0	1	13
38	〈清平樂〉	雨晴煙晚	0	0	1	0	6	0	7	7
39	〈清平樂〉	西園春早	0	0	1	0	1	0	2	12
40	〈醉花間〉	獨立階前星又月	0	0	2	0	1	0	3	11
41	〈醉花間〉	月落霜繁深院閉	0	0	2	0	1	0	3	11
42	〈醉花間〉	晴雪小園春未到	0	0	1	0	0	2	3	11

43	〈醉花間〉	林雀歸棲撩亂語	0	0	1	0	1	2	4	10
44	〈應天長〉	石城山下桃花綻	0	0	1	0	0	0	1	13
45	〈應天長〉	朱顏日日驚憔悴	0	0	1	0	0	0	1	13
46	〈應天長〉	石城花落江樓雨	0	0	1	0	1	0	2	12
47	〈應天長〉	當時心事偷相許	0	0	1	0	0	0	1	13
48	〈應天長〉	蘭舟一宿還歸去	0	0	1	0	0	0	1	13
49	〈謁金門〉	聖明世	0	0	1	0	0	0	1	13
50	〈謁金門〉	楊柳陌	0	0	2	0	1	0	3	11
51	〈謁金門〉	風乍起	3	0	7	3	6	3	22	1
52	〈虞美人〉	畫堂新霽情蕭索	1	0	1	0	1	0	3	11
53	〈虞美人〉	碧波簾幕垂朱戶	1	0	1	0	1	0	3	11
54	〈虞美人〉	玉鈎鸞柱調鸚鵡	0	0	2	0	6	1	9	5
55	〈虞美人〉	春山澹澹橫秋水	0	0	2	0	1	0	3	11
56	〈喜遷鶯〉	霧濛濛	0	0	2	0	2	2	6	8
57	〈舞春風〉	嚴妝才罷怨春風	0	0	3	0	1	3	7	7
58	〈歸國遙〉	何處笛	0	0	2	0	3	0	5	9
59	〈歸國遙〉	春豔豔	0	0	2	0	0	0	2	12
60	〈歸國遙〉	江水碧	0	0	2	0	6	2	10	4
61	〈南鄉子〉	細雨濕流光	0	0	1	0	2	3	6	8
62	〈南鄉子〉	細雨泣秋風	0	0	1	0	2	3	6	8
63	〈南鄉子〉	玉枕擁孤衾	0	0	0	0	0	0	0	14
64	〈薄命女〉	春日宴	0	0	2	0	0	3	5	9
65	〈喜遷鶯〉	宿鶯啼	0	0	2	0	5	1	8	6
66	〈芳草渡〉	梧桐落	0	0	2	0	5	2	9	5
67	〈更漏子〉	金剪刀	0	0	0	0	1	0	1	13
68	〈更漏子〉	秋水平	0	0	0	0	1	0	1	13
69	〈更漏子〉	風帶寒	0	0	0	0	2	1	3	11
70	〈更漏子〉	雁孤飛	0	0	1	0	1	0	2	12
71	〈更漏子〉	夜初長	2	0	1	0	2	0	5	9
72	〈拋球樂〉	酒罷歌餘興未闌	0	0	1	0	1	0	2	12
73	〈拋球樂〉	逐勝歸來雨未晴	0	0	1	0	1	0	2	12

74	〈拋球樂〉	梅落新春入後庭	0	0	1	0	4	1	6	8
75	〈拋球樂〉	年少王孫有俊才	0	0	1	0	0	0	1	13
76	〈拋球樂〉	**霜積秋山萬樹紅**	0	0	1	0	5	5	11	3
77	〈拋球樂〉	莫厭登高白玉杯	0	0	1	0	0	0	1	13
78	〈拋球樂〉	盡日登高興未殘	0	0	1	0	1	0	2	12
79	〈拋球樂〉	坐對高樓千萬山	0	0	1	0	2	0	3	11
80	〈鶴沖天〉	曉月墜	0	0	1	0	0	1	2	12
81	〈醉桃源〉	南園春半踏青時	0	0	2	0	3	0	5	9
82	〈醉桃源〉	角聲吹斷隴梅枝	0	0	1	0	3	0	4	10
83	〈醉桃源〉	東風吹水日銜山	0	0	0	0	0	0	0	14
84	〈菩薩蠻〉	金波遠逐行雲去	0	0	2	0	3	0	5	9
85	〈菩薩蠻〉	畫堂昨夜西風過	0	0	2	0	4	0	6	8
86	〈菩薩蠻〉	梅花吹入誰家笛	0	0	4	0	2	0	6	8
87	〈菩薩蠻〉	回廊遠砌生秋草	0	0	2	0	3	0	5	9
88	〈菩薩蠻〉	嬌鬟堆枕釵橫鳳	0	0	2	0	4	0	6	8
89	〈菩薩蠻〉	西風嫋嫋凌歌扇	0	0	2	0	3	0	5	9
90	〈菩薩蠻〉	沉沉朱戶橫金鎖	0	0	2	0	3	0	5	9
91	〈菩薩蠻〉	欹鬟墮髻搖雙槳	0	0	2	0	4	0	6	8
92	〈浣溪沙〉	春到青門柳色黃	0	0	1	0	0	0	1	13
93	〈浣溪沙〉	轉燭飄蓬一夢歸	0	0	2	0	0	0	2	12
94	〈相見歡〉	曉窗夢道昭華	0	0	2	0	0	0	2	12
95	〈三臺令〉	春色	0	0	2	0	4	1	7	7
96	〈三臺令〉	明月	0	0	2	0	5	1	8	6
97	〈三臺令〉	南浦	0	0	2	0	3	0	5	9
98	〈點絳脣〉	蔭綠圍紅	0	0	2	0	0	1	3	11
99	〈上行盃〉	落梅著雨消殘粉	0	0	2	0	2	2	6	8
100	〈賀聖朝〉	金絲帳煖牙牀穩	0	0	2	0	0	3	5	9
101	〈憶仙姿〉	塵拂玉臺鸞鏡	0	0	2	0	0	0	2	12
102	〈憶秦娥〉	風淅淅	0	0	1	0	1	4	6	8
103	〈憶江南〉	去歲迎春樓上月	0	0	2	0	1	3	6	8
104	〈憶江南〉	今日相逢花未發	0	0	2	0	1	1	4	10

105	〈思越人〉	酒醒情懷惡	0	0	2	0	2	0	4	10
106	〈長相思〉	紅滿枝	1	0	6	2	3	1	13	2
107	〈莫思歸〉	花滿名園酒滿觴	0	0	1	0	0	0	1	13
108	〈金錯刀〉	日融融	0	0	1	0	1	3	5	9
109	〈金錯刀〉	雙玉斗	0	0	1	0	0	2	3	11
110	〈玉樓春〉	雪雲乍變春雲殘	1	0	1	0	1	0	3	11
111	〈壽山曲〉	銅壺滴漏初盡	0	0	1	0	1	3	5	9
112	〈搗練子〉	深院靜	1	0	0	1	0	2	4	10
存目詞（指《全唐五代詞》列入存目詞，不作馮詞；而他本誤作馮詞者）										
01	〈酒泉子〉	楚女不歸	0	0	1	0	0	0	1	13
02	〈清平樂〉	春愁南陌	0	0	0	0	1	0	1	13
03	〈應天長〉	一鈎新月臨鸞鏡	0	0	0	0	2	1	3	11
04	〈應天長〉	綠槐蔭裏黃鶯語	0	0	0	0	0	0	0	14
05	〈謁金門〉	秋已暮	0	0	0	0	0	0	0	14
06	〈虞美人〉	金籠鸚鵡天將曙	0	0	0	0	0	0	0	14
07	〈歸國遙〉	雕香玉	0	0	1	0	0	0	1	13
08	〈更漏子〉	玉爐煙	1	0	0	0	0	0	1	13
09	〈菩薩蠻〉	人人盡說江南好	0	0	0	0	0	0	0	14
10	〈浣溪沙〉	桃李相逢簾幕閑	0	0	0	0	0	0	0	14
11	〈浣溪沙〉	醉憶春山獨倚樓	0	0	1	0	0	0	1	13
12	〈浣溪沙〉	春色迷人恨正賒	0	0	0	0	0	0	0	14
13	〈相見歡〉	羅幃繡袂香紅	0	0	0	0	0	0	0	14
14	〈江城子〉	曲闌干外小中庭	0	0	1	0	0	0	1	13
15	〈江城子〉	碧羅衫子鬱金裙	0	0	0	0	0	0	0	14
16	〈採桑子〉	櫻桃謝了梨花發	0	0	0	0	1	0	1	13
其他選本誤收作品										
01	〈河傳〉	曲檻	0	0	1	0	0	0	1	13
02	〈浣溪沙〉	馬上凝情憶舊遊	0	0	0	0	3	0	3	11
歷代選本收馮延巳詞統計			14首	0首	179首	6首	214首	74首	總計487首	

【備註】

1、所錄詞調名及首句，依據曾昭岷、王兆鵬等編《全唐五代詞》，歷代選本或有別作，本表統一用之。

2、存目詞係曾昭岷、王兆鵬等《全唐五代詞》據《陽春集》「百家詞」本、「名家詞」本、「四印齋」本考辨結果，認為非屬馮延巳詞，姑且錄之，以示選本選錄情形。

3、〈河傳〉（曲檻），見《花間集》，顧夐詞；〈浣溪沙〉（馬上凝情憶舊遊），見《花間集》，張泌詞，而選本誤作馮詞。

4、〈南鄉子〉（細雨泣秋風），《花草粹編》、《詞綜》、《歷代詩餘》、《詞繫》，與下闋〈南鄉子〉（玉枕擁孤衾）合為上、下片，作雙調，唯《欽定詞譜》、《天籟軒詞譜》視為單調。

5、本論文之統計數據，是以選家所題詞人為主。蓋選本所錄，代表歷代選家之眼光，凡屬馮延巳詞，而選本誤作他詞者，視為讀者接受之現象。

　　表格統計後呈現之結果，可從橫向面與縱向面切入分析：

其一：橫向面

　　由橫向面觀點可知，在歷代選本中，排名第一之經典佳作，當屬〈謁金門〉（風乍起）一闋，見於歷代選本達22處；第二為〈長相思〉（紅滿枝），見13處；第三為〈鵲踏枝〉（六曲闌干偎碧樹）、〈拋球樂〉（霜積秋山萬樹紅），見11處；第四為〈歸國遙〉（江水碧），見10處；第五為〈鵲踏枝〉（幾日行雲何處去）、〈採桑子〉（馬嘶人語春風岸）、〈虞美人〉（玉鈎鸞柱調鸚鵡）、〈芳草渡〉（梧桐落）四闋，見9處。此外，〈喜遷鶯〉（宿鶯啼）、〈三臺令〉（明月）二闋，見8處；〈鵲踏枝〉（誰道閑情拋擲久）、〈採桑子〉（小堂深靜無人到）、〈清平樂〉（雨晴煙晚）、〈舞春風〉（嚴妝才罷怨春風）、〈三臺令〉（春色）等五闋，見7處；〈採桑子〉（花前失卻遊春侶）、〈臨江仙〉（秣陵江上多離別）、〈臨江仙〉（冷紅飄起桃花片）、〈喜遷鶯〉（霧濛濛）、〈南鄉子〉（細雨濕流光）、〈南鄉子〉（細雨泣秋風）、〈拋球樂〉（梅落新春入後庭）、〈菩薩蠻〉（畫堂昨夜西風過）、〈菩薩蠻〉（梅花吹入誰家笛）、〈菩薩蠻〉（嬌鬟堆枕釵橫鳳）、〈菩薩蠻〉（欹鬟墮髻搖雙槳）、〈上行盃〉（落梅著雨消殘粉）、〈憶秦娥〉（風淅淅）、〈憶江南〉（去歲迎

春樓上月）等十四闋，見 6 處；〈鵲踏枝〉（蕭索清秋珠淚墜）、〈鵲踏枝〉（庭院深深深幾許）、〈採桑子〉（笙歌放散人歸去）、〈歸國遙〉（何處笛）、〈薄命女〉（春日宴）、〈更漏子〉（夜初長）、〈醉桃源〉（南園春半踏青時）、〈菩薩蠻〉（金波遠逐行雲去）、〈菩薩蠻〉（回廊遠砌生秋草）、〈菩薩蠻〉（西風嫋嫋淩歌扇）、〈菩薩蠻〉（沉沉朱戶橫金鎖）、〈三臺令〉（南浦）、〈賀聖朝〉（金絲帳煖牙牀穩）、〈金錯刀〉（日融融）、〈壽山曲〉（銅壺滴漏初盡）等十五闋，見於 5 處。馮延巳詞見收於歷代選本達 5 處以上者，計有 45 首。

其二、縱向面

由縱向面觀點可知，馮延巳每一闋詞在歷代選本中受歡迎之程度。宋代，以〈謁金門〉（風乍起）一闋見於三部選本最多。金、元二代選本，受範圍限制，自不錄之。明代，亦以〈謁金門〉（風乍起）一闋為冠，見於詞選、詞譜計 10 處；其次為〈長相思〉（紅滿枝），見於詞選、詞譜有 8 處。清代，以〈拋球樂〉（霜積秋山萬樹紅）為最，見於詞選、詞譜計有 10 處，其次為〈鵲踏枝〉（六曲闌干偎碧樹）、〈謁金門〉（風乍起），見於詞選、詞譜各 9 處。馮延巳之經典名篇，顯然呼之欲出。

然若就宋、明、清三代選本選詞情形相較，可發現宋編選本擇錄馮詞之情形最差；馮詞百餘闋，宋編選本不過選錄 10 首作品及 1 首存目詞；僅佔馮詞百分之十左右。明代選本擇錄馮詞之情形雖大大提高，然較清代，亦有所不及，如〈鵲踏枝〉（誰道閑情拋擲久）一闋，明編選本僅見 1 處，而清編選本達 6 處；〈鵲踏枝〉（幾日行雲何處去）一闋，明編選本僅見 2 處，清編選本達 7 處；〈採桑子〉（馬嘶人語春風岸）一闋，明編選本僅見 2 處，清編選本達 6 處；〈歸國遙〉（江水碧）一闋，明編選本僅見 2 處，而清編選本達 8 處。除〈謁金門〉（風乍起）、〈長相思〉（紅滿枝）二闋外，明編選本中所收作品，縱有超過清編選本者，如〈鵲踏枝〉（芳草滿園花滿目）一闋，明編選本見於 3 處，清編選本見於 1 處；〈酒泉子〉（庭下花飛）一闋，明編選本見於 2 處，清編選本

見於 1 處；〈點降唇〉（蔭綠圍紅）一闋，明編選本見於 2 處，清編選本見於 1 處，仍無法凸顯馮延巳詞在明編選本中受歡迎之程度。要之，馮延巳作品之傳播，實賴清編選本，始能廣爲流行。

通過選本擇錄馮詞之統計結果，可得〈謁金門〉（風乍起）、〈長相思〉（紅滿枝）、〈鵲踏枝〉（六曲闌干偎碧樹）、〈拋球樂〉（霜積秋山萬樹紅）等四闋，允推爲經典名篇，茲概述如次：

（一）〈謁金門〉

> 風乍起。吹縐一池春水。閑引鴛鴦香徑裏。手挼紅杏蕊。
>
> 　　鬥鴨闌干獨倚。碧玉搔頭斜墜。終日望君君不至。舉
> 頭聞鵲喜。〔註147〕

此闋爲馮延巳《陽春集》中，最廣爲流傳之經典名篇。四部宋編詞選，錄之者三；十一部明編詞選，錄之者七，三部明編詞譜均錄；十三部清編詞選，錄之者六，九部清編詞譜，錄之者三。除金元詞選不錄外，見歷代選本達 22 處；又此詞亦是宋、明、清各代收錄排行榜位居鼇頭之作，受歡迎之程度，可以想見。據各代選本收詞比例論之，宋編選本 75%；明編選本 71%；清編選本 41%，由是觀之，〈謁金門〉（風乍起）一闋於清代選本中選錄之比例最低，相較之下，與宋、明兩代相差百分之三十左右。此一現象固然與選本數量有關，然亦與時代背景、詞體發展、文本傳播等因素緊緊相扣。

細究馮延巳〈謁金門〉（風乍起）一闋，能於宋代廣爲流傳之原因，蓋緣史籍載錄君臣一段佳話也。馬令、陸游二部《南唐書》均載馮延巳、李璟君臣互捧之佳話。馬令《南唐書》卷二十一載：

> 元宗樂府辭云：「小樓吹徹玉笙寒」，延巳有「風乍起，吹
> 縐一池春水」之句，皆爲警策，元宗嘗戲延巳曰：「吹縐一
> 池春水，干卿何事。」延巳曰：「未如陛下『小樓吹徹玉笙
> 寒』。」元宗悅。〔註148〕

〔註147〕本論文所引用馮詞原文，均出自曾昭岷、王兆鵬等編：《全唐五代詞》，出處詳參【附錄 1】，不再贅注。

〔註148〕〔宋〕馬令：《南唐書》（北京：中華書局，1985 年《叢書集成初編》，

陸游《南唐書》卷十一載：

> 元宗……從容謂曰：「吹皺一池春水，何干卿事？」延巳對
> 曰：「安得如陛下小樓吹徹玉笙寒。」〔註149〕

中主李璟與宰相馮延巳君臣間相處之記載，往往藉由史籍而廣爲流傳。宋《詩話總龜・後集》、趙與時《賓退錄》、胡仔《苕溪漁隱詞話》等書皆載之，至〔明〕陳霆《唐餘紀傳》、〔清〕吳任臣《十國春秋》亦載錄宋代史籍文字於史料中。〔註150〕馮延巳詞名遂因「吹縐一池春水」而爲人稱道。史籍是文人學士，甚至大眾人民，最容易接觸之文本，〈謁金門〉（風乍起）藉由史籍的傳播，而成爲眾所周知的名篇佳作，恐係馮延巳本人始料所未及。

史籍載錄詞林佳話，也間接影響當代詞選家選錄作品之看法。宋編詞選中，除《金奩集》外，《尊前集》、《草堂詩餘》、《唐宋諸賢絕妙詞選》均載錄此詞，《金奩集》選錄範圍，著重花間詞人，自必忽視南唐之作，捨此不論，宋編詞選收錄此詞之比例，可謂百分之百。李清照《詞論》有云：「五代干戈，四海瓜分豆剖，斯文道熄。獨江南李氏君臣尚文雅，故有『小樓吹徹玉笙寒』、『吹縐一池春水』之詞，語雖奇甚，所謂『亡國之音哀以思』也。」〔註151〕李清照之論，道出詞中位處高階之主人翁，心煩意亂、寂寞難耐之心境，雖有聞鵲之

　　　冊 3851～2852），卷 21，頁 140。

〔註149〕〔宋〕陸游：《南唐書》（北京：中華書局，1985 年《叢書集成初編》，
　　　　　冊 3853～2854），卷 11，頁 242。

〔註150〕〔宋〕阮閱：《詩話總龜・後集》（臺北：臺灣商務印書館，1986 年
　　　　　3 月《景印文淵閣四庫全書》，冊 1478），卷 32，頁 817。趙與時：
　　　　　《賓退錄》（臺北：臺灣商務印書館，1985 年 2 月《景印文淵閣四
　　　　　庫全書》，冊 853），卷 8，頁 740。胡仔：《苕溪漁隱詞話》，唐圭璋：
　　　　　《詞話叢編》，冊 1，卷 2，頁 169～170。〔明〕陳霆：《唐餘紀傳》
　　　　　（上海：上海古籍出版社，2002 年 3 月《續修四庫全書本》，冊 332），
　　　　　卷 9，頁 583。〔清〕吳任臣：《十國春秋》（北京：中華書局，1983
　　　　　年 12 月），卷 26，頁 365。

〔註151〕〔宋〕胡仔：《苕溪漁隱叢話・後集》卷 33 引，見張惠民：《宋代
　　　　　詞學資料彙編》（汕頭：汕頭大學出版社，1993 年 11 月），頁 52。

喜，然望君而君不至之苦，極為深沉。

　　明代詞選收錄〈謁金門〉（風乍起）一闋比例有 63%，明編詞譜收錄此闋之比例達 100%，可見於《類編箋釋草堂詩餘》、《天機餘錦》、《花草粹編》、《古今詞統》、《詞的》、《古今詩餘醉》、《唐詞記》、《詞學筌蹄》、《詩餘圖譜》、《嘯餘譜》等十部選本中。明代評論家論及此詞者，如徐應秋《玉芝堂談薈》卷二十四「鬥鴨欄」條下，載錄馮延巳此詞；〔註152〕王世貞《藝苑卮言》有云：「『風乍起，吹縐一池春水。干卿何事？』與『未若陛下小樓吹徹玉笙寒』，此語不可聞鄰國，然是詞林本色佳話。〔註153〕李廷機《草堂詩餘評林》卷二云此闋詞：「『千回覽鏡千回淚，一度憑欄一度愁』，亦此意。」〔註154〕沈際飛《草堂詩餘正集》亦云：「聞鵲報喜，須知喜中還有疑在。無非望澤希寵之心，而語自清雋。」〔註155〕然《詞的》作者茅暎卻下一評語，謂〈謁金門〉（風乍起）一闋：「此詞亦平耳，不知何以得名。」〔註156〕此一論點與近人鄭騫先生所見略同，鄭騫云：「此故事甚有名，詞以事著，實非佳作，馮詞之俊之深，《花間》所無，此置《花間集》中，亦不過尋常筆墨耳。」〔註157〕茅暎之論，絕非特例。此外，筆者所得三部詞譜中，《詞學筌蹄》是現存最早之詞譜，而後有《詩餘圖譜》、《嘯餘譜》相繼刊出，在清詞譜未問世前，明編詞譜有其一定的詞學地位，此三編均錄〈謁金門〉（風乍起）一闋，俾學詞者依調填詞，依詞揣摩也。

　　清編詞選錄此闋詞者，有《歷代詩餘》、《古今詞選》、《蓼園詞選》、

〔註152〕〔明〕徐應秋：《玉芝堂談薈》（臺北：臺灣商務印書館，1985 年 6 月《景印文淵閣四庫全書》，冊 883），卷 24，頁 589。

〔註153〕〔明〕王世貞：《藝苑卮言》，唐圭璋：《詞話叢編》，冊 1，頁 387。

〔註154〕〔明〕李廷機評注：《新刻朱批註釋草堂詩餘評林》，藏於中國國家圖書館，另參王兆鵬編：《唐宋詞彙評・唐五代卷》（杭州：浙江教育出版社，2007 年 3 月），頁 446。

〔註155〕〔明〕沈際飛評點：《古香岑草堂詩餘》（明崇禎間太末翁少麓刊本），卷 1，頁 20。

〔註156〕〔明〕茅暎：《詞的》，頁 489。

〔註157〕鄭騫：《詞選》（臺北：中國文化大學出版社，1982 年 2 月），頁 18。

《湘綺樓詞選》、《藝蘅館詞選》、《唐五代詞選》六部，錄選比例 46%；
清編詞譜錄此闋者，有《天籟軒詞譜》、《白香詞譜》、《碎金詞譜》，
錄選比例 33%。與宋、明兩代相比，確實偏低。就詞選論之，朱彝尊
《詞綜》與陳廷焯《詞則》，係將此闋誤作成幼文詞，此一現象無疑
受到〔宋〕陳振孫《直齋書錄解題》「當是幼文作」〔註158〕之影響，
作品互見問題待下節探究。其餘詞選，如《詞潔》一編，以選錄宋人
爲主。《清綺軒詞選》一編，係補《詞綜》之憾。而常州詞派之《詞
選》、《續詞選》、《詞辨》等三編，獨鍾〈鵲踏枝〉比興寄託之微言大
義，而不錄〈謁金門〉（風乍起）一闋。可見選家標準不同，選詞擇
調的結果亦不同。就詞譜論之，僅見三處，或因「風乍起」一闋，非
初始之調，故詞譜不特別錄之。收錄此闋之詞譜，有《天籟軒詞譜》
一編，該編係以詞調原型與名篇佳作作爲選錄之標準，可知是編所
收，具有一定的詞學地位與文學價值；《白香詞譜》一編，該書收常
用詞調 100 種，以供塡詞者入門學習；《碎金詞譜》一編，該書收詞
449 調，係實用性勝於完備性的工具書。馮延巳〈謁金門〉名列於《白
香詞譜》、《碎金詞譜》，較之編帙浩大、蒐羅詳盡的《詞律》、《欽定
詞譜》，更容易受到讀者之青睞。

　　又〈謁金門〉（風乍起）一闋之相關評論，如梁令嫻評點《藝蘅
館詞選》，即載馮延巳與李璟君臣間妙答之佳話；〔註159〕黃蘇《蓼園
詞選》引明代沈際飛之論，以爲詞中有望澤希寵之心；〔註160〕王闓
運《湘綺樓評詞》稱此詞「言情之始，故其來無端」；〔註161〕另如賀
裳《皺水軒詞筌》載馮延巳與李璟君臣之佳話，並云「細看詞意，含
蓄尚多。」〔註162〕均可見清代詞選家、詞論家對〈謁金門〉（風乍起）

〔註158〕〔宋〕陳振孫：《直齋書錄解題》，卷 21，頁 1269。
〔註159〕〔清〕梁令嫻：《藝蘅館詞選》，甲卷，頁 28。
〔註160〕〔清〕黃蘇、周濟、譚獻選評：《清人選評詞集三種》，頁 24。
〔註161〕〔清〕王闓運：《湘綺樓評詞》，唐圭璋：《詞話叢編》，冊 5，頁
　　　　4293。
〔註162〕〔清〕賀裳：《皺水軒詞筌》，唐圭璋：《詞話叢編》，冊 5，頁 706。

一闋之見解。

（二）〈長相思〉

> 紅滿枝。綠滿枝。宿雨厭厭睡起遲。閒庭花影移。　　憶
> 歸期。數歸期。夢見雖多相見稀。相逢知幾時。

此詞，《陽春集》「百家詞」本、「名家詞」本均無，首見《陽春集》
「四印齋」本；又明洪武本《草堂詩餘》收錄此闋，蓋爲後世所本。

　　明編詞選中，《類編箋釋草堂詩餘》、《花草粹編》、《詞的》、《詞
菁》、《古今詩餘醉》、《唐詞紀》、《詞學筌蹄》、《嘯餘譜》均錄之，達
8 處之多，也是明編選本選錄情形次於〈謁金門〉（風乍起）之一闋。
清代選本中，《歷代詩餘》、《藝蘅館詞選》、《唐五代詞選》、《塡詞圖
譜》錄之，僅 4 處而已。由此可知，〈長相思〉（紅滿枝）一闋之傳播
接受，明勝於清。又明代相關評論亦有之，如李廷機《草堂詩餘評林》
評此詞云：「夢多見稀」，正是閨中之語；「相逢知幾時」，又發相思之
境。又云：「值此春光滿目，而懷人會晤難期，不能慼慼也」；〔註163〕
沈際飛評點《古香岑草堂詩餘》謂此闋「哀而不傷」〔註164〕也。

　　值得注意的是，《天機餘錦》卷三將此詞題作宋無名氏詞，若馮
延巳〈長相思〉（紅滿枝）一闋，於明代如此盛行，作者爲何有所爭
議？近人曾昭岷、王兆鵬《全唐五代詞》針對洪武本《草堂詩餘》云：

> 洪武本《草堂詩餘》所選諸詞中，其前後銜接有失詞人姓
> 氏者，未必均爲同一人之作。……此詞在秦少游詞前，馮
> 延巳〈謁金門〉（風乍起）詞後，晚出諸本《草堂詩餘》遂
> 以爲馮詞，而題馮延巳作，……四印齋本據以補入，是可
> 疑也。〔註165〕

黃進德《馮延巳詞新釋輯評》云：

> 明洪武本《增修箋注妙選群英草堂詩餘》前集卷下置本詞

〔註163〕〔明〕李廷機：《新刻朱批註釋草堂詩余評林》，另參王兆鵬編：《唐
　　　　宋詞彙評・唐五代卷》，頁 459。

〔註164〕〔明〕沈際飛評點：《古香岑草堂詩餘》，卷 1，頁 3。

〔註165〕曾昭岷、王兆鵬等：《全唐五代詞》，頁 706～707。

> 於作者〈謁金門〉（風乍起）後、秦少游詞之前，晚出諸本
> 《草堂詩餘》遂以爲馮詞，而題延巳作。《花草粹編》、《全
> 唐詩》、《歷代詩餘》因仍之，又未見別題他人者。四印齋
> 本補入，故存此。〔註166〕

由上述資料可知，《草堂詩餘》所錄〈長相思〉（紅滿枝）一闋之作者，
甚爲可疑，或晚出諸本將此闋誤作馮詞，近人之評論，不無道理。

此外，馮延巳〈長相思〉（紅滿枝）受到明代選家賞識，然〔明〕
吳訥《陽春集》「百家詞」本卻未收錄；至〔清〕康熙二十八年，侯
文燦所刊《陽春集》「名家詞」本亦不錄；康熙五十四年，王鵬運編
《陽春集》「四印齋」本卻有所補錄，此一現象頗耐人尋味。蓋明代
詞界，視《花間》、《草堂》爲楷模，選本所錄，亦以此二編爲依據，
《草堂詩餘》錄〈謁金門〉（風乍起）、〈長相思〉（紅滿枝）二闋，故
明編選本因之；而吳訥刊刻《唐宋元明百家詞集》，前有陳世脩〈序〉，
係就北宋陳世脩嘉祐本而來，本不錄之也。至清代，詞界對於《花間》、
《草堂》遺風，多所批判，以爲纖麗而綺靡，選本選錄之標準，自當
重新審視；而侯文燦編《十名家詞》，有陳世脩〈序〉，或與《百家詞》
本同出一源；至王鵬運，參照之刊本、選本眾多，或能補錄未收作品，
以求全面才是。

（三）〈拋球樂〉

〈拋球樂〉（霜積秋山萬樹紅）是清代選本中，最受歡迎之一闋，
其次爲〈謁金門〉（風乍起）、〈鵲踏枝〉（六曲闌干偎碧樹）。〈拋球樂〉
詞云：

> 霜積秋山萬樹紅。倚巖樓上掛朱櫳。白雲天遠重重恨，黃
> 草煙深淅淅風。彷彿梁州曲，吹在誰家玉笛中。

此闋抒寫悲秋情結也。首句以色彩濃麗之字眼，點綴眼前所見之秋
景；次句寫巖傍樓上的窗櫺，透露詞人欲遠望之渴望。然詞人登危樓
後，所見的是重重白雲、是黃葉深煙，所聞的是淅淅風聲。此景此聲，

〔註166〕黃進德：《馮延巳詞新釋輯評》，頁172。

對照詞人內心感受，實有說不出口的感慨。最後詞人隱約聽見催人淚下的〈梁州曲〉，遂令人悲不自勝。

　　此詞見收於清編詞選有五處，即《詞綜》、《歷代詩餘》、《清綺軒詞選》、《詞則》、《唐五代詞選》；見收於詞譜亦有五處，即《詞律》、《欽定詞譜》、《天籟軒詞譜》、《詞繫》、《碎金詞譜》。較之宋、明選本，宋代不錄，明代僅見於《唐詞紀》，然《唐詞紀》錄詞 98 首，幾乎涵蓋所有馮延巳詞，實無法凸顯選錄標準，而作品之雅俗優劣，亦無從得知，捨此不論，此詞至清代始受到編選家及讀者關注。

　　陳廷焯《詞則·別調集》評點此詞云：「起句恣肆，『白雲』十四字，頗近中唐名句。」〔註167〕其《雲韶集》卷一云：「起筆制勝，『白雲』二語，意有十層，直似中唐絕妙七律。」〔註168〕陳廷焯指出馮延巳詞中「白雲天遠重重恨，黃草煙深淅淅風」句，有唐人七律之妙絕。按：中唐詩歌以徘徊苦悶、哀怨惆悵、淒涼感傷為基調，氣象內斂，意境狹窄。中唐詩人或雕琢鍊飾，追求麗藻與遠韻的統一；或崇俗尚質，追求淺切盡露的平易之風；或崇奇尚怪，追求「筆補造化」的人工之美。〔註169〕所謂以徘徊苦悶、哀怨惆悵之情，通過雕琢濃麗之辭句，以追求麗藻與遠韻的統一，正是馮延巳的風格特色，清人鍾愛此作品，蓋出於此。

（四）〈鵲踏枝〉

> 六曲闌干偎碧樹。楊柳風輕，展盡黃金縷。誰把鈿箏移玉柱。穿簾海燕驚（一作「雙」）飛去。　　滿眼游絲兼落絮。紅杏開時，一霎清明雨。濃睡覺來慵不語（一作「鶯亂語」）。驚殘好夢無尋處。

此闋為馮延巳名作，發端寫景，欄杆之外，暮春三月，景色迷人，金

〔註167〕〔清〕陳廷焯：《詞則·別調集》，頁 568。
〔註168〕〔清〕陳廷焯：《雲韶集》（南京圖書館藏清抄本），臺灣未藏，另見黃進德：《馮延巳詞新釋輯評》，頁 132。
〔註169〕孟二冬：《中唐詩歌之開拓與新變》（北京：北京大學出版社，2006年 1 月），頁 6。

絲般的柳枝，伴著輕風隨意飄拂，「偎」字用得貼切，將詞人所見之氛圍，展現得風姿綽約。下句「誰把」二字，透露出景中自有人在，人在情亦在的現象。上片末句，原本呢喃在側的海燕，因細箏移柱，而穿簾飛去，詞人此處於靜景之中，注入動態之畫面。下片由景至情，「紅杏開時」，道出韶光流逝之慨，原本賞心悅目之春景，在詞人筆下，轉變成春色撩亂、落絮紛飛之景象，一霎清明細雨，亂了思婦，亦亂了詞人。末兩句中，「慵」字道出難以名狀之失落，詞人筆下的思婦，因現實之困頓，寄託於夢鄉，然夢境雖殊愜人意，卻無法長久擁有；「濃睡覺來慵不語。驚殘好夢無尋處」，將詞人淒婉之情，推向極致。

　　此般佳作，宋編詞選、金元詞選不錄；見於明編選本有 2 處，即《天機餘錦》、《唐詞紀》二編；見於清編選本有 9 處：詞選見於《詞綜》、《歷代詩餘》、《清綺軒詞選》、《詞選》、《詞辨》、《詞則》、《唐五代詞選》七編，詞譜見於《欽定詞譜》、《天籟軒詞譜》二編。雖然清編詞譜所佔比例頗低，然亦可發現此詞於清代之接受，遠勝前代。

　　清代詞論家，往往將此詞與另三闋〈鵲踏枝〉（誰道閑情拋擲久、幾日行雲何處去、庭院深深深幾許）相提並論，對於馮詞中所蘊含的纏綿淒婉之慨，亦多所感悟，如張惠言《詞選》評「六曲闌干」、「誰道閑情」、「幾日行雲」爲「忠愛纏綿，宛然〈騷〉、〈辨〉之義」；﹝註170﹞周濟《詞辨》評〈鵲踏枝〉四闋爲「纏綿忠篤」；﹝註171﹞陳廷焯《詞則》評點「六曲闌干」一闋云「憂讒畏譏，思深意苦」，﹝註172﹞又於《白雨齋詞話足本》卷六云：「〈蝶戀花〉一調，最爲古雅，『六曲闌干』唱後，幾成絕句。」﹝註173﹞然此四闋〈鵲踏枝〉作者之爭

﹝註170﹞〔清〕張惠言：《詞選》，卷 1，頁 21。
﹝註171﹞〔清〕周濟評歐陽脩語，唐圭璋：《詞話叢編》，冊 2，《宋四家詞選目錄序論》，頁 1650～1651。
﹝註172﹞〔清〕陳廷焯：《詞則‧大雅集》，頁 35。
﹝註173﹞〔清〕陳廷焯：《白雨齋詞話》（足本）（上海：上海古籍出版社，1984 年 5 月），卷 6，頁 198。按：《白雨齋詞話》手稿原爲十卷本，

議，總是不間斷地爲人討論，或作馮延巳，或作歐陽脩，〔註174〕此
一問題有待下節討論。而「六曲闌干偎碧樹」一闋，能脫穎而出，居
四闋之冠，或因其藝術價值高，或因其他三闋多作歐陽脩詞，而此闋
多作馮詞之故。可見〈鵲踏枝〉（六曲闌干偎碧樹）一闋，確實受到
清代詞家萬般青睞。

　　除上述經典名篇外，馮延巳詞尚有幾闋頗值得討論，如〈南鄉子〉
一闋：

　　　　玉枕擁孤衾。抱恨還同歲月深。簾捲曲房誰共醉。憔悴。
　　　　惆悵秦樓彈粉淚。

此闋諸家選本不錄，係因爲《陽春集》「百家詞」本、「名家詞」本、「四
印齋」本均合〈南鄉子〉：「細雨泣秋風。金鳳花殘滿地紅。閑蹙黛眉慵
不語。情緒。寂寞相思知幾許」作雙調。而《欽定詞譜》、《天籟軒詞譜》
錄馮延巳〈南鄉子〉（細雨泣秋風）一闋，作單調；《欽定詞譜》又謂「《陽
春集》馮詞二首（指〈南鄉子〉二首）悉同」。〔註175〕曾昭岷、王兆鵬
等編《全唐五代詞・馮延巳〈南鄉子〉考辨》謂：

　　　　《百家詞》本、《十名家詞》本、《四印齋》本合上首作雙
　　　　調，實誤。《南鄉子》，唐教坊曲原作單調，雙調始於馮延
　　　　巳「細雨濕流光」一闋，56 字。其後則有 54 字、58 字，
　　　　均前後段各四平韻。若將「細雨泣秋風」與「玉枕擁孤衾」
　　　　合併，實不同也。〔註176〕

可見《陽春集》舊本及諸家選本，均將〈南鄉子〉（玉枕擁孤衾）一
闋，與〈南鄉子〉（細雨泣秋風）一闋合爲上、下片，以爲與〈南鄉
子〉（細雨溼流光）同爲一體。今見《花草粹編》、《詞綜》、《歷代詩
餘》、《詞繫》四編，即錄「細雨泣秋風」一闋，下片即是「玉枕擁孤

　　　　後刪爲八卷，爲現今通行之本，今所得係《白雨齋詞話》十卷本。
〔註174〕〈鵲踏枝〉四闋，又互見於歐陽脩《近體樂府》，其間端倪於下一
　　　　小節論述之。
〔註175〕〔清〕王奕清等：《欽定詞譜》，卷 2，頁 19。
〔註176〕曾昭岷、王兆鵬等編：《全唐五代詞・馮延巳〈南鄉子〉考辨》，頁 684。

衾」一闋，選本不選之因可以想見。

又〈醉桃源〉（東風吹水日銜山）一闋，各家選本不選；〈搗練子〉
（深院靜）一闋，詞選中僅見《尊前集》，詞譜見於《嘯餘譜》、《欽
定詞譜》、《碎金詞譜》，究其所以，實與詞集之互見有關，有待下節
深入論述。

綜上所述，馮延巳詞見收於歷代選本之概況，通過謹慎的人工統
計數據，而一覽無遺。此中，最廣爲流傳之作，即〈謁金門〉（風乍起）
一闋，自兩宋迄清，均受到熱烈的重視與回應。距南唐五代未遠之宋代
詞選，錄馮詞者 14 首，〈謁金門〉（風乍起）即佔 3 首，史籍傳播之推
波助瀾，影響深遠。明、清兩代，沿《花間》、《草堂》遺風，加上詞選、
詞譜刊刻之流行，〈謁金門〉（風乍起）一闋，藉此盛行於世。〈長相思〉
（紅滿枝），宋、明、清詞選，明、清詞譜均錄之，雖作者有所疑義，
且《陽春集》「百家詞」本及「名家詞」本不錄，然流行之趨勢，更勝
他作，尤以明代爲盛，僅亞於〈謁金門〉（風乍起）一闋。由此可見，
明代編選家認定〈長相思〉（紅滿枝）一闋係屬馮延巳詞無疑，縱使所
見《陽春集》刊刻本不錄，亦無大礙。〈拋球樂〉（雙積秋山萬樹紅）一
闋，係清編選本中，流傳最廣、最受歡迎之一闋，其接受程度甚至高於
〈謁金門〉（風乍起），然此闋於清代之前，僅《唐詞紀》錄之，可見此
詞至清代始受到編選者與讀者之注意。〈鵲踏枝〉（六曲闌干偎碧樹）接
受程度，宋編詞選不錄，而明、清詞選及清詞譜錄之，尤以清代最多，
此詞與其餘三闋〈鵲踏枝〉（誰道閑情、幾日行雲、庭院深深）往往被
相提並論，然入選情形卻居四闋之冠，或因藝術價值高，或因其他三闋
多作歐陽脩詞，而此闋多作馮詞之故。由此可知，歷代選本所透露出之
各種訊息，實爲可貴，其間端倪，足供詞學研究者深入探究。

三、作品互見概況

由歷代選本選詞情形可知，《陽春集》誤入他集或與他集互見之

情形，實屬頻繁。上一小節指出，五代、北宋間，詞界往往「重歌而輕人」，導致詞人作品彼此混淆，胡適《詞選·序》亦云：

> 時代的詞還有一個特徵；就是大家都接近平民的文學，都採用樂工娼女的聲口，所以作者的個性都不充分表現，所以彼此的作品容易混亂。馮延巳的詞往往混作歐陽脩的詞；歐陽脩的詞也往往混作晏氏父子的詞。〔註177〕

此一互見現象，亦是歷來詞學界爭議紛紜的課題，孰是孰非，實難定奪。〔南宋〕羅泌跋《近體樂府》云：

> 元豐中崔公度跋馮延巳《陽春錄》，謂皆延巳親筆，其間有誤入六一詞者，《桐汭志》、《新安志》亦記其事。今觀延巳之詞，往往自與唐《花間集》、《尊前集》相混，而柳三變詞，亦染《平山集》中，則此三卷，或其浮豔者，殆非公之少作，疑以傳疑可也。〔註178〕

此段文字，可留意者四：一、崔公度藏有《陽春集》，謂所見「皆延巳親筆」，意指崔公度嘗見馮延巳詞墨跡；二、崔公度認爲馮詞有誤作歐陽脩詞者；三、羅泌觀馮詞，發現其詞往往與《花間》、《尊前》相混；四、歐陽脩詞，舊稱《平山集》，此當北宋時坊刻，今未有傳本，羅泌指出，柳永詞亦間雜於歐詞之中。

〔南宋〕陳振孫《直齋書錄解題》載：

> 《陽春錄》一卷，南唐馮延巳撰。高郵崔公度伯易題其後，稱其家「所藏最爲詳確」，而《尊前》、《花間》諸集，往往謬其姓氏，近傳歐陽永叔詞亦多有之，皆失其眞也。〔註179〕

陳振孫指出，「《尊前》、《花間》諸集，往往謬其姓氏」，係詞選興起之初的通病，畢竟，當時詞仍被視爲小道、詩餘，在詞體未成氣候之際，粗具規模之選本，難免有此疏忽。此外，陳振孫亦指出「歐陽永叔詞亦多有之」，道出歐陽脩《近體樂府》互見他集之現象。陳振孫

〔註177〕胡適：《詞選·序》（北京：中華書局，2007年4月），頁4。
〔註178〕〔宋〕羅泌〈近體樂府跋〉，施蟄存：《詞籍序跋萃編》，頁54～55。
〔註179〕〔宋〕陳振孫：《直齋書錄解題》，卷21，頁1268。

又云：

> 歐陽文忠公修撰其間，多有與《花間》、《陽春》相混者，
> 亦有鄙褻之語一二廁其中，當是仇人無名子所為也〔註180〕

陳氏清楚指出歐陽脩、馮延巳與花間詞人作品彼此混雜的事實。又〔南宋〕羅愿《新安志》記載與陳振孫雷同：

> 《尊間》、《花間》諸集中往往謬其姓氏，近時所鏤歐陽永
> 叔詞亦多有之，皆傳失其真本也，崔公云。〔註181〕

由上述可知，西蜀《花間詞》、馮延巳《陽春集》與歐陽脩《近體樂府》，彼此互見之情形，實所在多有；而《尊前集》往往謬其姓氏，不究作者之真偽。筆者參曾昭岷、王兆鵬等《全唐五代詞》考辨，表錄馮延巳與諸詞人作品互見之情形如次，以窺端倪：

表格 1-7：馮延巳與諸詞家作品互見一覽表

| 馮延巳《陽春集》 | | | 諸　家　詞　集 | | | | | | | | | | 出處說明 |
編號	詞調	首句	花間詞人	南唐二主	成幼文	張	晏殊	歐陽脩	晏幾道	杜安世	晁補之	趙以夫	趙公	
01	〈鵲踏枝〉	梅落繁枝千萬片								V				《壽域詞》，頁6。
02	〈鵲踏枝〉	誰道閑情拋擲久						V						《近體樂府》，卷2，頁22；《蘭畹集》〔註182〕作歐陽脩詞，《陽春集》「百家詞」本，頁1。
03	〈鵲踏枝〉	幾日行雲何處去						V						《近體樂府》，卷2，頁23。

〔註180〕同前註，頁1269。
〔註181〕〔宋〕羅愿：《新安志》，卷10，頁676～677。
〔註182〕《蘭畹集》已佚，《陽春集》「百家詞」本錄之，以下所引《蘭畹集》資料，均出自「百家詞」本。

04	〈鵲踏枝〉	庭院深深深幾許					V				《近體樂府》，卷2，頁22。
05	〈鵲踏枝〉	六曲闌干偎碧樹	V				V	V			《近體樂府》，卷2，頁21；《珠玉詞》，頁13；《詞律》作張泌詞，卷9，頁166。
06	〈採桑子〉	微風簾幕清明近							V		《壽域詞》，頁3。
07	〈酒泉子〉	庭下花飛			V				V		《壽域詞》，頁10；《張子野詞》，卷2，頁120。
08	〈酒泉子〉	雲散更深			V						《張子野詞》，卷2，頁120。
09	〈酒泉子〉	庭樹霜凋			V						《張子野詞》，卷2，頁120。
10	〈酒泉子〉	芳草長川			V						《張子野詞》，卷2，頁120。
11	〈酒泉子〉	春色融融			V						《張子野詞》，卷2，頁120。
12	〈清平樂〉	雨晴煙晚					V				《近體樂府》，卷3，頁39。
13	〈醉花間〉	獨立階前星又月								V	《詞鵠初編》作趙以夫詞。〔註183〕
14	〈應天長〉	石城山下桃花綻					V				《近體樂府》，卷3，頁40。
15	〈謁金門〉	風乍起	V	V						V	《蘭畹集》作牛希濟詞，見《陽春集》「百家詞」本，頁7；《直齋書錄解題》作成幼文詞，卷21，頁1268；《時賢

〔註183〕〔清〕孫致彌輯、樓儼補訂：《詞鵠初編》（清康熙四十四年刻本），藏於中國國家圖書館，未能寓目，另見曾昭岷、王兆鵬等編：《全唐五代詞》，頁672。

16	〈虞美人〉	畫堂新霽情蕭索			V			《張子野詞》，卷2，頁118。
17	〈虞美人〉	碧波簾幕垂朱戶			V			《張子野詞》，卷2，頁118。
18	〈舞春風〉	嚴妝才罷怨春風				V		《蘭畹集》作歐陽脩詞，見《陽春集》「百家詞」本，頁8。
19	〈歸國遙〉	何處笛				V		《近體樂府》，卷1，頁17。
20	〈歸國遙〉	春豔豔				V		《近體樂府》，卷1，頁18。
21	〈歸國遙〉	江水碧				V		《近體樂府》，卷1，頁18。
22	〈南鄉子〉	細雨濕流光	V	V		V		《貴耳集》作花間詞；〔註184〕《苕溪漁隱叢話》作李煜詞；〔註185〕《醉翁琴趣外篇》，〔註186〕卷5，頁71。
23	〈芳草渡〉	梧桐落				V		《近體樂府》，卷3，頁40。
24	〈更漏子〉	風帶寒				V		《近體樂府》，卷3，頁41。

〔註184〕〔宋〕張端義：《貴耳集》載：「《花間集》只有五字絕佳『細雨溼流光』，景意俱微妙。」（臺北：臺灣商務印書館，1985年2月《景印文淵閣四庫全書》冊865），卷上，頁426。

〔註185〕〔宋〕胡仔：《苕溪漁隱詞話》引《雪浪齋日記》，唐圭璋：《詞話叢編》，冊1，頁162。

〔註186〕〔宋〕歐陽脩《醉翁琴趣外篇》，不知何人所集，收詞203首，其中不見《近體樂府》，計83首，此編所錄又見於《尊前集》、《樂府雅詞》、《陽春集》、《張子野詞》、《壽域詞》等，可見是集難以為據。曾昭岷、王兆鵬編：《全唐五代詞》，頁683～684。

25	〈拋球樂〉	盡日登高興未殘	V								《陽春集》「四印齋」本別作和凝詞，頁288。
26	〈鶴沖天〉	曉月墜	V								《陽春集》「四印齋」本，別作和凝詞，頁288；《尊前集》作和凝詞，頁23。
27	〈醉桃源〉	南園春半踏青時				V	V	V			《近體樂府》，卷1，頁20；《珠玉詞》，頁12；《蘭畹集》作晏幾道詞，《陽春集》「百家詞」本，頁10。
28	〈醉桃源〉	角聲吹斷隴梅枝				V					《近體樂府》，卷1，頁20。
29	〈醉桃源〉	東風吹水日銜山		V		V	V				《南唐二主詞》作李煜詞，頁4；《近體樂府》，卷1，頁20；《蘭畹集》作晏殊詞，《陽春集》「百家詞」本，頁11。
30	〈浣溪沙〉	轉燭飄蓬一夢歸	V	V							《全唐詩》，卷889，頁10044；《歷代詩餘》，卷6，頁1，均作李煜詞。《陽春集》四印齋本，別作顧夐詞，頁289。
31	〈思越人〉	酒醒情懷惡								V	《晁氏琴趣外篇》，卷6，頁127。
32	〈玉樓春〉	雪雲乍變春雲殘				V					《近體樂府》，卷2，頁28。

33	〈搗練子〉	深院靜	V										《南唐二主詞》作李煜詞，頁 3。
存目詞（指《全唐五代詞》列入存目詞，不作馮詞；而他本誤作馮詞者）													
01	〈酒泉子〉	楚女不歸	V										《花間集》作溫庭筠詞，卷 1，頁 28。
02	〈清平樂〉	春愁南陌	V										《花間集》作韋莊詞，卷 3，頁 65。
03	〈應天長〉	一鈎新月臨鸞鏡		V			V						《南唐二主詞》作李璟詞，頁 1；《近體樂府》，卷 3，頁 39。
04	〈應天長〉	綠槐蔭裏黃鶯語		V			V						《花間集》作韋莊詞，卷 3，頁 63；《近體樂府》，卷 3，頁 40。
05	〈謁金門〉	秋已暮	V										《花間集》作牛希濟詞，卷 5，頁 135。
06	〈虞美人〉	金籠鸚鵡天將曙	V										《花間集》作李珣詞，卷 10，頁 241。
07	〈歸國遙〉	雕香玉	V										《花間集》作溫庭筠詞，卷 1，頁 27。
08	〈更漏子〉	玉爐煙	V										《花間集》作溫庭筠詞，卷 1，頁 26。
09	〈菩薩蠻〉	人人盡說江南好	V										《花間集》作韋莊詞，卷 3，頁 59。
10	〈浣溪沙〉	桃李相逢簾幕閑	V										《花間集》作孫光憲詞，卷 7，頁 177。
11	〈浣溪沙〉	醉憶春山獨倚樓	V										《陽春集》「四印齋」本別作張泌詞，頁 289。

12	〈浣溪沙〉	春色迷人恨正賒	V							《花間集》作顧敻詞，卷7，頁163。
13	〈相見歡〉	羅幃繡袂香紅	V							《花間集》作薛昭蘊詞，卷3，頁86。
14	〈江城子〉	曲闌干外小中庭	V							《花間集》作張泌詞，卷5，頁113。
15	〈江城子〉	碧羅衫子鬱金裙	V							《尊前集》作張泌詞，頁18。
16	〈採桑子〉	櫻桃謝了梨花發				V		V		《珠玉詞》，頁5；《壽域詞》，頁3。

【備註】

1、上錄馮延巳《陽春集》調名與首句，據曾昭岷、王兆鵬等《全唐五代詞》，他本或有別作，本表統一用之。存目詞係經曾昭岷、王兆鵬等《全唐五代詞》考辨，認為非馮詞者，筆者參考此說，並將互見他集情形並錄如上。

2、互見情形，參曾昭岷、王兆鵬等《全唐五代詞》考辨內容。所依據底本除《陽春集》「百家詞本、「四印齋本」外，另參：《花間集》〔註187〕、《尊前集》、《南唐二主詞》〔註188〕、《張子野詞》〔註189〕、《珠玉詞》〔註190〕、《近體樂府》、《醉翁琴趣外篇》〔註191〕、《壽域詞》〔註192〕、《晁氏琴趣外篇》，〔註193〕以及相關書目：〔宋〕楊繪：《時賢本事曲

〔註187〕　〔西蜀〕趙崇祚編、李一氓校、李冰若注：《宋紹興本花間集附校注‧花間集評注》（臺北：鼎文書局，1974年10月）。
〔註188〕　〔南唐〕李璟、李煜：《南唐二主詞》（臺北：廣文書局，1971年5月吳訥《唐宋元明百家詞》）。
〔註189〕　〔宋〕張先：《張子野詞》，見朱孝臧輯校《彊邨叢書》（上海：上海書店、江蘇廣陵古籍刻印社，1989年7月）。
〔註190〕　〔宋〕晏殊：《珠玉詞》（臺北：廣文書局，1971年5月吳訥《唐宋元明百家詞》）。
〔註191〕　〔宋〕歐陽脩：《近體樂府》、《醉翁琴趣外篇》（上海：上海古籍出版社，1989年9月吳昌綬、陶湘輯《景刊宋金元明本詞》）。
〔註192〕　〔宋〕杜安世：《壽域詞》（臺北：廣文書局，1971年5月吳訥《唐宋元明百家詞》）。
〔註193〕　〔宋〕晁補之：《晁氏琴趣外篇》（上海：上海古籍出版社，1989年9月吳昌綬、陶湘輯《景刊宋金元明本詞》）。

子詞》、〔宋〕胡仔:《苕溪漁隱叢話》、〔宋〕陳振孫:《直齋書錄解題》、〔宋〕張端義:《貴耳集》、〔清〕萬樹等:《索引本詞律》、〔清〕王奕清等編:《歷代詩餘》、清聖祖敕編:《全唐詩》等。

由上表可見，馮延巳與諸家作品互見之情形，相當複雜，尤以花間詞人及歐陽脩最甚；他如《南唐二主詞》、晏殊《珠玉詞》、杜安世《壽域詞》〔註194〕、張先《張子野詞》、晁補之《晁氏琴趣外篇》等亦有之。

《花間集》係趙崇祚於後蜀廣政三年（940）編選，早於陳世脩嘉祐本 118 年，互見之作品（含存目詞），計有溫庭筠〈酒泉子〉（楚女不歸）、〈歸國遙〉（雕香玉）、〈更漏子〉（玉爐煙）三首，韋莊〈清平樂〉（春愁南陌）、〈菩薩蠻〉（人人盡說江南好）、〈應天長〉（綠槐陰裏黃鸝語）三首，張泌〈江城子〉（曲闌干外小中庭）、牛希濟〈謁金門〉（秋已暮）、李珣〈虞美人〉（金籠鸚鵡天將曙）、孫光憲〈浣溪沙〉（桃李相逢簾幕閑）、顧夐〈浣溪沙〉（春色迷人恨正賒）、薛昭蘊〈相見歡〉（羅幃繡袂香紅）各一首，總計 12 首。凡互見於《花間集》及《陽春集》之作品者，應視為陳世脩竄入，自當剔除，此部分較無疑義。

馮延巳與歐陽脩詞互見情形十分繁複，若將存目詞列入，互見之作有 19 首之多，若認定馮作不可信，實言之過早。〔註195〕畢竟歐陽脩詞集的真偽，仍需深入審視。王灼《碧雞漫志》即云:

> 歐陽永叔所集歌詞，自作者三之一耳。其間他人數章，羣小因指永叔，起曖昧之謗。〔註196〕

王灼指出，《近體樂府》中，屬歐陽脩之作者，僅三分之一而已，其他數闋，為他集所誤入。今觀歐陽脩詞集，錄他人之作而載於《近體樂府》者，比比皆是，如〈瑞鷓鴣〉，調名下注云:「此詞本李商隱詩，

〔註194〕〔宋〕杜安世:《壽域詞》一卷，有陸貽典校本，收詞86首，雜有李煜、馮延巳、晏殊、吳感、歐陽脩等人詞作。參曾昭岷、王兆鵬等編:《全唐五代詞》，頁 650。

〔註195〕施蟄存:〈讀馮延巳札記〉，《詞學研究論文集》，頁 261。施蟄存針對《陽春集》與《近體樂府》所互見之作品，自《陽春集》汰除，以為當作歐陽脩詞。

〔註196〕〔宋〕王灼:《碧雞漫志》，唐圭璋:《詞話叢編》，冊 1，卷 2，頁 85。

公嘗筆於扇，云可入此腔歌之。」〔註197〕按此首應作〔唐〕吳融詩，見《全唐詩》卷六八七，〔註198〕羅泌校注《近體樂府》，既知非歐陽所作，卻又不剔出；又如〈一叢花〉，調名下注云：「此篇世傳張先子野詞」〔註199〕皆是。

又〔元〕吳師道《吳禮部詞話》「歐詞有偽」條載：

> 歐公小詞間見諸詞集，陳氏書錄云一卷。其間多有與《陽春》、《花間》相雜者，亦有鄙褻之語一二廁其中，當是仇人無名子所為。近有《醉翁琴趣外篇》凡六卷二百餘首，所謂鄙褻之語，往往而是，不止一二也。〔註200〕

歐陽脩詞之真偽，亦為一大懸案。羅泌校出《陽春集》與《近體樂府》互見之作品，採取「疑以傳疑」的態度，是謹慎的。按陳世脩編《陽春集》為嘉祐三年，是時，歐陽脩在京柄政，其平生喜愛馮延巳詞，陳世脩豈敢奪歐詞作馮詞，而歐陽脩豈能放任之？此說可供參考。

另外，《陽春集》互見於南唐二主詞者，有〈應天長〉（一鈎新月臨鸞鏡）一闋，《南唐二主詞》作李璟詞，考辨後確屬李璟之作。〈醉桃源〉（東風吹水日銜山）、〈搗練子〉（深院靜）二闋，見《南唐二主詞》，題為李煜詞，又諸家選本多題為李煜之作，俟考。互見於晏殊《珠玉詞》者，有〈鵲踏枝〉（六曲闌干偎碧樹）、〈醉桃源〉（南園春半踏青時）及〈採桑子〉（櫻桃謝了梨花發）。〈採桑子〉（櫻桃謝了梨花發）一闋，是王鵬運《陽春集》四印齋本根據《歷代詩餘》補錄之，較無考據，故歸屬於晏殊詞，其餘二闋仍視為馮

〔註197〕　曾昭岷、王兆鵬等：《全唐五代詞》，頁 652、〔宋〕歐陽脩：《近體樂府》，卷 1，頁 19。

〔註198〕　〔清〕清聖祖敕編：《全唐詩》，卷 687，頁 7903。原詩〈浙東筵上有寄〉：「襄王席上一神仙，眼色相當語不傳。見了又休真似夢，坐來雖近遠於天。隴禽有意猶能說，江月無心也解圓。更被東風勸惆悵，落花時節定飄飄。」

〔註199〕　〔宋〕歐陽脩：《近體樂府》，卷 3，頁 38。

〔註200〕　〔元〕吳師道：《吳禮部詞話》，唐圭璋：《詞話叢編》，冊 1，頁 292。

延巳詞。

互見於《壽域詞》者,有〈鵲踏枝〉(梅落繁枝千萬片)、〈採桑子〉(微風簾幕清明近)、〈酒泉子〉(庭下花飛),尚未見得諸家選本題作杜安世詞,當是馮詞無誤。互見《張子野詞》者,有〈酒泉子〉(庭下花飛、雲散更深、庭樹霜凋、芳草長川、春色融融)5 首、〈虞美人〉(畫堂新霽、碧波簾幕)2 首,尚未見諸家選本題作張先詞,當是馮詞無誤。互見於《晁氏琴趣外篇》者,有〈思越人〉(酒醒情懷惡)1 首,晁補之作〈朝天子〉,《詞譜》卷六仍之,然晁補之生於皇祐五年(1053),陳世脩於嘉祐三年(1058)編成《陽春集》,時晁補之甫五歲,而〈思越人〉(酒醒情懷惡)早已錄於〈陽春集〉中,故《晁氏琴趣外篇》顯誤收也。〔註201〕

另如《尊前集》、《蘭畹集》及諸家集,謬其姓名,或誤作他詞者多矣。如〈江城子〉(窄羅衫子鬱金裙),《尊前集》題爲張泌詞,又不見《花間集》。〔註202〕〈喜遷鶯〉(曉月墜)一闋,馮延巳《陽春集》及馬令《南唐書・馮延巳傳》〔註203〕均載,《尊前集》題爲和凝作,又不見《花間集》。《蘭畹集》將〈醉桃源〉(南園春半踏青時)作晏幾道詞、〈醉桃源〉(東風吹水日銜山)作晏殊詞、〈謁金門〉(風乍起)作牛希濟詞、〈舞春風〉(嚴妝才罷怨春風)作歐陽脩詞云云。

由上述可知,《陽春集》誤入他集或與他集互見情形,實爲複雜,作者究屬爲誰,十分重要。近人施蟄存於 1979 年《上海師範大學學報》發表〈讀馮延巳詞札記〉一文,以王鵬運「四印齋」本爲底本,刪去剽竊、或不可根究者,得詞 91 首;〔註204〕曾昭岷於 1986 年華東師範大

〔註201〕曾昭岷、王兆鵬等:《全唐五代詞・馮延巳〈思越人〉考辨》,頁528。

〔註202〕同前註。又《尊前集》成書年代,早於陳世脩《陽春集》嘉祐本,作品風格亦與張泌詞筆墨的是一色,故此詞當屬張泌詞。

〔註203〕〔宋〕馬令:《南唐書》,卷21,頁139~140。

〔註204〕施蟄存:〈讀馮延巳詞札記〉,《詞學研究論文集》,頁262。

學第二次詞學研討會，發表〈馮延巳詞考辨〉一文，針對施蟄存所提之論點，再次考辨，加以駁斥；隔年，施蟄存稍作心得，以回應曾氏，文章見於華東師範大學所編《詞學》第七輯；〔註205〕又曾昭岷於1999年出版《全唐五代詞》一書，錄馮延巳詞112首，凡存疑、待考之作均錄之；黃進德於1995年發表〈馮延巳及其詞考辨〉一文，汰除存疑或誤入者，得詞111首，另附一斷句。〔註206〕（詳參【附錄1】）可見馮詞之考辨，實屬不易。又歷代選家輯錄詞作，與諸集所錄詞什，係彼此緊密關聯，除可藉由諸家選本，證明考辨結果外，亦能通過選本所錄，顯示各朝各代對於詞人作品的接受。以下列舉數例說明之：

（一）〈鵲踏枝〉四闋互見情形

〈鵲踏枝〉（誰道閑情拋擲久、幾日行雲何處去、庭院深深深幾許、六曲闌干偎碧樹）四詞，互見於歐陽脩《近體樂府》；「六曲闌干偎碧樹」一闋，又見晏殊《珠玉詞》，《詞律》卷九又題作張泌作。歷代選本看法又是如何？如下所示：

表格1-8：〈鵲踏枝〉四闋互見情形

歷代選本	編號	作者	詞選名稱	誰道閑情拋擲久	幾日行雲何處去	庭院深深深幾許	六曲闌干偎碧樹
宋編詞選	01	佚名	尊前集	缺	缺	缺	缺
	02	佚名	金奩集	缺	缺	缺	缺
	03	書坊	草堂詩餘	缺	缺	歐陽脩	缺
	04	黃昇	唐宋諸賢絕妙詞選	缺	缺	歐陽脩	歐陽脩

〔註205〕曾昭岷〈馮延巳詞考辨〉，見《詞學》（第七輯）頁129～140。又見《全唐五代詞》「馮延巳詞各闋考辨」，頁647～715。

〔註206〕斷句作「卍字迴廊旋看月」，或視此為詩之斷句。見〔清〕沈雄《古今詞話·詞品》，唐圭璋：《詞話叢編》，冊1，卷下，頁858；陳校君輯校：《全唐詩補編》（北京：中華書局，1992年10月），卷43，頁1376～1277。

金元詞選	缺	缺	缺	缺	缺	缺	缺
明編詞選	05	顧從敬	類編箋釋草堂詩餘	缺	缺	歐陽脩	缺
	06	錢允治	類編箋釋續選草堂詩餘	缺	缺	缺	缺
	07	佚名	天機餘錦	缺	缺	歐陽脩	馮延巳
	08	楊慎	詞林萬選	缺	缺	缺	缺
	09	楊慎	百琲明珠	缺	缺	缺	缺
	10	陳耀文	花草粹編	缺	馮延巳	歐陽脩	缺
	11	董逢元	唐詞紀	馮延巳	馮延巳	馮延巳	馮延巳
	12	卓人月	古今詞統	缺	缺	歐陽脩	缺
	13	茅暎	詞的	缺	缺	歐陽脩	缺
	14	陸雲龍	詞菁	缺	缺	缺	缺
	15	潘游龍	古今詩餘醉	缺	缺	歐陽脩	缺
	16	周瑛	詞學筌蹄	缺	缺	歐陽脩	缺
	17	張綖	詩餘圖譜	缺	缺	歐陽脩	缺
	18	程明善	嘯餘譜	缺	缺	缺	缺
清編詞選	19	朱彝尊	詞綜	馮延巳	馮延巳	馮延巳	馮延巳
	20	先著、程洪	詞潔	缺	缺	歐陽脩	缺
	21	沈辰垣、王奕清	歷代詩餘	馮延巳	馮延巳	歐陽脩	馮延巳
	22	沈時棟	古今詞選	缺	缺	馮延巳	缺
	23	夏秉衡	清綺軒詞選（歷代名人詞選）	缺	缺	歐陽脩	馮延巳
	24	黃蘇	蓼園詞選	缺	缺	歐陽脩	缺
	25	張惠言	詞選	馮延巳	馮延巳	歐陽脩	馮延巳
	26	周濟	詞辨	馮延巳	馮延巳	馮延巳	馮延巳
	27	董毅	續詞選	缺	缺	缺	缺
	28	陳廷焯	詞則	馮延巳	馮延巳	馮延巳	馮延巳
	29	王闓運	湘綺樓詞選	缺	缺	缺	缺
	30	梁令嫻	藝蘅館詞選	歐陽脩	歐陽脩	歐陽脩	歐陽脩
	31	成肇麐	唐五代詞選	馮延巳	馮延巳	缺	馮延巳

清編詞譜	32	賴以邠	填詞圖譜（含續集）	缺	缺	缺	缺
	33	萬樹	詞律	缺	缺	缺	張泌
	34	徐本立	詞律拾遺	缺	缺	缺	缺
	35	杜文瀾	詞律補遺	缺	缺	缺	缺
	36	王奕清等	欽定詞譜	缺	缺	缺	馮延巳
	37	秦巘	詞繫	缺	缺	缺	缺
	38	葉申薌	天籟軒詞譜	缺	缺	缺	馮延巳
	39	舒夢蘭、謝朝徵	白香詞譜	缺	缺	缺	缺
	40	謝元淮	碎金詞譜	缺	馮延巳	缺	缺

【統計】

1、「誰道閑情拋擲久」：作馮詞者有 7 處；作歐詞者有 1 處。

2、「幾日行雲何處去」：作馮詞者有 9 處；作歐詞者有 1 處。

3、「庭院深深深幾許」：作馮詞者有 5 處；作歐詞者有 16 處。

4、「六曲闌干偎碧樹」：作馮詞者有 11 處；作歐詞者有 2 處；作張泌詞有 1 處。

　　由表格可知，「誰道閑情拋擲久」、「幾日行雲何處去」二闋，雖有題作歐詞者，仍是少數，「庭院深深深幾許」及「六曲闌干偎碧樹」二闋，則較多疑義。就「庭院深深深幾許」論之，題為歐詞之選本，有宋《草堂詩餘》、《唐宋諸賢絕妙詞選》二部，明《類編箋釋草堂詩餘》、《天機餘錦》、《花草粹編》、《詞的》、《古今詞統》、《古今詩餘醉》、《詞學筌蹄》、《詩餘圖譜》等八部，清《詞潔》、《歷代詩餘》、《清綺軒詞選》、《蓼園詞選》、《詞選》、《藝蘅館詞選》等六部，計 16 處；題作馮詞之選本，僅明《唐詞紀》、清《詞綜》、《古今詞選》、《詞辨》、《詞則》五編，可知自宋以還，「庭院深深深幾許」一闋，歷代選本題作歐陽脩詞者，遠遠超出題作馮延巳詞者。就「六曲闌干偎碧樹」一闋論之，歷代選本題作馮延巳詞者眾，題作歐詞者，僅宋《唐宋諸賢絕妙詞選》及清《藝蘅館詞選》二編；且諸家選本中，未有作晏殊

詞者；除《詞律》外，未有作張泌詞者，係顯誤收。

由是可知，「庭院深深深幾許」一闋作者眞僞問題實有爭議，選錄結果的呈現更耐人尋味；而歷代評論家針對此一議題，均各持己見，議論紛紜。詞人李清照於〈臨江仙〉（庭院深深深幾許）詞序云：

> 歐陽公作〈蝶戀花〉，有「深深深幾許」之語，予酷愛之。用其語作「庭院深深」數闋，其聲即舊〈臨江仙〉也。〔註207〕

李清照視「庭院深深」一闋，爲歐陽脩作，並仿其體例，作〈臨江仙〉兩闋，首句均爲「庭院深深深幾許」。可見「庭院深深」一闋，或作歐陽脩詞之說法，在宋代已廣爲流傳。李清照距歐陽脩時代未遠，又爲傑出女詞人，此說一出，影響甚遠。〔南宋〕羅泌校歐陽脩《近體樂府》時，已指出：

> 亦載《陽春錄》，易安李氏稱是六一詞。〔註208〕

〔明〕沈際飛評點《古香岑草堂詩餘》云：

> 詩中一句連三字者，劉駕「樹樹樹梢啼曉鶯」、「夜夜夜聲聞子規」；復有一句疊三字者，吳融「一聲南雁已先紅，槭槭淒淒葉葉同」。歐公「深深深」三字，方駕劉、吳。〔註209〕

沈際飛將「庭院深深」一闋定歐陽脩作。〔清〕徐釚《詞苑叢談》云：

> 「庭院深深深幾許。……」此歐陽脩〈蝶戀花・春暮詞〉也。李易安酷愛其語，遂用作「庭院深深」調數闋。〔註210〕

張惠言《詞選》於歐陽脩〈蝶戀花〉（庭院深深）下云：

> 此詞亦見馮延巳集中，李易安詞序云：「歐陽公作〈蝶戀花〉，有『庭院深深深幾許』之句，余酷愛之。用其語作『庭院深深』數闋，其聲即舊〈臨江仙〉也。」易安去歐公未遠，其言並非無據。〔註211〕

〔註207〕 唐圭璋編：《全宋詞》（北京：中華書局，1998 年 11 月），冊 2，頁 929。

〔註208〕 〔宋〕歐陽脩撰、羅泌校注：《近體樂府》，卷 2，頁 30。

〔註209〕 〔明〕沈際飛評點：《古香岑草堂詩餘》，卷 2，頁 17。

〔註210〕 〔清〕徐釚：《詞苑叢談校箋》（北京：人民文學出版社，2005 年 12 月），卷 1，頁 35。

〔註211〕 〔清〕張惠言：《詞選》，卷 1，頁 24。

張惠言《詞選》於歐陽脩〈蝶戀花〉（庭院深深）下引李清照詞序，並謂「易安去歐公未遠，其言並非無據」，視此詞爲歐陽脩作。張惠言之後，周濟又以「人品」衡量馮詞之真僞，以爲「延巳小人」，「庭院深深」一闋，並非馮作。〔註212〕梁令嫻評點《藝蘅館詞選》，亦引張惠言、周濟之論，論定此闋非馮詞。〔註213〕另一方面，朱彝尊針對李清照詞〈序〉云：

> 「庭院深深」一闋，載馮延巳《陽春錄》，刻作歐九，誤也。
> 〔註214〕

陳廷焯《白雨齋詞話》：

> 〈蝶戀花〉四章，古今絕構。《詞選》本李易安詞序，指「庭院深深」一章爲歐陽公作，他本亦多作永叔詞，惟《詞綜》獨云馮延巳作，竹垞博覽群書，必有所據。且細味引闋，與上三章筆墨，的是一色，歐公無此手筆。〔註215〕

朱彝尊《詞綜》將「庭院深深」一闋歸與馮延巳，陳廷焯隨朱彝尊腳步，謂朱彝尊博覽群書，必有所據，並謂「庭院深深」一闋筆調與前三闋如出一轍，應是馮詞。相關評論又見〔清〕王又華《古今詞論》云：「偶拈永叔詞云：『淚眼問花花不語，亂紅飛過鞦韆去』。」〔註216〕將「庭院深深」一闋歸予歐陽脩；張德瀛《詞徵》有「馮正中『庭院深深』，葌楚之憫亂也。」〔註217〕將「庭院深深」一闋歸予馮延巳。可知〈鵲踏枝〉（庭院深深）作者真僞，自〔宋〕李清照已開其端，至清代越演越烈，甚至蔓延於近代。民初孫人和《陽春集校證》云：

〔註212〕馮延巳人品與詞品，詳參本文第四章。
〔註213〕〔清〕梁令嫻：《藝蘅館詞選》，乙卷，頁37。
〔註214〕〔清〕徐釚：《詞苑叢談》，卷10，頁608。又唐圭璋云：此語不見朱氏《詞綜》，或徐氏習聞其說。
〔註215〕〔清〕陳廷焯：《白雨齋詞話》，唐圭璋：《詞話叢編》，冊1，卷1，頁3780。。
〔註216〕〔清〕王又華：《古今詞論》，唐圭璋：《詞話叢編》，冊1，頁608。
〔註217〕〔清〕張德瀛：《詞徵》，唐圭璋：《詞話叢編》，冊5，頁4079。

馮詞蹊徑頗與宋初之詞相近，故多混入宋詞，宋人亦不能
辨識。易安之言未可確信也。〔註218〕

陳秋帆《陽春集箋》云：

按此闋入《六一集》，諸選本遂俱指為歐詞，張氏《詞選》
尤言之鑿鑿……。余謂此誤始於易安。蓋易安僅見歐集，
未見《陽春錄》。不知歐公小詞，多與《陽春》、《花間》混，
鄙褻之語，仇人廝廁，昔人論之已詳，集本殊不足據。且
歐公平生寢饋馮詞，或錄傑作為研摩，後人遂誤傳歐作。
朱竹垞曾辨正之，謂『見《陽春錄》，刻作歐九者誤。』惠
言殆未深考矣。〔註219〕

張伯駒《叢碧詞話》云

馮正中〈蝶戀花〉四闋，各本詞選多列入歐陽永叔《六一
詞》。《花庵詞選》本李易安詞序，指「庭院深深」一章為
歐公作。張皋文《詞選》亦以前三章為馮作，後一章為歐
作。然細味語意，次第四章蓋為一篇，不能分割。如首章：
「楊柳風輕，展盡黃金縷。」是早柳；次章：「河畔清蕪堤
上柳」，是草已青，柳已綠，柳色與草色相映矣；三章：「撩
亂春愁如柳絮」，是柳已飛綿矣；四章：「楊柳堆烟，簾幕
無重數」，是柳絮已盡，濃陰如烟，深遮簾幕矣。……前三
章為正中作，則後一章亦為正中作無疑。……《陽春集》
一卷，宋嘉祐戊戌陳世脩輯……，既去南唐不遠，且與正
中為戚屬，其所編錄，自可依據。……易安去嘉祐時尚遠，
或係當時已傳抄失真，而雜入《六一集》中耳。〔註220〕

上列三則資料，係近人看待李清照〈臨江仙〉詞序及張惠言詞論所發
表之見解，孫人和、陳秋帆指出，李清照忽視了五代、宋初詞集混雜
的現象，一味直指歐作為是，的確失之公允；而張惠言僅以時代遠近，
論定李清照詞序有所根據，亦過於武斷。張伯駒遵從陳廷焯之看法，

〔註218〕孫人和：《陽春集校證》，臺灣圖書館不藏，另見曾昭岷、王兆鵬：
《全唐五代詞》頁 657 引。
〔註219〕陳秋帆：《陽春集箋》，頁 4。
〔註220〕張伯駒：《叢碧詞話》，見《詞學》（第一輯），頁 68～69。

以藝術風格判斷馮正中〈鵲踏枝〉（〈蝶戀花〉）四闋，論定此四闋蓋爲一篇，不可分割。張伯駒亦通過時代先後，以爲陳世脩去南唐不遠，李清照去嘉祐尙遠，論定當時係傳鈔失眞之故，而將馮詞雜入歐詞中。由是可知，「庭院深深」作者考辨，歷來然否紛紜，迄今仍莫衷一是。

（二）〈謁金門〉（風乍起）互見情形

〈謁金門〉（風乍起）作者或言馮延巳、成幼文，或言趙公、牛希濟。視馮延巳爲作者，如馬令《南唐書》載「延巳有『風乍起，吹皺一池春水』」〔註221〕之句；陸游《南唐書》載李璟與延巳君臣之對話云：「元宗……從容謂曰：『吹皺一池春水，何干卿事？』延巳對曰：「安得如陛下『小樓吹徹玉笙寒。』」〔註222〕趙與時《賓退錄》卷八載：「馮延巳〈謁金門〉長短句膾炙人口」。〔註223〕

或云〈謁金門〉（風乍起）爲成幼文所作，如〔南宋〕陳振孫《直齋書錄解題》載：

> 世言〈風乍起〉爲馮延巳所作，或云成幼文也。今此集無有，當是幼文作。〔註224〕

李頎《古今詩話》云：

> 「吹皺一池春水」，江南成文幼（成幼文之誤），爲大理卿，詞曲妙絶，嘗作〈謁金門〉云：「風乍起，吹皺一池春水」，中主聞之，因案獄稽滯，召詰之。且謂曰：「卿職在典刑，一池春水，又何干于卿。」文幼（幼文之誤）頓首。〔註225〕

或云此詞爲趙公所作，《時賢本事曲子集》云：

> 南唐李國主嘗責其臣曰：「吹皺一池春水，干卿何事。」蓋趙公所撰〈謁金門〉辭有此一句，最警策，其臣即對曰：「未如陛下『小樓吹徹玉笙寒』。」〔註226〕

〔註221〕〔宋〕馬令：《南唐書》，卷21，頁140。
〔註222〕〔宋〕陸游：《南唐書》，卷11，頁242。
〔註223〕〔宋〕趙與時：《賓退錄》，卷8，頁740。
〔註224〕〔宋〕陳振孫：《直齋書錄解題》，卷21，頁1268～1269。
〔註225〕〔宋〕李頎：《古今詩話》，見張惠民：《宋代詞學資料匯編》，頁9。
〔註226〕〔宋〕楊繪：《時賢本事曲子集》，唐圭璋：《詞話叢編》，冊1，頁5。

趙公何人，無從考據。胡仔《苕溪漁隱詞話》卷二針對〈謁金門〉作者問題，作了一番綜論，其「謁金門異說」條云：

　　若《本事曲》所記，但云趙公，初無其名，所傳必誤。惟《南唐書》與《古今詩話》二說不同，未詳孰是。〔註227〕

胡仔雖客觀論之，然其「馮延巳樂章」條下，將〈謁金門〉（風乍起）一闋，直指馮延巳之作。此外，明代《陽春集》「百家詞」本注云：

　　《蘭畹集》誤作牛希濟。〔註228〕

今所見《花間集》中，牛希濟作品無此詞，諸家選本亦未有作牛希濟者，故不知宋初《蘭畹集》所據爲何？

　　由上可知，兩宋之際，〈謁金門〉（風乍起）作者之疑義已議論紛紜。今觀歷代選本所收，〈謁金門〉（風乍起）一闋情形如下：

表格 1-9：〈謁金門〉（風乍起）互見情形

歷代選本	編號	作　者	詞　選　名　稱	〈謁金門〉（風乍起）
宋編詞選	01	佚名	尊前集	馮延巳
	02	佚名	金奩集	缺
	03	書坊	草堂詩餘	馮延巳
	04	黃昇	唐宋諸賢絕妙詞選	馮延巳
金元詞選	缺	缺	缺	缺
明編詞選	05	顧從敬	類編箋釋草堂詩餘	馮延巳
	06	錢允治	類編箋釋續選草堂詩餘	缺
	07	佚名	天機餘錦	馮延巳
	08	楊慎	詞林萬選	缺
	09	楊慎	百琲明珠	缺
	10	陳耀文	花草粹編	馮延巳
	11	董逢元	唐詞紀	馮延巳

〔註227〕　〔宋〕胡仔：《苕溪漁隱詞話》，唐圭璋：《詞話叢編》，冊1，頁170。
〔註228〕　〔明〕吳訥刊刻：《陽春集》「百家詞」本，頁7。

	12	卓人月	古今詞統	馮延巳
	13	茅暎	詞的	馮延巳
	14	陸雲龍	詞菁	缺
	15	潘游龍	古今詩餘醉	馮延巳
明編 詞譜	16	周瑛	詞學筌蹄	馮延巳
	17	張綖	詩餘圖譜	馮延巳
	18	程明善	嘯餘譜	馮延巳
清編 詞選	19	朱彝尊	詞綜	成幼文
	20	先著、程洪	詞潔	缺
	21	沈辰垣、王奕清	歷代詩餘	馮延巳
	22	沈時棟	古今詞選	馮延巳
	23	夏秉衡	清綺軒詞選（歷代名人詞選）	缺
	24	黃蘇	蓼園詞選	馮延巳
	25	張惠言	詞選	缺
	26	董毅	續詞選	缺
	27	周濟	詞辨	缺
	28	陳廷焯	詞則	成幼文
	29	王闓運	湘綺樓詞選	馮延巳
	30	梁令嫻	藝蘅館詞選	馮延巳
	31	成肇麐	唐五代詞選	馮延巳
清編 詞譜	32	賴以邠	塡詞圖譜（含續集）	缺
	33	萬樹	詞律	缺
	34	徐本立	詞律拾遺	缺
	35	杜文瀾	詞律補遺	缺
	36	王奕清等	欽定詞譜	缺
	37	秦巘	詞繫	缺
	38	葉申薌	天籟軒詞譜	馮延巳
	39	舒夢蘭、謝朝徵	白香詞譜	馮延巳
	40	謝元淮	碎金詞譜	馮延巳

【統計】

1、〈謁金門〉（風乍起）：作馮詞者有 21 處；作成幼文詞者有 2 處。

　　由歷代選本可知，宋編選本除《金奩集》不收此詞外，其餘三部
選本，題作馮延巳詞，並無作成幼文、趙公、牛希濟之說；至明代，
所收此詞的十部詞選、詞譜中，均視爲馮延巳詞；然至清代，除了朱
彝尊、汪森編《詞綜》及陳廷焯《詞則》，定〈謁金門〉（風乍起）爲
成幼文作外，其餘詞選、詞譜都作馮延巳詞。朱彝尊、陳廷焯大概受
到陳振孫《直齋書錄解題》「當是幼文作」，及李頎《古今詩話》「成
文幼（成幼文之誤），嘗作〈謁金門〉」之影響。然《詞綜》、《詞則》
一出，盛行當世，尤以《詞綜》更是影響深遠。馮煦對此現象，即表
達不滿之意，其〈論詞絕句〉論馮延巳云：

　　吾家正中才絕代，羅衣特行罥殘熏；東風吹皺一池水，不
　　分人傳成幼文。〔註 229〕

馮煦與馮延巳乃同姓本家，故首句謂馮延巳爲「吾家」，以拉近彼此
關係；又以「才絕代」正面肯定馮延巳詞冠絕當世。次句舉馮延巳〈清
平樂〉（雨晴煙晚）詞中「羅衣特地春寒」句，此首乃馮延巳藉暮春
晚景之描寫，烘托閨中女子情懷之作，詞末作「砌下落花風起，羅衣
特地春寒」，唐圭璋云：「著末，寫風振羅衣，芳心自警。」〔註 230〕
俞陛雲《唐五代兩宋詞選釋》云：「純寫春晚之景。『花落春寒』句論
詞則秀韻珊珊，窺詞意或有憂讒自警之思乎？」〔註 231〕詞中「風起」，
不僅吹落大地春華，亦吹落詞人青春歲月，不免心生紅顏已逝之慨。
次句「罥殘熏」與首句「才絕代」相對，「罥」有懸掛、糾結之意，「殘
熏」喻有濃烈之思緒，「罥殘熏」指馮延巳能跳脫花間閨怨之侷限，
而書寫自身情思意念，馮延巳「絕代」之才亦因於此。〔註 232〕三、

〔註 229〕〔清〕馮煦〈論詞絕句十六首〉，見孫克強：《清代詞學批評史論·
　　　　附錄》，頁 476。

〔註 230〕唐圭璋：《唐宋詞簡釋》（臺北：木鐸出版社，1982 年 3 月），頁
　　　　46。

〔註 231〕俞陛雲：《唐五代兩宋詞選釋》（臺北：文史哲出版社，1988 年 7 月），
　　　　頁 97。

〔註 232〕王偉勇、王曉雯：〈馮煦〈論詞絕句〉十六首探析〉，張高評主編：
　　　　《近世文學國際學術研討會論文集之三·清代文學與學術》（臺北：

四句，馮煦舉謁金門（風乍起）一闋，指出「不分人傳成幼文」，替馮延巳辯駁，認為謁金門（風乍起）一闋當屬馮延巳所作無疑。

（三）〈醉桃源〉（東風吹水日銜山）、〈搗練子〉（深院靜）互見情形

〈醉桃源〉（東風吹水日銜山）、〈搗練子〉（深院靜）二闋，係與《南唐二主詞》互見，別作李煜詞，歷代選本收入情形如次：

表格 1-10：〈醉桃源〉（東風吹水日銜山）、〈搗練子〉（深院靜）互見情形

歷代選本	編號	作　者	詞　選　名　稱	〈醉桃源〉（東風吹水日銜山）	〈搗練子〉（深院靜）
宋編詞選	01	佚名	尊前集	缺	馮延巳
	02	佚名	金奩集	缺	缺
	03	書坊	草堂詩餘	李煜	缺
	04	黃昇	唐宋諸賢絕妙詞選	缺	缺
金元詞選	缺	缺	缺	缺	缺
明編詞選	05	顧從敬	類編箋釋草堂詩餘	李煜	缺
	06	錢允治	類編箋釋續選草堂詩餘	缺	李煜
	07	佚名	天機餘錦	李煜	李煜
	08	楊慎	詞林萬選	缺	缺
	09	楊慎	百琲明珠	缺	李煜
	10	陳耀文	花草粹編	李煜	李煜
	11	董逢元	唐詞紀	李煜	李煜
	12	卓人月	古今詞統	李煜	李煜
	13	茅暎	詞的	缺	李煜
	14	陸雲龍	詞菁	缺	李煜

新文豐出版公司，2007 年 3 月），頁 231～236。

	15	潘游龍	古今詩餘醉	李煜	李煜
	16	周瑛	詞學筌蹄	李煜	缺
	17	張綖	詩餘圖譜	缺	缺
	18	程明善	嘯餘譜	缺	馮延巳
清編詞選	19	朱彝尊	詞綜	缺	缺
	20	先著、程洪	詞潔	缺	缺
	21	沈辰垣、王奕清	歷代詩餘	李煜	李煜
	22	沈時棟	古今詞選	李煜	缺
	23	夏秉衡	清綺軒詞選（歷代名人詞選）	缺	李煜
	24	黃蘇	蓼園詞選	缺	缺
	25	張惠言	詞選	缺	缺
	26	董毅	續詞選	缺	缺
	27	周濟	詞辨	李煜	缺
	28	陳廷焯	詞則	缺	缺
	29	王闓運	湘綺樓詞選	缺	缺
	30	梁令嫻	藝蘅館詞選	缺	李煜
	31	成肇麐	唐五代詞選	李煜	李煜
清編詞譜	32	賴以邠	填詞圖譜（含續集）	缺	缺
	33	萬樹	詞律	缺	李煜
	34	徐本立	詞律拾遺	缺	缺
	35	杜文瀾	詞律補遺	缺	缺
	36	王奕清等	欽定詞譜	李煜	馮延巳
	37	秦巘	詞繫	李煜	李煜
	38	葉申薌	天籟軒詞譜	李煜	馮延巳
	39	舒夢蘭、謝朝徵	白香詞譜	缺	李煜
	40	謝元淮	碎金詞譜	李煜	馮延巳

【說明】

1、〈醉桃源〉（東風吹水日銜山），作馮詞者 0 處，作李煜詞者 16 處。

2、〈搗練子〉（深院靜），作馮詞者 5 處，作李煜詞者 16 處。

　　〈醉桃源〉（東風吹水日銜山）一闋，吳訥《百家詞》本、侯文
燦《名家詞》本、王鵬運「四印齋」本均收之。「四印齋」於此詞下
云「別作李後主，又作歐陽脩」，又別見《南唐二主詞》、歐陽脩《近
體樂府》、《醉翁琴趣外篇》。《南唐二主詞》調名題作〈阮郎歸〉，調
名下注：「呈鄭王十二弟。」〔註233〕《花草粹編》卷七注云：「後有
隸書，東宮書府印。」〔註234〕又李燾《續資治通鑑長編》卷十二云：
「開寶四年十一月，江南國主煜遣其弟鄭王從善來朝貢。」〔註235〕
鄭王十二弟即鄭從善，從善封爲鄭王，當屬後主嗣位後之事，王國維
〈南唐二主詞校勘記〉嘗云：

> 此闋別見《陽春集》、《六一詞》，……。按五代史南唐世家
> 從益封鄭王在後主即位之後，此既云呈鄭王，復有東宮書
> 府印，殊不可解，不知史誤，抑手跡僞也。〔註236〕

唐圭璋〈宋詞互見考〉云：

> 案此首馮延巳詞，見《陽春集》。又作李煜詞，見《南唐二
> 主詞》，並有題作呈鄭王，或謂李煜書此詞以遺鄭王者。歐
> 陽脩《近體樂府》亦載此首，侯文燦本《陽春集》注，謂
> 《蘭畹集》作晏殊詞，並誤。〔註237〕

而近人王仲聞《南唐二主詞校訂》考辨云：

> 延巳卒時，後主尚未嗣位，後主呈鄭王十二弟之作，延巳
> 焉能書之。此詞殆爲延巳所作。後主曾錄之以遺鄭王，後
> 人遂據墨跡以爲煜作。〔註238〕

〔註233〕〔明〕吳訥刊刻：《南唐二主詞》「百家詞」本，頁4。
〔註234〕〔明〕陳耀文：《花草粹編》，卷7，頁276。
〔註235〕〔宋〕李燾：《續資治通鑑長編》（北京：中華書局，2004年9月），
　　　　卷12，頁272。
〔註236〕〔清〕王國維：〈南唐二主詞校勘記〉，見《南唐二主詞》（上海：
　　　　上海書店，1994年《叢書集成續編》，冊161），頁206。
〔註237〕唐圭璋：〈宋詞互見考〉，見《宋詞四考》（臺北：明倫出版社，1971
　　　　年4月），頁260。
〔註238〕王仲聞校訂：《南唐二主詞校訂》（北京：中華書局，2007年5月），
　　　　頁50～51。

馮延巳罷相後，屢爲太子傅，此闋若爲馮詞所作，應是馮詞在職期間，有東宮書府印，而後主李煜錄之以呈鄭王；然事實如何，究未可知。王國維云「殊不可解」，唐圭璋亦不妄自定奪，然王仲聞卻論定當屬馮詞無誤，然否紛紜，莫衷一是。

又筆者遍查歷代選本，均未收作馮延巳詞，其中《草堂詩餘》、《類編箋釋草堂詩餘》、《天機餘錦》、《花草粹編》、《唐詞紀》、《古今詞統》、《古今詩餘醉》、《歷代詩餘》、《古今詞選》、《詞辨》、《唐五代詞選》、《詞學筌蹄》、《欽定詞譜》、《詞繫》、《天籟軒詞譜》、《碎金詞譜》等十六部選本，均題作李煜詞，卻未有任何一部題作馮詞，此一發現，可供作品考辨之參考。

〈搗練子〉（深院靜），始見《尊前集》，題爲馮延巳作，而歷來《陽春集》刊刻本不錄。又見《南唐二主詞》，題爲李煜詞。歷代選本如《類編箋釋續選草堂詩餘》、《天機餘錦》、《百琲明珠》、《花草粹編》、《唐詞紀》、《詞的》、《古今詞統》、《詞菁》、《古今詩餘醉》、《歷代詩餘》、《清綺軒詞選》、《藝蘅館詞選》、《唐五代詞選》、《詞律》、《詞繫》、《白香詞譜》等十六部選本，均題作李煜詞；除《尊前集》外，僅《嘯餘譜》、《欽定詞譜》、《天籟軒詞譜》、《碎金詞譜》因之，題作馮延巳詞。由統計資料可知，自明以來，諸家選本多將〈搗練子〉（深院靜）一闋作李煜詞，不採《尊前集》題爲馮延巳詞之說。曾昭岷、王兆鵬《全唐五代詞・馮延巳〈搗練子〉考辨》云：

> 在《尊前集》編次不紊之馮延巳三詞中，首列此闋，似可據信。然《陽春集》未收，且《尊前集》編次不紊之諸詞中，誤題作者姓氏者多有。……《南唐二主詞》乃南人所輯，據《蘭畹集》收作李煜詞，《蘭畹集》今不傳，亦未詳其錄作李詞之所本。姑兩存之，俟考。〔註239〕

可見〈搗練子〉（深院靜）作者歸屬問題，仍不得其解，在證據未充分前，實不能妄自論斷。

〔註239〕曾昭岷、王兆鵬等編：《全唐五代詞》，頁712。

　　總之，馮詞互見考辨，藉由各家選本選錄情形，可見其中端倪。
選本所選係選家自身詞學觀念與時代風氣下所產生的主觀意識，無論
是非對錯，均是歷朝讀者對於文本與詞人的接受反應。且選本是中國
文學史上一種重要的文學批評範式，它對於引導文學發展、促進風氣
演變，起著顯著的作用，詞學於歷史軌跡上的演變，也藉由選本而凸
顯出來。魯迅曾說：「凡選本，往往比所選各家的全集或選家自己的
文集更流行，更有作用。」〔註 240〕編選者選錄的目的，便在使人得
此一編，而盡諸家之奇。詞人作品之接受，通過選本傳播而見得箇中
消息，馮延巳與諸詞家作品互見之情形，也更能了然於心，其間趣味，
值得深入探究。

〔註 240〕魯迅：《魯迅全集・集外集・選本》，頁 131。

第三章　馮延巳詞的創作接受

　　文學作品對後代作家產生創作性之影響，使作家不斷的學習與模仿，便形成文學的創作接受。其形式是多樣化的，有的直接明顯，有的間接隱藏，有的是整體性影響，有的是局部性影響；其方式是複雜的，有的明用詩語意象，有的暗取詩思章法，有的述者不及作者，有的作者不如述者，有的明火執杖，有的暗與契合。[註1] 歷代作家常藉由這類的創作方式，以表達對文本的接受與回饋。研究箇中消息，參比原型，了解因創，才能清楚文學作品接受之歷程，也能窺見其跨越時代藩籬，別見新格的一面。《四庫全書總目提要》曾謂：

> 可知輾轉相因，亦復搜求不盡。然互相參考，可以觀古今
> 人遠意之異同，與遣詞之巧拙，使讀者因端生悟，觸類引
> 申，要亦不為無益也。[註2]

在不同的歷史背景、不同的文學發展下，作家對於人生態度之反覆表現，也會有所不同；即使面對相同的題材，或侷限於文本的規範，仍有其主體的獨創性與歷史的差異性。故通過後代作家對於馮延巳詞的模仿與學習，可一窺馮延巳作品在歷代的藝術創新與地位認同。

〔註1〕　陳文忠：〈古典詩歌接受史芻義〉，見陳文忠：《文學美學與接受史研
　　　　究》（蕪湖：安徽師範大學出版社，2008 年 4 月），頁 303。
〔註2〕　〔清〕紀昀等：《四庫全書總目提要・優古堂詩話》，卷 195，冊 4，
　　　　頁 5371。

在創作接受課題上，筆者主要依據《全宋詞》、《全金元詞》、《全明詞》（含補編）、《全清詞・順康卷》（含補編）、《清詞別集百三十四種》〔註3〕等，進行蒐羅；或藉由詞話材料，作爲探索之門鑰，雖結果不一，卻頗有收穫。所蒐得之作品，大抵可分爲三類：和韻、仿擬、集句。和韻作品，有依韻、次韻、用韻之別，〔註4〕此等原用於文人間的交流與贈答，後來逐演變成跨越時代，追和前人作品的單向崇拜；故作品詞題（詞序）下標明「和」、「依」、「次」、「用」馮延巳詞韻者，均予以歸納分析。仿擬作品，係指詞題（詞序）下有「擬」、「效」、「法」、「改」、「用」馮延巳詞等關鍵字眼屬之，所謂「最工之文學，非徒善創，亦且善因」〔註5〕是也。而作家刻意的「仿擬」，既表現出對仿擬對象的推崇，亦引發作品優劣之比較，或襲而愈工，或襲而不逮，其間之差異，使得詞人間，有了跨時代之較量。集句作品，係擷取前人之句而爲新詞的一種創作技巧，凡詞題（詞序）下或詞句中，標明集馮延巳詞之作者，均屬之。魏泰《臨漢隱居詩話》云：「惡蹈襲古人之意，亦有襲而愈工若出於己者。蓋思之愈深，則造語愈深也。」〔註6〕在後代詞家「奪胎換骨」後能推陳出新，化腐朽爲神奇，自是好事，不妨視爲一種文學創新的手段。

此外，詞人作品未註明其有「和韻」、「仿擬」、「集句」，或相關

〔註3〕 唐圭璋編：《全金元詞》（臺北：洪氏出版社，1980年11月）、饒宗頤初纂、張璋總纂：《全明詞》（北京：中華書局，2004年1月）、周明初、葉曄編：《全明詞補編》（杭州：浙江大學出版社，2007年1月）、南京大學中國語言文學系全清詞編纂研究室：《全清詞・順康卷》（北京：中華書局，2002年5月）、張宏生主編：《全清詞・順康卷補編》（南京：南京大學出版社，2008年5月）、楊家駱主編《清詞別集百三十四種》（臺北：鼎文書局，1976年8月）。凡引用以上文本出處之作品，均於作品後附上冊數、頁數，不再一一附注。

〔註4〕 「依韻、次韻、用韻」之別，詳參本文第一章注61。〔明〕徐師曾：《詩體明辨》，卷14，頁1039。

〔註5〕 〔清〕王國維：《人間詞話・拾遺》，頁52。

〔註6〕 〔宋〕魏泰：《臨漢隱居詩話》（臺北：臺灣商務印書館，1986年3月《景印文淵閣四庫全書》，冊1478），頁294。

字樣，然確有借鑒〔註7〕前人之跡者，仍佔部分，除可藉由詞話材料進一步檢索外，實蒐羅不易，唯有按圖索驥，始能完全，作業之艱鉅可知矣！筆者心力未及，僅於行文間，列舉數例而已。以下以時間爲經，以作品爲緯，探究馮延巳詞在歷代的創作接受：

第一節　兩宋詞人的創作接受

　　兩宋詞人對於馮延巳詞的創作接受，可通過兩大方面加以探究：一爲個別詞人的創作接受，一爲晏、歐等南唐餘緒的創作接受，茲分述如次：

一、個別詞人的創作接受

　　筆者據羅鳳珠教授「唐宋詞全文資料庫」，〔註8〕進行初步檢索；再加上其他史料詞話記載，蒐得宋人對馮延巳詞的創作接受，凡七闋：

　　表格 2-1：兩宋詞人對馮延巳詞的創作接受（不含晏殊、歐陽脩、晏幾道作品）

作　者	詞　　調	詞題/詞序
毛滂	〈憶秦娥〉（醉醉）、（夜夜）	（缺）
王之道	〈謁金門〉（春睡起）	追和馮延巳
呂勝己	〈長相思〉（展鸞蛾）	傚南唐體
無名氏	〈長相思〉（花滿枝）	（缺）

〔註7〕王偉勇《宋詞與唐詩之對應研究》舉出兩宋詞人借鑒唐詩之技巧，以四類賅之：1、字面之借鑒：包含截取、鎔鑄唐詩字面，2、字句之借鑒，包含增損唐詩字句、化用唐詩句意、襲用唐詩成句、合集唐詩成句，3、詩篇之借鑒，包含局部隱括、全闋隱括，4、其他，包含援引故事、綜合運用各種技巧等。（臺北：文史哲出版社，2003 年 6 月），頁 21。後世詞人借鑒之技巧，蓋不出此，然判斷詞人是否有借鑒前人之跡，需就字面、句法、句意，留意觀察，庶免失之主觀。

〔註8〕羅鳳珠教授主持「國科會數位典藏國家型科技計畫～94 年度數位典藏創意學習計畫」——「唐宋詞全文資料庫」，網址：http://cls.hs.yzu.edu.tw/CSP/W_DB/index.htm。

無名氏	〈雨中花〉（我有五重深深願）	改馮相三願詞
吳潛	〈水調歌頭〉（倚舵秋江滸）	開慶己未秋社維舟逸老堂口占
李商英	〈勝勝慢〉（笙簧繚繞）	（缺）

藉由「馮延巳」、「正中」、「南唐」、「陽春」主要關鍵字，及「和」、「依」、「次」、「用」、「擬」、「效」、「法」、「改」、「集」等次要關鍵字，全面檢索，得王之道〈謁金門〉與無名氏〈雨中花〉兩闋，其詞題明確標示「追和馮延巳」、「改馮相三願詞」。另有呂勝己〈長相思〉一闋，題為「傚南唐體」，「南唐體」所指為何？或依地域關係而分，如晏幾道《樂府補亡・自序》云：「試續南部諸賢緒餘，作五七字語，期以自娛」，〔註9〕南唐詞人自屬之；或依藝術風格而分，如王國維《人間詞話》云：「馮正中……與中、後主詞，皆在《花間》範圍之外」，〔註10〕李璟、李煜、馮延巳，能脫於《花間》，走向士大夫抒情色彩之路徑，故為南唐詞人之典範。呂勝己一闋，因未明所效對象，故暫且錄之，列入討論。筆者另蒐得無名氏〈長相思〉（花滿枝）、吳潛〈水調歌頭〉（倚舵秋江滸）、李商英〈勝勝慢〉（笙簧繚繞）三闋，有明顯因襲馮詞之跡；又據張德瀛《詞徵》載毛滂〈憶秦娥〉詞，係效馮延巳一體，故將此四詞一併討論：

（一）毛　滂

　　毛滂（1067～1120），字澤民。據張德瀛《詞徵》卷三「改入為平」一條下云：「毛澤民〈憶秦娥〉詞，效五代馮延巳體也。馮詞用入韻，故毛詞可易為平，猶孫夫人之變李太白詞為平韻也。孫詞無換韻，毛詞兼之。蓋古詞用入者，宋人多改為平，固不第此調然矣。」〔註11〕孫夫人即鄭文妻。〈憶秦娥〉（簫聲咽）一闋，傳為李白所作，其詞如下：

〔註9〕　〔宋〕晏幾道：《樂府補亡・自序》，施蟄存：《詞籍序跋萃編》，頁52。
〔註10〕　〔清〕王國維：《人間詞話》，頁6。
〔註11〕　〔清〕張德瀛：《詞徵》，唐圭璋：《詞話叢編》，冊5，卷3，頁4127～4128。

簫聲咽。秦娥夢斷秦樓月。秦樓月。年年柳色，灞橋（一
作「陵」）傷別。　　樂遊原上清秋節。咸陽古道音塵絕。
音塵絕。西風殘照，漢家陵闕。（《全唐五代詞》，頁16）

此闋46字，上片4句21字，下片4句25字，各三仄韻、一疊韻，
韻腳爲「咽、月、月、別、節、絕、絕、闕」等，屬第十八部入聲韻。
［註12］而後，鄭氏改仄聲爲平聲，詞云：

花深深。一鉤羅襪行花陰。行花陰。閒將柳帶，細結同心。
　　日邊消息空沉沉。畫眉樓上愁登臨。愁登臨。海棠開
後，望到如今。（《全宋詞》，冊5，頁3539）

此闋上片4句21字，下片4句25字，韻腳爲「深、陰、陰、心、沉、
臨、臨、今」，押第十三部平聲韻。此正是張德瀛所謂「古詞用入者，
宋人多改爲平」之例。

　　馮延巳所塡〈憶秦娥〉一闋，屬另一體，38字，詞云：

風淅淅。夜雨連雲黑。滴滴。窗下芭蕉燈下客。　　除非
魂夢到鄉國。免被關山隔。憶憶。一句枕前爭忘得。

上片4句17字，下片4句21字，一韻到底，押十七部入聲韻，韻腳
爲「淅、黑、滴、客、國、隔、憶、得」等字。毛滂〈憶秦娥〉二闋，
37字，詞云：

醉醉。醉擊珊瑚碎。花花。先借春光與酒家。　　夜寒我
醉誰扶我。應抱瑤琴臥。清清。攬月吟風不用人。

夜夜。夜了花朝也。連忙。指點銀瓶索酒嘗。　　明朝花
落知多少。莫把殘紅掃。愁人。一片花飛減卻春。（《全宋詞》，
冊2，頁682～683）

毛詞上片4句16字，下片4句21字。「醉醉」一闋，上片韻腳作「醉、
碎、花、家」，押第三部仄聲韻、第十部平聲韻，下片韻腳爲「我、
臥、清、人」，押第九部仄聲韻、第十一部及第六部平聲韻。「夜夜」
一闋，上片韻腳作「夜、也、忙、嘗」，押第十部仄聲韻、第二部平

［註12］本文所稱韻部，悉依〔清〕戈載《詞林正韻》（臺北：文史哲出版社，
　　　　1991年12月），爲省篇幅，不再一一附注。

聲韻，下片韻腳為「少、掃、人、春」，押第八部仄聲韻、第六部平聲韻。若從字數、句式來看，除第一句馮詞作「風淅淅」，毛詞各別作「醉醉」、「夜夜」不同外，其餘均同；若從疊句來看，馮詞有「淅淅」、「滴滴」、「憶憶」三組，毛詞第一闋作「醉醉」、「花花」、「清清」，亦有三組疊句，毛滂效馮詞之跡似亦可見。然毛滂卻不囿於馮體，其兩闋〈憶秦娥〉，起韻疊字，次句首字上頂一字，下則連續換韻；且毛詞以平聲韻、仄聲韻相間，卻不用入聲韻，實有別於馮延巳。

（二）王之道

王之道（1093～1169），字彥猷。其〈謁金門〉詞云：

> 春睡起。金鴨暖消沉水。笑比梅花鶯鑑裡。嗅香還嚼蕊。
>
> 瓊戶倚來重倚。又見夕陽西墜。門外馬嘶郎且至。失驚心暗喜。（《全宋詞》，冊2，頁1136）

〈謁金門〉（春睡起）一闋係追和馮延巳〈謁金門〉（風乍起），茲復錄如次：

> 風乍起。吹縐一池春水。閑引鴛鴦香徑裏。手挼紅杏蕊。
>
> 鬥鴨闌干獨倚。碧玉搔頭斜墜。終日望君君不至。舉頭聞鵲喜。

比較兩詞韻腳，可見王之道詞之韻腳依次作「起、水、裡、蕊、倚、墜、至、喜」，亦押第三部仄聲韻，屬和韻中之「次韻」。觀其遣詞造字，實不脫馮延巳之窠臼。上片，王之道改「風乍起」為「春睡起」，以靜易動，也因此少了「吹縐一池春水」的意象描摹。王之道筆下的「金鴨」、「梅花鶯」，擬馮延巳「鬥鴨」、「鴛鴦」，然馮延巳所勾勒的鴛鴦，是被閑引著徘徊於香徑間；所描繪的鬥鴨，是指欄杆的造型。相較之下，馮詞如畫，栩栩在目。「嗅香還嚼蕊」句，係擬馮詞「手挼紅杏蕊」。王之道通過嗅覺、味覺，描寫女主人百般無聊之態，而馮延巳僅以觸覺寫之，然其欲表達的，是鮮花搓揉之後徒留手中的無限感慨，詞境優劣立判。下片，句句因襲馮詞，其間之情感，亦與馮詞如出一轍。王之道云「瓊戶倚來重倚。又見夕陽西墜」，道出女主

人盼君歸來的濃濃期望，然而每逢夕陽西墜，心情又隨之低落。接著云：「門外馬嘶郎且至。失驚心暗喜」，在失落惆悵之際，每聽到馬嘶蹄聲，女主人仍抱持一分希望；對應馮詞「鬥鴨闌干獨倚，碧玉搔頭斜墜」，道盡其雍容富貴之身分，接著云「終日望君君不至」，流露出濃濃的情意與期盼，末句云「舉頭聞鵲喜」，點出女主人聞鵲報喜的樂觀態度，然結果如何，馮延巳留下了些許的空白，令人想像，此一憂一喜的複雜心境，是這闋詞之細膩處。王之道句句仿擬，字字化用，其情感之抒寫，亦不出馮延巳之布局。故王之道〈謁金門〉（春睡起）一闋，不只是形式上的追和，亦屬內容、風格上的仿效。

（三）呂勝己、無名氏

呂勝己，字季克。其〈長相思〉詞云：

> 展鬒蛾。抹流波。並插玲瓏碧玉梭。鬆分兩鬢螺。　　曉霜和。凍輕呵。拍罷陽春白雪歌。偎人春意多。（《全宋詞》，冊3，頁1754）

呂勝己〈長相思〉（展鬒蛾）詞題云「傚南唐體」，[註13] 卻未明所依對象。復查南唐詞人當中，作〈長相思〉一調者，唯馮延巳與李煜二人，馮延巳詞云：

> 紅滿枝。綠滿枝。宿雨厭厭睡起遲。閒庭花影移。　　憶歸期。數歸期。夢見雖多相見稀。相逢知幾時。

李煜詞云：

> 雲一緺。玉一梭。淡淡衫兒薄薄羅。輕顰雙黛螺。　　秋風多。雨相和。簾外芭蕉三兩窠。夜長人奈何。（《全唐五代詞》，頁751）

呂勝己與馮、李之作，均以輕淡之筆調，明潔之語言，描寫女子等待伊人之心境，然細觀內容，卻有異同之處。馮、李二作，同寫女子相

〔註13〕「南唐體」之名，於呂勝己詞首次出現。王師偉勇〈兩宋詞人仿擬典範作品析論〉一文指出，呂勝己特標「南唐體」，實為與白居易〈長相思〉一體區分。見張高評主編：《人文與創意學術研討會論文集》，（臺北：里仁書局，2008年6月），頁118。

思之情。馮詞上、下片逕寫女子遲起，憶數歸期之思念；李詞則上片寫梳妝姿態，下片則抒情寫意。較之呂勝己之作，上片寫女子「展翠蛾。抹流波。並插玲瓏碧玉梭。鬆分兩髻螺」，將女子梳妝打扮的模樣，鮮明地表現出來；下片「曉霜和。凍輕呵。拍罷陽春白雪歌。偎人春意多」，始寫女子殷勤等待的懷思之情。故就寫作技巧論，呂勝己明顯仿效李煜。另就押韻而言，馮延巳押第三部「支脂」韻，李煜與呂勝己均作第九部「歌戈」韻；馮詞上、下片前兩句疊韻，李、呂所作則不疊韻，顯見呂勝己係採「用韻」方式，步和李作。復觀詞中之遣詞造字，李煜詞「雲一緺。玉一梭。淡淡衫兒薄薄羅。輕顰雙黛螺」，呂勝己則作「展翠蛾。抹流波。並插玲瓏碧玉梭。鬆分兩髻螺」，頗為相似；李煜詞下片云「夜長人奈何」，道出無可奈何之心境，至呂勝己筆下，則作「偎人春意多」，有刻意就李詞翻案之跡。綜上所述，呂勝己仿效之對象實為李煜。〔註14〕

　　無名氏〈長相思〉一闋，詞云：

> 花滿枝。柳滿枝。眼底春光似舊時。燕歸人未歸。　　淚沾衣。酒沾衣。煩惱長多歡事稀。此情風月知。（《全宋詞》，冊5，頁3836）

若依作法論，無名氏詞押第三部「支脂」韻，顯亦以「依韻」方式，步和馮作；上片前兩句與下片前兩句疊韻且疊句，均與馮延巳〈長相思〉一闋同。復就內容論，無名氏此詞，寫女子殷殷期盼的等待心境，與馮延巳、李煜詞相似。而無名氏上片首兩句「花滿枝」、「柳滿枝」，出自馮延巳「紅滿枝」、「綠滿枝」，均寫女子所見之景；無名氏「眼底春光似舊時」與馮延巳「閑庭花影移」，均道出時光荏苒的無奈。無名氏下片「煩惱長多歡事稀」，係出自馮延巳「夢見雖多相見稀」之意，前者一憂一喜，後者一虛一實，彼此對應，道出女子無限悲哀。

〔註14〕王師偉勇於〈兩宋詞人仿擬典範作品析論〉一文，舉出兩宋詞人仿擬方式有三：一、效仿作法與體製；二效仿體製、內容與風格；三、效仿總體風格。呂勝己〈長相思〉（展翠蛾）一闋，係根據體製、內容與風格，效李煜一體。頁106。

無名氏末句云「此情風月知」，馮延巳云「相逢知幾時」，無名氏無疑是替馮延巳的疑問，下了最佳的註解。此詞雖未標明仿效馮延巳詞，然根據體製、內容、風格論之，確有顯著的因襲之跡。

（四）無名氏、吳潛、李商英

無名氏〈雨中花〉詞云：

> 我有五重深深願。第一願、且圖久遠。二願恰如雕梁雙燕。
> 歲歲後、長相見。　三願薄情相顧戀。第四願、永不分散。
> 五願奴留收園結果，做個人宅院。（《全宋詞》，冊 5，頁 3663）

此詞題下云「改馮相三願詞」，馮相即馮延巳，其〈薄命女〉（一作「長命女」）〔註15〕詞云：

> 春日宴。綠酒一杯歌一遍。再拜陳三願。一願郎君千歲，
> 二願妾身常健。三願如同梁上燕。歲歲長相見。

馮延巳〈薄命女〉無疑是宮廷貴族宴飲作樂時，歌功頌德之作。無名氏題爲「改馮相三願詞」，細加比較，實有異同之處：如押韻均爲第七部仄聲韻，無名氏顯採「依韻」方式仿馮作；又如「雕梁雙燕」、「歲歲後、長相見」句，顯亦借鑒馮作「如同梁上燕。歲歲長相見」詞句。又如馮詞僅三願，而無名氏發五願；馮詞站在第一人稱，頌揚唐主李璟，而無名氏藉女子口吻，表達對愛情長相廝守的熱切渴望。要之，無名氏「改寫」馮詞，實同中有異。

此外，吳潛〈水調歌頭〉、李商英〈勝勝慢〉亦因襲馮延巳「三願詞」。吳潛（1196～1262），字毅夫，其〈水調歌頭〉詞云：

> 倚舵秋江滸，明日片帆輕。從頭點檢身世，百事已圓成。
> 及第曾攀龍首，仕宦曾居鷗閣，衣錦更光榮。若又不知止，
> 天道恐虧盈。　借稱呼，遮俗眼，便歸耕。但餘心願，
> 朝暮香火告神明。一願君王萬壽，次願干戈永息，三願歲
> 豐登。四願老安樂，疾病免相縈。（《全宋詞》，冊 4，頁 2770）

〔註15〕〔清〕萬樹等：《索引本詞律》，頁 40。又據曾昭岷、王兆鵬等：《全唐五代詞》云：「〈長命女〉，唐教坊曲，乃五言四句之聲詩，與五代雜言體無關。當從和凝作〈薄命女〉」，頁 685。

李商英〈勝勝慢〉詞云：

> 笙簧繚繞，書鼓聲喧，佳人對舞繡簾前。高捲鋪襯，廣列
> 華筵。人人獻香祝壽，捧流霞，永慶高年。名香爇，睹重
> 重華蓋，金獸噴煙。一願皇恩頻降，松柏對龜鶴，彭祖齊
> 肩。二願子子孫孫，盡貢三元，石崇富貴也休誇，陸地神
> 仙。更三願，願年年佳慶，永保團圓。〔註16〕

吳潛〈水調歌頭〉與李商英〈勝勝慢〉，已將原本的小令，延伸為長
調，在內容上更加豐富，然亦不出馮延巳「三願詞」中歌頌君威之場
面，雖未標明仿擬、借鑒，然承襲之處顯而易見。

〔宋〕吳曾《能改齋漫錄》云：

> 南唐宰相馮延巳有樂府一章，名〈長命女〉云：「春日宴。
> 綠酒一盃歌一遍。再拜陳三願。一願郎君千歲，二願妾身
> 長健。三願如同梁上燕，歲歲常相見。」其後有以詞改為
> 〈雨中花〉云：「我有五重深深願。……」謂馮公之詞典雅
> 豐容，雖置在古樂府，可以無愧。一遭俗子竄易，不惟句
> 意重複，而鄙惡甚矣。〔註17〕

吳曾稱馮詞「典雅雍容，雖置在古樂府，可以無愧」。馮詞首兩句寫
「春日宴。綠酒一杯歌一遍」，述寫南唐君臣相飲作樂的歡樂場面，
歌舞升平的氛圍，亦藉馮延巳筆下娓娓道出。接著云宰相之三願，句
句說進為政者心坎，又句句道盡人臣之忠心耿耿。然吳曾對於後人〈雨
中花〉改寫之作，卻稱「俗子竄易，不惟句意重複，而鄙惡甚矣」，
無論是無名氏〈雨中花〉、吳潛〈水調歌頭〉或李商英〈勝勝慢〉，後
人效顰學步，意境不同，格局不同，氣象自亦不同。

除以上七闋作品外，部分作品或借鑒馮詞而來，如馮延巳〈鵲踏

〔註16〕李商英〈勝勝慢〉一闋，唐圭璋編《全宋詞》無收入，另據羅鳳珠
教授主持「國科會數位典藏國家型科技計畫——94 年度數位典藏創
意學習計畫」——「唐宋詞全文資料庫」，網址：http://cls.hs.yzu.
edu.tw/CSP/W_DB/index.htm。

〔註17〕〔宋〕吳曾：《能改齋漫錄》，唐圭璋：《詞話叢編》，冊 1，卷 2，頁
152～153。

枝〉（誰道閑情拋擲久）「日日花前常病酒」句，秦觀〈醉蓬萊〉（見揚州獨有）有「莫吝金錢，好尋詩伴，日日花前醉」（《全宋詞》，頁471），趙長卿〈探春令〉（新元纔過）有「待今春、日日花前沉醉」（《全宋詞》，頁1779）；馮延巳〈鵲踏枝〉（誰道閑情拋擲久）「爲問新愁」句，吳潛〈青玉案〉有「爲問新愁愁底許」（《全宋詞》，頁2744）；馮延巳〈謁金門〉（風乍起）「風乍起。吹縐一池春水」句，李剛〈望江南〉（雲棹遠）有「風乍起，吹皺碧淵淪」（《全宋詞》，頁 907），張孝祥〈滿江紅〉（秋滿蘅皋）「風乍起、蘭舟不住，浪花搖碧」（《全宋詞》，頁 1692），韓淲〈水調歌頭〉（今古釣臺下）「風乍起，煙未斂，雨初收」（《全宋詞》，頁2240），楊澤民〈驀山溪〉（當年蘇小）「風乍起。蕩漾煙光里」（《全宋詞》，頁3003）等。又〈鵲踏枝〉「庭院深深深幾許」一闋，作者爲誰，議論固然紛紜，卻不減此詞被宋人學習、借鑒之頻率，如李清照〈臨江仙〉（庭院深深深幾許）〔註18〕二闋（《全宋詞》，頁 929、933），王十朋〈點降唇〉（庭院深深）一闋（《全宋詞》，頁 1351）、吳潛〈如夢令〉（庭院深深春寂）一闋（《全宋詞》，頁2739）、方岳〈水龍吟〉（晝長庭院深深）一闋（《全宋詞》，頁2843），及晁補之〈江神子〉（雙鴛池沼水融融）、周密〈江城子〉（羅窗曉色透花明）〔註19〕有「把酒問花花不語」句（《全宋詞》，頁557、2838），均借鑒「庭院深深深幾許」及「淚眼問花花不語」。此中除李清照二闋，詞序下標明仿效歐陽脩外，其餘諸闋，並無絲毫說明，故不知是以歐陽脩爲典範，抑或以馮延巳爲楷模，姑且錄之。由是可知，借鑒前人詞句，而不在詞題、詞序下附帶說明者，不勝枚舉，筆者僅列數例，俾供參考而已。

〔註18〕 李清照〈臨江仙〉詞序云：「歐陽公作〈蝶戀花〉，有深深深幾許之句，予酷愛之。用其語作庭院深深數闋，其聲即舊〈臨江仙〉。」《全宋詞》，冊2，頁929。

〔註19〕 周密〈江城子〉（羅窗曉色透花明）一闋，題作「傲聾十解，擬蒲江」，蒲江即盧祖皋，其有《蒲江詞》，然盧祖皋詞並無「把酒問花花不語」，故推斷周密係借鑒「淚眼問花花不語」一句。

二、南唐餘緒的創作接受

　　清代馮煦《蒿庵論詞》云：「詞至南唐，二主作於上，正中和於下，詣微造極，得未曾有。宋出諸家，靡不祖述二主，憲章正中，譬之歐虞褚薛之書，皆出逸少。」〔註20〕吳梅《詞學通論》云：「大抵開國之初，沿五季之舊，才力所詣，組織較工，晏、歐為一大宗。二主一馮，實質取法，故未能脫其範圍也。」〔註21〕詞發展至宋初，晏殊、歐陽脩之輩，能沿五季之舊，因循花間、南唐之格，尤以馮延巳為尊。蓋南唐馮延巳，於花間伶工之詞上，投射鮮明的身世感慨與憂患意識，足以給人無限的聯想與感發，使應歌小詞超脫花間藩籬，具有人生哲學的思想意蘊，故馮延巳能「開北宋一代風氣」，「下啟晏歐」，而不只是囿於華燈下、金樽旁、畫舫中、歌筵上的豔詞而已。馮煦又指出：「文忠家廬陵，而元獻家臨川，詞家遂有西江一派。其詞與元獻同出南唐，而深致則過之。宋至文忠，文始復古，天下翕然師尊之，風尚為之一變。」〔註22〕晏、歐近於馮延巳，實與地域之緊鄰有關。按：晏殊生於撫州臨川，歐陽脩家居吉州廬陵，均為今之江西；而馮延巳曾任撫州節度使三年，臨川縣即屬統轄境內，亦距廬陵不遠，三家自成詞之西江一派。龍楡生《唐宋名家詞選》云：「延巳在五代為一大作家，與溫、韋分鼎三足，影響北宋諸家者尤鉅，南唐歌詞種子，向江西發展，轍迹可循，馮氏實其中心人物，治詞史者所不容忽也。」〔註23〕南唐歌詞種子，向江西發展之路徑，轍跡可循。馮延巳為南唐之中心詞人，晏殊、歐陽脩受其薰陶，一脈相傳之關係，是不可忽視的，所謂「晏同叔得其俊，歐陽永叔得其深」，〔註24〕無

〔註20〕〔清〕馮煦：《蒿庵論詞》，唐圭璋：《詞話叢編》，冊4，頁3585。

〔註21〕吳梅：《詞學通論》（上海：世紀出版集團、上海古籍出版社，2006年4月），頁46。

〔註22〕〔清〕馮煦：《蒿庵論詞》，唐圭璋：《詞話叢編》，冊4，頁3585。

〔註23〕龍楡生編選、卓清芬注說：《唐宋名家詞選》（臺北：里仁書局，2007年10月），頁99。

〔註24〕〔清〕劉熙載：《詞概》，唐圭璋：《詞話叢編》，冊4，頁3689。

論詞風之俊逸或深遠，均道出晏、歐詞出自馮詞之事實。

此外，況周頤《蕙風詞話‧未刊稿》云晏幾道詞「從《珠玉》出」；〔註25〕陳廷焯《白雨齋詞話》云：「北宋晏小山工於言情，出元獻、文忠之右」，〔註26〕江昱〈論詞絕句〉云：「臨淄格度本南唐，風雅傳家小晏強」。〔註27〕晏殊之子晏幾道，係直承乃父之風，其詞有南唐之跡，加上落拓貴族之遭遇、「傷心人」〔註28〕之心境，都與馮延巳同病相憐。學者多將晏幾道與李煜相比，殊不知晏幾道與馮延巳之間，有所嗣響，亦屬南唐馮詞之餘緒也。

筆者據「唐宋詞全文資料庫」進行關鍵字檢索，並未尋得二晏、歐陽脩對於馮延巳詞具體性的創作接受，換言之，三家詞調之下，幾乎未見詞題或詞序，更別提及三家詞有標明和韻、仿擬、集句之處。然若從詞人作品中的題材作法、用字遣詞、藝術風格等，進行深入探究，便可一窺二晏、歐陽脩對於馮延巳詞的創作接受：

（一）題材作法

馮延巳詞，多以小令為主，其題材仍不脫花間情結，所謂「不失五代風格」是也。葉嘉瑩亦云馮詞從外表看來，「不過是閨閣園亭之景，傷春怨別之辭」，〔註29〕此乃宮廷貴族詞人之通病。《釣磯立談》載南唐韓熙載「後房畜聲妓，皆天下妙絕，彈絲吹竹，清歌豔舞之觀，所以娛侑賓客者，皆由臻其極，是以一時豪傑，如蕭儼、江文蔚、常

〔註25〕〔清〕況周頤著、孫克強輯考：《蕙風詞話‧廣蕙風詞話‧輯佚》，頁418。

〔註26〕〔清〕陳廷焯：《白雨齋詞話》，唐圭璋：《詞話叢編》，冊4，卷1，頁3782。

〔註27〕〔清〕江昱〈論詞絕句十八首〉之二云：「臨淄格度本南唐，風雅傳家小晏強。更有門牆歐、范在，春蘭秋菊卻同芳。」見孫克強：《清代詞學批評史論‧附錄》，頁379。

〔註28〕〔清〕馮煦：《蒿庵論詞》云：「淮海、小山，真古之傷心人也。」唐圭璋：《詞話叢編》，冊4，頁3587。

〔註29〕葉嘉瑩：《迦陵論詞叢稿》（臺北：明文書局，1987年12月），頁73。

夢錫、馮延巳、馮延魯⋯⋯舉集其門。」〔註30〕在如此的官場環境下，男歡女愛，離愁別恨、春思秋怨之類的題材，自然俯拾即是。

　　詞至晏殊、歐陽脩、晏幾道筆下，仍以小令居多，蔣兆蘭《詞說》即云：「歐陽、大小晏⋯⋯皆工小令」。〔註31〕比晏殊稍早的詞人柳永，已開始創製慢詞，並拓展五代詞之題材，或寫羈旅之苦，或寫市井男女；而習慣生活於酒席歡場的二晏、歐陽脩，仍不離唐五代偎紅倚翠之習性。《人間詞話》云：「唐、五代、北宋之詞家，倡優也」，〔註32〕他們的生活環境，往往是佐飲侑酒、歌舞作樂。二晏、歐陽脩詞，適應了上層社會娛賓遣興的需要，故其詞多寫金樽畫閣、多述傷春悲秋、多懷閑愁苦悶。由是可知，二晏、歐陽脩與馮延巳所處之背景雷同，其題材作法自是相差不遠。茲錄四人作品如下：

　　馮延巳〈更漏子〉：

　　　　秋水平，黃葉晚。落日渡頭雲散。捲朱箔，掛金鉤。暮潮
　　　　人倚樓。　　歡娛地。思前事。歌罷不勝沉醉。消息遠，
　　　　夢魂狂。酒醒空斷腸。

　　晏殊〈浣溪沙〉：

　　　　一曲新詞酒一盃。去年天氣舊亭臺。夕陽西下幾時迴。
　　　　　　無可奈何花落去，似曾相識燕歸來。小園香徑獨徘
　　　　徊。(《全宋詞》，冊 1，頁 89)

　　歐陽脩〈浣溪沙〉：

　　　　燈燼垂花月似霜。薄簾映月兩交光。酒醺紅粉自生香。
　　　　　　雙手舞餘拖翠袖，一聲歌已醺金觴。休回嬌眼斷人
　　　　腸。(《全宋詞》，冊 1，頁 144)

　　晏幾道〈鷓鴣天〉：

　　　　小令尊前見玉簫。銀燈一曲太妖嬈。歌中醉倒誰能恨，唱罷

〔註30〕〔宋〕史虛白子某：《釣磯立談》（北京：中華書局，1985 年《叢書集成初編》，冊 3856），頁 27。
〔註31〕〔清〕蔣兆蘭：《詞說》，唐圭璋：《詞話叢編》，冊 5，頁 4637。
〔註32〕〔清〕王國維：《人間詞話・刪稿》，頁 33。

　　歸來酒未消。　　春悄悄，夜迢迢。碧雲天共楚宮遙。夢魂
　　慣得無拘檢，又踏楊花過謝橋。(《全宋詞》，冊 1，頁 226～227)
以上四闋小令，均是詞人宴飲作樂後興起無限感慨之作。馮詞以「朱
箔」、「金鉤」道出富貴人家的享樂生活，酣飲歡娛之後，詞人心思卻
飄向遠方，歌終舞罷，詞人不勝沉醉，溺於溫暖夢鄉，然清醒後所得
到的是「空斷腸」的悵然若失，道出濃濃的哀傷。晏殊「一曲新詞酒
一盃」、歐陽脩「雙手舞餘施翠袖，一聲歌已醱金觴」、晏幾道「小令
尊前見玉簫。銀燈一曲太妖嬈」等，亦是寫達官貴人「歌樂相佐，談
笑雜出」﹝註33﹞之往來，然詞人在「夕陽西下」、「唱罷酒醒」後，所
興起的愁思，實與馮延巳異曲同工。

（二）遣詞造句

　　馮詞之遣詞造句，亦是二晏、歐陽脩學習的對象。如晏殊〈蝶戀
花〉：

　　檻菊愁煙蘭泣露。羅幕輕寒，燕子雙飛去。明月不諳離恨
　　苦。斜光到曉穿朱戶。　　昨夜西風凋碧樹。獨上高樓，
　　望盡天涯路。欲寄彩箋兼尺素。山長水闊知何處。(《全宋詞》，
　　冊 1，頁 91)
馮延巳〈鵲踏枝〉：

　　花外寒雞天欲曙。香印成灰，起坐渾無緒。簷際高桐凝宿
　　霧。捲簾雙鵲驚飛去。　　屏上羅衣閑繡縷。一晌關情，
　　憶遍江南路。夜夜夢魂休謾語。已知前事無尋處。
兩詞皆為懷人之作，所用韻腳，均為第四部去聲韻，下片末字均以「處」
字結尾。晏殊云「羅幕輕寒，燕子雙飛去」，馮延巳則云「捲簾雙鵲
驚飛去」；晏殊云「獨上高樓，望盡天涯路」，馮延巳則云「一晌關情，

﹝註33﹞〔宋〕葉夢得：《避暑錄話》卷上云：「晏元憲（獻）公雖早富貴，
　　　　而奉養極約。惟喜賓客，未嘗一日不燕飲。……每有嘉客，必留，……
　　　　亦必以歌樂相佐，談笑雜出。……稍闌既罷，遣歌樂曰：『汝曹呈藝
　　　　已徧，吾當呈藝。』乃具筆札，相與賦詩，率以為常。」(臺北：臺
　　　　灣商務印書館，1985 年 2 月《景印文淵閣四庫全書》，冊 863)，頁
　　　　660。

憶遍江南路」。可見晏殊、馮延巳二詞在用字遣詞上，頗有近似之處。
又陳廷焯《詞則‧大雅集》卷二評點晏殊此詞云：

> 纏綿悱惻，雅近正中。〔註34〕

陳廷焯係就風格而論，認爲晏詞纏綿悱惻，近似正中，然晏詞之氣象，
實有別於馮詞。單就「望盡天涯路」與「憶遍江南路」來說，晏詞寫
空間概念，馮詞寫時間概念；晏詞欲追尋的，是所思之所在，馮詞欲
追尋的，是記憶之往事；晏詞讀來開闊高遠，馮詞則深沉纏綿。在不
同時代氛圍下，晏殊對於馮詞加以拓展，二人心路歷程不同，詞中意
境自是有別。

再以歐陽脩〈採桑子〉爲例：

> 羣芳過後西湖好，狼籍殘紅。飛絮濛濛。垂柳闌干盡日風。
> 　　笙歌散盡遊人去，始覺春空。垂下簾櫳。雙燕歸來細
> 雨中。（《全宋詞》，冊1，頁121）

馮延巳〈採桑子〉：

> 小堂深靜無人到，滿院春風。惆悵牆東。一樹櫻桃帶雨紅。
> 　　愁心似醉兼如病，欲語還慵。日暮疏鐘。雙燕歸棲畫
> 閣中。

歐、馮兩闋同調，所押韻腳，亦是第一部「東冬」韻，歐詞「垂下簾
櫳。雙燕歸來細雨中」句，改易馮延巳「日暮疏鐘。雙燕歸棲畫閣中」
句，頗有借鑒意味。近人錢鍾書《管錐篇》針對歐陽脩此詞云：

> 詩人寫景賦物，雖每如鍾嶸《詩品》所謂本諸「即目」，然
> 復往往踵文而非實踐，陽若目擊今事而陰乃心摹前構。匹
> 似歐陽脩〈采桑子〉「垂下簾櫳，雙燕歸來細雨中」，名句
> 傳誦。其爲眞景直尋耶？抑以謝朓〈和王主簿怨情〉有「風
> 簾入雙燕」，陸龜蒙〈病中秋懷寄襲美〉有「雙燕歸來始下
> 簾」，馮延巳〈采桑子〉有「日暮疏鐘。雙燕歸棲畫閣中」，
> 而遂攈華詞補假，以與古爲新也？修之詞中洵有燕歸，修之
> 目中殆不保實見燕歸乎？史傳載筆，尚有準古飾今，因模

擬而成捏造，況詞章哉？不特此也。〔註35〕

錢鍾書認爲古人寫景賦物，是自然而發之事，針對歐陽脩因襲、模擬前人之句以爲新的手段，不以爲然。然歐陽脩既化用馮詞，亦可想見受馮延巳影響之深也。又王國維《人間詞話》云：

> 歐九〈浣溪沙〉詞「綠楊樓外出秋千」，晁補之謂：只一「出」字，便後人所不能道。余謂此本于正中〈上行杯〉詞「柳外秋千出畫墻」，但歐語尤工耳。〔註36〕

歐陽脩〈浣溪沙〉（堤上遊人逐畫船）有「綠楊樓外出鞦韆」（《全宋詞》，冊1，頁143）句，實出自馮延巳〈上行盃〉（落梅著雨消殘粉）「柳外秋千出畫牆」句。另如歐陽脩〈長相思〉「深花枝。淺花枝」（《全宋詞》，冊1，頁123），出自馮延巳〈長相思〉「紅滿枝。綠滿枝」；〈玉樓春〉「何況馬嘶芳草岸」（《全宋詞》，冊1，頁132），出自馮延巳〈採桑子〉「馬嘶人語春風岸」；〈採桑子〉「笙歌散盡遊人去」（《全宋詞》，冊1，頁121），出自馮延巳〈採桑子〉「笙歌放散人歸去」等，多不勝舉。

晏幾道借鑒馮詞者，鄭文焯評小山詞云：「晏小山〈留春令〉「樓下分流水聲中，有當日憑高淚」二語，亦襲馮延巳〈三臺令〉「流水！流水！中有傷心雙淚」。〔註37〕今觀晏幾道〈留春令〉詞云：

> 畫屏天畔，夢回依約，十洲雲水。手撚紅牋寄人書，寫無限、傷春事。　　別浦高樓曾漫倚。對江南千里。樓下分流水聲中，有當日、凭高淚。（《全宋詞》，冊1，頁253）

末句「樓下分流水聲中，有當日、憑高淚」，係出自馮延巳〈三臺令〉，詞云：

> 南浦。南浦。翠鬟離人何處。當時攜手高樓。　　依舊樓前水流。流水。流水。中有傷心雙淚。

馮延巳此詞，寫懷人之思，有觸景生情，感慨萬千的濃濃愁緒。唐圭

〔註35〕錢鍾書：《管錐篇》（臺北：書林出版公司，1990年8月），冊1，頁364。
〔註36〕〔清〕王國維：《人間詞話》，頁7。
〔註37〕〔清〕鄭文焯評晏幾道之論，見吳熊和主編：《唐宋詞匯評·兩宋卷》，冊1，頁359。

璋《唐宋詞簡釋》云：「此首懷人詞。南浦別離之處，今空見其處，
而人則不知何往矣。『當時』句逆入，回憶當年之樂。『依舊』句平出，
慨嘆今日之物是人非。末句，即流水而抒真情，語極沉著。其後小晏
云：『樓下分流水聲中，有當日憑高淚』；李清照云：『惟有樓前流水，
應念我終日凝眸』；稼軒云：『鬱孤臺下清江水，中間多少行人淚』，
皆與此意相合。」〔註38〕晏幾道首先借鑒馮詞作「樓下分流水聲中，
有當日憑高淚」句，而後則有李清照〈鳳凰臺上憶吹簫〉作「惟有樓
前流水，應念我終日凝眸」，辛棄疾〈菩薩蠻〉作「鬱孤臺下清江水，
中間多少行人淚」。由此可知，馮詞在兩宋的創作接受中，不單只是
一對一的模仿，而是個別詞家間，通過不同的詞調與意境，在相異的
時空背景下，接力似的因襲與仿擬。

（三）藝術風格

　　馮延巳詞最令人深刻的，即是「閑愁」一大主題。《兩宋文學史》
曾為閑愁下一註解：

> 優裕的物質生活並不能滿足他渴求著探索人生奧秘的心
> 靈，他心靈的觸覺常常是其來無端地伸向人心的深處，而
> 又沒有找到自己所尋覓的東西，於是一縷輕煙薄霧似的哀
> 愁就上升到了他的筆頭，化成為幽怨動人的小詞。〔註39〕

以上所指，即馮延巳所謂「人心情緒自無端」（〈醉花間〉「月落霜繁
深院閉」）是也。然馮延巳表面雖言「無端」，實際上卻是蘊含著深邃
的悲傷情緒，或出於亡國之痛，或出於生命之慨，總藉著「相思離別」、
「傷春情懷」，抒發其間的鬱抑惝恍之感。其〈歸國遙〉云：「江山碧，
江山何人吹玉笛。扁舟遠送瀟湘客」、〈酒泉子〉云：「芳草長川。柳
映危橋橋下路。歸鴻飛，行人去。碧山邊」，均細膩地將離別者悵然
若失的心情娓娓道盡。其〈鵲踏枝〉云：「煩惱韶光能幾許。腸斷魂

〔註38〕唐圭璋：《唐宋詞簡釋》，頁47。
〔註39〕程千帆、吳新雷：《兩宋文學史》（高雄：麗文文化事業股份有限公
　　　　司，1993年10月），頁111。

銷，看卻春還去」、〈玉樓春〉云：「芳菲次第長相續。自是情多無處
足。尊前百計見春歸，莫爲傷春眉黛蹙」，則是通過傷春、惜春之念，
道出人生的孤寂與哀愁。無論是「相思離別」之悲慨，抑或「傷春情
懷」之感發，馮延巳往往藉景寓情，「一切景語皆情語」，〔註40〕正是
馮詞的最佳寫照。如其〈鵲踏枝〉詞：

> 誰道閑情拋擲久。每到春來，惆悵還依舊。日日花前常病
> 酒。不辭鏡裏朱顏瘦。　　河畔青蕪堤上柳。爲問新愁，
> 何事年年有。獨立小橋風滿袖。平林新月人歸後。

此闋以「閑情」開篇，「閑情」即「閑愁」，主人公總是希望將閑情拋
下，然每年春來，竟再一次無端發愁，似無止盡般；接著「日日花前」
二句，是對惆悵心緒的補充和抽繹，飲酒本爲澆愁，然卻以「病」字
詮釋；「不辭」二字則道出主人公面對鏡子裡朱顏憔悴的無奈自嘲。下
片以景託情，通過河畔旁的青蕪、楊柳，展現大地春暖花開的形象，
然卻襯托出主人公年復一年，歷久彌新的愁緒。末句再通過獨立小橋、
冷風爲伴、遙望新月的淒涼場景，勾勒出一腔難以自解的苦悶情懷。

　　馮詞這般藝術風格，二晏、歐陽脩均有所承襲，王國維云：「馮
正中〈玉樓春〉詞：『芳菲次第長相續，自是情多無處足。尊前百計
見春歸，莫爲傷春眉黛蹙』。永叔一生似專學此種。」〔註41〕王國維
所謂，即是馮詞藉景有感而發的深刻意念，不僅歐陽脩學之，晏殊、
晏幾道亦學之。且看晏殊〈踏莎行〉詞：

> 小徑紅稀，芳郊綠徧。高臺樹色陰陰見。春風不解禁楊花，

〔註40〕〔清〕王國維：《人間詞話・刪稿》：「昔人論詩詞，有景語、情語之
　　　　別。不知一切景語，皆情語也。」頁24。
〔註41〕〔清〕王國維：《人間詞話》，頁7。按：馮延巳〈玉樓春〉：「雪雲乍變
　　　　春雲簇。漸覺年華堪縱目。北枝梅蕊犯寒開，南浦波紋如酒綠。　　芳
　　　　菲次第長相續。自是情多無處足。尊前百計見春歸，莫爲傷春眉黛蹙。」
　　　　歐陽脩〈玉樓春〉：「殘春一夜狂風雨。斷送紅飛花落樹。人心花意待
　　　　留春，春色無情容易去。　　高樓把酒愁獨語。借問春歸何處所。暮
　　　　雲空闊不知音，惟有綠楊芳草路。」（《全宋詞》，冊1，頁132），前者惜
　　　　春，後者傷春，二詞境界不同，王國維謂歐陽脩專學此種，應就馮延
　　　　巳「以景寓情」、「傷春惜時」的藝術筆法而言。

濛濛亂撲行人面。　　翠葉藏鶯，朱簾隔燕。爐香靜逐遊
絲轉。一場愁夢酒醒時，斜陽卻照深深院。(《全宋詞》，冊1，
頁99)

此闋通篇寫景，而景中見閑愁也。上片寫郊外，「小徑紅稀」三句，
正是暮春時節，「春風不解」二句，道出柳絮因春風作亂，而漫天飛
舞、撲打行人面。下片寫院內，翠葉掩藏著黃鶯身影，朱簾阻隔著飛
燕歸巢，室內爐香裊裊，窗外游絲垂掛，彼此纏繞，主人公就在這般
靜謐的環境下進入夢鄉，然此夢卻是一場愁夢，當酒醒夢回，卻已是
夕陽西下，只見斜照深院，而不見伊人。次舉歐陽脩〈夜行船〉：

滿眼東風飛絮。催行色、短亭春暮。落花流水草連雲，看
看是、斷腸南浦。　　檀板未終人去去。扁舟在、綠楊深
處。手把金尊難爲別，更那聽、亂鶯疏雨。(《全宋詞》，冊
1，頁145)

此闋寫的是離情，歐陽脩以蕭索凌亂之暮春景色，因東風而亂舞之柳
絮，勾勒出主人公內心的慌亂不安；「落花流水草連雲」、「扁舟在、
綠楊深處」，給予讀者的自是無限淒迷的畫面。而此時，在斷斷續續
的檀板聲中，在亂鶯聲啼、疏雨瀟瀟的離別場景中，人已離去的悵然
與無助，更是加倍。其另一闋〈蝶戀花〉云：「小院深深門掩亞。寂
寞珠簾，畫閣重重下。欲近禁煙微雨罷。綠楊深處秋千掛。　　傅粉
狂游猶未舍。不念芳時，眉黛無人畫。薄倖未歸春去也。杏花零落香
紅謝。」(《全宋詞》，頁 128)亦是以春景寫閨思，陳廷焯《詞則・
大雅集》評爲「清雅芊麗，正中之匹也。」〔註42〕

復舉晏幾道〈臨江仙〉：

身外閑愁空滿，眼中歡事常稀。明年應賦送君詩。細從今
夜數，相會幾多時。　　淺酒欲邀誰勸，深情惟有君知。
東溪春近好同歸。柳垂江上影，梅謝雪中枝。(《全宋詞》，
冊1，頁222)

晏幾道開篇即以空滿比閑愁、以常稀喻歡事，一正一反相對應。接著云

〔註42〕〔清〕陳廷焯：《詞則・大雅集》，卷2，頁46。

離別所興之感發，上片末句以「相會幾多時？」道出無止盡的漫長等待。過片緊接而來，又是一問句，自問「淺酒欲邀誰勸？」下句則云「深情惟有君知」，女子的癡情，如此深刻。結尾兩句，詞人將情感寄託於景色之中；「柳垂江上影，梅謝雪中枝」，更道盡女子化不開的濃愁。

　　通過題材作法、遣詞造句與藝術風格三方面之探究，北宋詞人晏殊、歐陽脩、晏幾道確實受到南唐馮延巳深刻之影響。或因地域關係的鄰近，或因身世背景的處境，或因創作的心路歷程，或因詞體發展的一派相承，都是馮延巳詞發展至北宋，受到詞家各種響應、各種回饋的重要因素。馮詞因二晏、歐陽脩的喜愛、學習，進而模仿、因襲，甚至，注入馮延巳料想不到的新血，馮詞在北宋詞人筆下，遂能再度壯大，陳洵云：「宋詞既昌，唐音斯暢，二晏濟美，六一專家」，〔註43〕誠有見地。

第二節　金元詞人的創作接受

　　據《全金元詞》初步檢索詞題或詞序下，有和（依、次、用等）韻、仿擬（效、擬、改、借等）、集句、檃括等作品，未見有因襲馮延巳詞者。所和唐宋詞人作品，以和蘇軾詞 8 首最多，其次係和楊无咎詞 4 首，餘如和柳永、秦觀、李清照、陸游、周邦彥、辛棄疾、劉過等詞人，也不過一、二首。〔註44〕在仿擬方面，擬花間體 6 首，擬北宋詞人 3 首，擬南宋詞人 7 首。〔註45〕其中又以邵亨貞所擬最為豐富，其「擬古十首」，仿擬對象除金人元好問 1 首外，包括花間體、蘇軾、周邦彥、

〔註43〕陳洵：《海綃說詞・通論》，唐圭璋：《詞話叢編》，冊 5，頁 4837。

〔註44〕金元詞人和蘇軾 8 首：即蔡松年 2 首、趙秉文 2 首、白樸 1 首、張之翰 1 首、張玉孃 1 首、薩都剌 1 首；柯九思和楊无咎 4 首；又如馬鈺和柳永 2 首、張之翰和劉過 1 首、張玉孃和李清照 1 首、許有壬和辛棄疾 2 首及秦觀 1 首、張翥和周邦彥 1 首、韓奕和陸游 1 首。

〔註45〕擬花間體 6 首：元好問 1 首、邵亨貞 5 首；擬北宋詞人 3 首：元好問擬蘇軾 1 首、邵亨貞擬蘇軾與周邦彥 2 首；擬南宋詞人 7 首：元好問擬朱敦儒 1 首、邵亨貞擬姜夔、史達祖、辛棄疾、陳與義、康與之、劉過 6 首。

姜夔、史達祖、辛棄疾、陳與義、康與之、劉過等，〔註46〕吳梅《詞學
通論》謂邵亨貞：「擬古十首，凡清眞、白石、梅溪、稼軒，學之靡不
神似，即此可見詞學之深。」〔註47〕擬花間體6首中，元好問〈江城子〉
「效花間體詠海棠」1首外；其餘5首均爲邵亨貞所作，包含擬古十首
其一〈河傳〉「擬花間，春日宮詞」、〈河傳〉「戲效花間體」2首、〈花
間訴衷情〉「擬古」2首。集句方面，有趙可〈鷓鴣天〉（十頃平波溢岸
清）2首，詞後有「集句」二字；檃括方面，有白樸〈讌瑤池〉（玉龜
山）檃括蘇軾〈戚氏〉、〈水調歌頭〉（南郊舊壇在），感南唐故宮，括李
煜詞2首，及歐陽玄〈漁家傲〉檃括歐陽脩詞12首等。〔註48〕

　　由詞題、詞序的檢索可知，金元諸家和韻、仿擬、集句、檃括之
作不多，除邵亨貞擬花間體五闋，及白樸檃括李煜詞一闋，係學習五
代詞人外，其餘多是兩宋詞人。仿擬最甚、最廣之詞人邵亨貞，卻沒
有任何一闋擬南唐之作，其詞序云：「樂府十擬，弁陽老人爲古人所
未爲。索菴先生復盡弁陽所未盡，可謂一出新意矣。暇日先生以詞槀
寄示，且徵予作，既又獲見檇李諸俊秀所擬，益切奇出，閱誦累日無
厭。因悟古人作長短句，若慢則音節氣慨，人各不類，往往自成一家。
至于令則律調步武句語，若無大相遠者，閒有奇語，不過命以新意，
亦未見其各成一家也。所以令之擬爲尤難，強欲逼眞，不無蹈襲，稍
涉己見，輒復違背。由是未易苟措，茲重以先生之請，思索且得十解。」
〔註49〕按：弁陽老人即周密，周密有「傚顰十解」，效顰對象包括花
間、辛棄疾、盧祖皋、孫惟信、史達祖、張輯、吳文英、施岳、李彭
老、李萊老、趙汝茨等，邵亨貞擬周密所未盡之對象，而作「擬古十
首」。周、邵二家所擬範圍涵蓋花間、北宋迄金，獨缺南唐。

〔註46〕唐圭璋編：《全金元詞》，下冊，頁1093～1095。

〔註47〕吳梅：《詞學通論》，頁99。

〔註48〕趙可〈鷓鴣天〉（十頃平波溢岸清）、白樸〈讌瑤池〉（玉龜山）、〈水
　　　　調歌頭〉（南郊舊壇在），見唐圭璋編：《全金元詞》，上冊，頁31～
　　　　32；下冊，626、643。

〔註49〕唐圭璋：《全金元詞》，下冊，頁1093～1094。

　　然若從字句之借鑒進行探索，可得〔金〕段克己〈漁家傲〉（春去春來誰作主）「把酒問春春不語。頭懶舉。亂紅飛過鞦韆去」（《全金元詞》，頁 141～142），及〔元〕梁曾〈木蘭花慢〉「問花花不語，爲誰落，爲誰開」《全金元詞》，頁 745～746）句，係借鑒〈鵲踏枝〉（庭院深深深幾許）1 首；又趙雍〈玉耳墜金環〉（乳燕交飛）「畫堂簾幕捲東風」（《全金元詞》，頁 1032）似馮延巳〈臨江仙〉（冷紅飄起桃花片）「畫樓簾幕卷輕寒」一句。由是可知，南唐馮延巳在金元時期的創作接受，雖然隱而不顯，卻不是完全空白。

　　又〔清〕況周頤《蕙風詞話》云：

　　　　元好問〈清平樂〉云：「飛去飛來雙乳燕，消息知郎近遠。」用馮延巳「雙燕來時，陌上相逢否」句意。彼未定其逢否，此則直以爲知，唯消息近遠未定耳。妙在能變化。〔註50〕

元好問（1190～1257），字裕之。其〈清平樂〉詞云：

　　　　離腸宛轉。瘦覺妝痕淺。飛去飛來雙乳燕。消息知郎近遠。
　　　　　　樓前小雨珊珊。海棠簾幕輕寒。杜宇一聲春去，樹頭無數青山。（《全金元詞》，頁 104）

元好問此闋，係通過春景寫閨思，其中「飛去飛來雙乳燕，消息知郎近遠」借鑒馮延巳〈鵲踏枝〉「雙燕來時，陌上相逢否」詞句，原詞云：

　　　　幾日行雲何處去。忘了歸來，不道春將暮。百草千花寒食路。香車繫在誰家樹。　　淚眼倚樓頻獨語。雙燕來時，陌上相逢否。撩亂春愁如柳絮。依依夢裡無尋處。

然馮延巳「陌上相逢否」，表明相逢之期的不確定性；元好問卻說「消息知郎近遠」，相逢之期是可確定的，唯近遠未定耳。

　　又〔宋〕陳克〈謁金門〉詞云：

　　　　花滿院。飛去飛來雙燕。紅雨入簾寒不卷。曉屏山六扇。　　翠袖玉笙悽斷。脈脈兩蛾愁淺。消息不知郎近遠。一春長夢見。（《全宋詞》，頁 826）

─────────────

〔註50〕〔清〕況周頤著、孫克強輯考：《蕙風詞話‧廣蕙風詞話》，卷3，頁48。

陳克詞有「飛去飛來雙燕」、「消息不知郎近遠」句，不如謂元好問係化用宋人陳克〈謁金門〉（花滿院）詞，更爲貼切。

第三節　明代詞人的創作接受

　　根據《全明詞》六冊、《全明詞補編》二冊初步檢索，有關和（依、次、用等）韻、仿擬（效、擬、改、借等）等學習或因襲馮延巳詞者，計 5 家 14 首，集句、櫽括馮詞之作，尚未尋得。另劉基〈謁金門〉（風嫋嫋）一闋，據〔明〕陳霆《渚山堂詞話》，有效馮詞之跡，亦收錄之。茲先表列再分析如次：

表格 2-2：明代詞人對馮延巳詞的創作接受

作　者	詞　調	詞　題　（詞　序）
劉基	謁金門（風嫋嫋）	（缺）
陳鐸	長相思（恨花枝）	和馮延巳
陸深	南鄉子（細雨溼流光） 其二（細雨溼黃梅） 其三（細雨溼秋風） 其四（細雨溼同雲）	南唐馮延巳「細雨溼流光」詞，余蚤歲極愛之，因按腔廣爲四首。蓋四十年前之作也，癸卯梅月，偶於小樓敝書中翻出，才情減退，老病侵尋，爲之憮然者久之。
吳子孝	南鄉子（細雨濕輕煙） 其二（細雨濕山嵐） 其三（細雨濕斜陽） 其四（細雨濕東風）	效馮延巳作四首
陸嘉淑	浣溪沙 （日暮孤帆隱斷山）	〈浣溪沙〉皆七字，唯南唐馮延巳「風散春水」一首第二句作六字。其詞本不載《花間集》。余戲學之。百旃曰：何不更增一字。爲答之曰：留以存此一體。

（一）劉　基

　　劉基（1311～1375），字伯溫。其〈謁金門〉詞云：

　　風嫋嫋。吹綠一庭秋草。天際夕陽無限好。斷腸芳樹老。

　　　　塵世茫茫難料。有酒便須傾倒。落葉階從不掃。醒來

新月皎。(《全明詞》，冊 1，頁 77)

此詞未標明效馮延巳詞，然據陳霆《渚山堂詞話》卷一云：「秋晚曲
寄〈謁金門〉，劉伯溫作也。首云『風嫋嫋。吹綠一庭秋草。』為語
亦佳。然即『風乍起，吹皺一池春水』格耳。」〔註51〕可知，劉基「風
嫋嫋。吹綠一庭秋草」句，實出自馮延巳「風乍起。吹縐一池春水」。
首句句式均作上一下二，次句為上二下四；劉以「嫋嫋」言風興之輕
柔，馮以「乍起」言風動之驟然；劉言「吹綠一庭秋草」，馮言「吹
縐一池春水」；劉詞搖曳，馮詞波瀾，各有千秋；然馮詞以春水喻心
境，更是深刻。陳霆即云：「以二語細較，劉公當退避一舍。」〔註52〕
二詞高下立判。

（二）陳　鐸

陳鐸（1488？～1521？），字大聲。其〈長相思〉詞云：

恨花枝。問花枝。何事今春放較遲。歲華能轉移。　　許
佳期。誤佳期。冷落門前鞍馬稀。不同君見時。(《全明詞》，
冊 2，頁 460)

此闋係次馮延巳〈長相思〉（紅滿枝）一闋（馮詞見頁 123），即和馮
延巳原韻而先後次第皆因襲之。上片韻腳作「枝、枝、遲、移、」，
下片韻腳作「期、期、稀、時」，上、下片首兩句均疊韻，所押同為
第三部「支脂」韻。此外，就句數、字數論之，陳鐸上、下片各 4 句，
18 字，與馮延巳同；就句式論之，上片首兩句，馮延巳作「紅滿枝。
綠滿枝」，陳鐸作「恨花枝。問花枝」；下片首兩句，馮延巳作「憶歸
期。數歸期」，陳鐸作「許佳期。誤佳期」，皆兩兩相疊。就內容論之，
馮詞云：「宿雨厭厭睡起遲。閑庭花影移」，以花影之移動寫時光之流
逝；陳鐸此闋云「何事今春放較遲。歲華能轉移」，以今春寫時序之
荏苒；馮延巳云「憶歸期。數歸期。夢見雖多相見稀。相逢知幾時」；

〔註51〕〔明〕陳霆：《渚山堂詞話》，唐圭璋：《詞話叢編》，冊 1，卷 1，頁
　　　　355。
〔註52〕同前註。

陳鐸云：「許佳期。誤佳期。冷落門前鞍馬稀。不同君見時」，兩詞雖
意境有別，卻志同道合地訴說女子相思之情及伊人歸期的不確定性。
陳鐸此闋〈長相思〉，題序標明「和馮延巳」，屬韻腳上的追和之作，
然就句數、句式及內容而言，亦有異曲同工之妙。

陳鐸和韻之作，達百餘闋，所和以婉約詞人為多，如和周邦彥
17首、秦觀11首、歐陽脩7首，相當豐富。其所和之花間詞人，溫
庭筠、歐陽炯各1首，所和南唐詞人，李璟、李煜、馮延巳各1首。
〔註53〕〈長相思〉（恨花枝）一闋，在百餘闋的和韻作品中，並不特
別突兀，然若就五代詞人而論，則稱得上是代表作了。

（三）陸　深

陸深（1477～1544），初名榮，字子淵，號儼山。其四首〈南鄉
子〉詞云：

其一：

細雨溼流光。芳草年年與恨長。煙鎖鳳樓無限事，茫茫。
鸞鏡鴛衾兩斷腸。　　魂夢轉悠揚。睡起楊花滿繡牀。薄
倖不來門半掩，斜陽。負你殘生淚幾行。

其二：

細雨溼黃梅。深院閒階處處苔。抱得鈿箏防浥損，慵開。
為誰搊取早歸來。　　有路到天臺。欲寄封書沒箇媒。窗
外芭蕉聲作陣，可猜。那有相如奏賦才。

其三：

細雨溼秋風。金鳳花殘滿地紅。閒蹙黛眉慵不語，情濃。
舊恨新愁知幾重。　　飛鴈過瑤空。歲月如流只向東。簾
卷曲房誰共醉，悤悤。惆悵秦樓恁日逢。

其四：

細雨溼同雲。繡倦鴛鴦五色紋。凝望天涯音信杳，微曛。
打窗風雪不堪聞。　　倚徧舊籠薰。淚痕空沁石榴裙。自

〔註53〕饒宗頤初纂、張璋總纂：《全明詞》，冊2，頁447～473。

捻腰圍牢約準。東君。莫比今宵減幾分。（《全明詞》，冊 2，頁 612～613）

陸深所作〈南鄉子〉四闋，其詞序云：「南唐馮延巳『細雨溼流光』詞，余蚤歲極愛之，因按腔廣爲四首。」〔註54〕可知陸深四闋〈南鄉子〉，乃按馮詞原腔而塡。馮延巳〈南鄉子〉，舊本（指《百家詞》本、《十名家詞》本、《四印齋》本）收兩闋，即「細雨濕流光」、「細雨濕秋風」，雙調，56 字，今本則將「細雨濕秋風」分之爲二，單調，28 字。〔註55〕陸深所按馮延巳原腔，係依舊本而來，茲據《陽春集》「四印齋」本移錄如下：

　其一：

細雨濕流光。芳草年年與恨長。煙鎖鳳樓無限事，茫茫。鸞鏡鴛衾兩斷腸。　　魂夢任悠揚。睡起楊花滿繡牀。薄倖不來門半掩，斜陽。負你殘春淚幾行。

　其二：

細雨泣秋風。金鳳花殘滿地紅。閑蹙黛眉嬌不語。情緒。寂寞相思知幾許。　　玉枕擁孤衾。把恨還同歲月深。簾捲曲房誰共醉。憔悴。惆悵秦樓彈粉淚。〔註56〕

由是觀之，陸深第一闋詞，正是馮延巳〈南鄉子〉（細雨溼流光），除末句有一字之差，馮詞作「負你殘春淚幾行」，而陸深作「負你殘生淚幾行」而已。此一現象頗匪夷所思，筆者推斷，應是陸深按馮詞原腔塡作時，謄寫於詞作前之範本，被《全明詞》誤收使然。

〔註54〕同前註，頁 612。

〔註55〕〔清〕王奕清等：《欽定詞譜》錄馮延巳〈南鄉子〉「細雨泣秋風。金鳳花殘滿地紅。閑蹙黛眉嬌不語。情緒。寂寞相思知幾許。」作單調，二十八字，五句。又謂「《陽春集》馮詞二首悉同」。頁 18。另參曾昭岷、王兆鵬等編：《全唐五代詞·馮延巳〈南鄉子〉考辨》謂：《百家詞》本、《十名家詞》本、《四印齋》本合上首作雙調，實誤。〈南鄉子〉，唐教坊曲原作單調，雙調始於馮延巳「細雨濕流光」一闋，56 字。其後則有 54 字、58 字，均前、後段各四平韻。若將「細雨泣秋風」與「玉枕擁孤衾」合併，實不同也。頁 684。

〔註56〕〔清〕王鵬運刊刻：《陽春集》「四印齋」本，頁 286。

　　餘三闋有明顯仿效馮詞之跡。就詞之內容論，馮延巳〈南鄉子〉，係寫少婦獨處深閨，觸景生情，朝朝暮暮淒涼難耐的離愁別恨，陸深所作亦同。就句數、字數論，陸詞上、下片各 4 句、28 字，與馮延巳同；就用韻論，馮延巳〈南鄉子〉「細雨溼流光」一闋，押第二部平聲韻，韻腳「光、長、茫、腸、揚、牀、陽、行」等八字；「細雨泣秋風」一闋，押兩平、兩仄韻，上片所押為第一部平聲韻及第四部仄聲韻，下片所押為第十三部平聲韻及第三部仄聲韻，韻腳為「風、紅、語、緒、許、衾、深、醉、悴、淚」等十字。而陸深用韻方式，均作平聲韻，「細雨濕黃梅」一闋，押第五部韻，韻腳為「梅、苔、開、來、臺、媒、猜、才」；「細雨濕秋風」一闋，押第一部韻，韻腳為「風、紅、濃、重、空、東、慇、逢」；「細雨濕同雲」一闋，押第六韻，韻腳為「雲、紋、曛、聞、薰、裙、君、分」，可見陸深〈南鄉子〉，係效馮詞「細雨濕流光」之用韻習慣。

　　就句式而論，陸深〈南鄉子〉三闋，首句作「細雨濕黃梅」、「細雨濕秋風」、「細雨濕同雲」，即化用馮延巳「細雨溼流光」、「細雨泣秋風」句。（按：馮延巳「細雨泣秋風」句，《百家詞》本、《十名家詞》本作「細雨濕秋風」；《四印齋》本作「細雨泣秋風」，今本據此。）而陸深〈南鄉子〉「細雨濕秋風」一闋，更是明顯借用馮詞，陸詞上片云：「細雨溼秋風。金鳳花殘滿地紅。閒蹙黛眉慵不語，情濃」，馮詞云「細雨泣秋風。金鳳花殘滿地紅。閑蹙黛眉慵不語。情緒」；陸詞下片云「簾卷曲房誰共醉，慇慇。惆悵秦樓恁日逢」，馮延巳云「簾捲曲房誰共醉。憔悴。惆悵秦樓彈粉淚」可見陸深之用心。又馮詞「細雨濕流光」一闋，上片末句云「茫茫。鸞鏡鴛衾兩斷腸」，係句中韻之用法，且作疊字；陸深僅「細雨溼秋風」一闋之下片作「慇慇。惆悵秦樓恁日逢」，與馮詞同。

　　由上可知，陸深〈南鄉子〉四闋，除第一闋不論外，要以第三闋仿效最深，亦最少變化。

（四）吳子孝

吳子孝（1495～1563），字純叔。其四首〈南鄉子〉詞云：

其一：

> 細雨濕輕煙。煙外鳩聲欲暮天。望斷天涯人不見，縣縣。淚盡殘釭只自眠。　　芳草碧淒然。憔悴心情減去年。欲遣閒愁哪可得，花前。忍見長空片月圓。

其二：

> 細雨濕山嵐。強對菱花思不堪。幽院寂寥鶯語急，江南。輕煖輕寒未易諳。　　新酒最難酣。獨坐尋思理翠簪。鴈素不來門半掩，鬖鬖。楊柳如絲覆碧潭。

其三：

> 細雨濕斜陽。花壓闌干盡試芳。晝夢尋君遊冶處，茫茫。水遠山遙夢已忘。　　翠枕倚籠香。雨歇楊花又滿塘。春色歸來人不到，愁腸。一日千迴繞越鄉。

其四：

> 細雨濕東風。後苑花開又滿叢。纖手弄花愁不語，匆匆。妾貌如花得久紅。　　搵淚祝天公。願得長年託化工。花不飄零人不老，相同。花美人歡百歲中。（《全明詞》，冊2，頁853）

吳子孝〈南鄉子〉下云「效馮延巳作四首」。第一闋首句作「細雨濕輕煙」，押第七部平聲韻，韻腳為「煙、天、縣、眠、然、年、圓」；第二闋首句作「細雨濕山嵐」，押第十四部平聲韻，韻腳為「嵐、堪、南、諳、酣、簪、鬖、潭」；第三闋首句作「細雨濕斜陽」，押第二部平聲韻，韻腳為「陽、芳、茫、忘、香、塘、鄉」；第四闋詞首句作「細雨濕東風」，押第一部平聲韻，韻腳為「風、叢、匆、紅、公、工、同、中」。觀此四闋，首句化用馮詞，均56字，上、下片各五句、四平韻，即可肯定，吳子孝所擬，即馮延巳「細雨溼流光」一闋。此中，「細雨濕斜陽」一闋韻部與馮詞同，屬和韻之「用韻」。又馮詞上片有「茫茫」兩疊字，吳子孝亦因襲之，第一闋作「縣縣」，第三闋作「茫茫」，第四闋作「匆匆」，唯第二闋上、下片用法顛倒，

上片作「江南」，下片作「鬢鬢」，稍有不同。

　　就內容論，吳子孝四闋，以景寓情，景中有情，此情正是女子之思愁，不出馮詞原作。其中，又以第二、三、四闋之意境與馮詞雷同，首寫「細雨」之所濕，即山嵐、斜陽、東風，次寫菱花綻放、花壓闌干、花開滿叢，近馮詞所云「芳草年年與恨長」之意。而第二闋下片「鴈素不來門半掩」，化用馮詞「薄倖不來門半掩」句，道出女子之殷勤期盼；第三闋「晝夢尋君遊冶處」、「雨歇楊花又滿塘」，更近馮詞「魂夢任悠揚」、「睡起楊花滿繡牀」的虛實對照。

（五）陸嘉淑

　　陸嘉淑（1620～1689），明末清初女詞人。其〈浣溪沙〉詞云：

> 日暮孤帆隱斷山。野雲催暝爭還。一溪流水釣魚灣。　　遠岫青時帶雨，空林落翠露孱顏。隔溪人語晚煙間。

陸嘉淑題序云：「〈浣溪沙〉皆七字，唯南唐馮延巳『風散春水』一首第二句作六字。其詞本不載《花間集》，余戲學之。百旃曰：『何不更增一字。』為答之曰：『留以存此一體。』」〔註57〕馮延巳〈浣溪沙〉有二闋，詞云：

> 春到青門柳色黃。一梢紅杏出低牆。鶯窗人起未梳妝。
> 繡帳已闌離別夢，玉爐空嫋寂寥香。閨中紅日奈何長。

> 轉燭飄蓬一夢歸。欲尋陳跡悵人非。天教心願與身違。
> 待月池臺空逝水，蔭花樓閣漫斜暉。登臨不惜更沾衣。

陸嘉淑之說，實有矛盾之處，就〈浣溪沙〉一調言，檢索「唐宋詞全文資料庫」，次句均為七字句，未有作六字句者，《詞律》亦未見錄；就馮詞而言，本不見《花間集》，而陸嘉淑謂「詞本不載《花間集》」，不知用意為何；又馮延巳並無「風散春水」一首，不知何人所作。陸嘉淑謂學馮延巳一體以存之，筆者疑此體實不存在。不論陸氏所言是否屬實，通過詞序說明，馮延巳〈浣溪沙〉詞終究受到注意，當屬另

〔註57〕饒宗頤初纂、張璋總纂：《全明詞》，冊5，頁2609。

類之創作接受。

第四節　清代詞人的創作接受

　　根據《全清詞‧順康卷》二十冊、《全清詞‧順康卷‧補編》四冊、《清詞別集百三十四種》十二冊，初步檢索有關學習或因襲馮延巳詞者，得和韻詞 4 家 9 首，集句詞 14 家 37 首；至於仿擬作品，並未從中尋得。另據《賭棋山莊詞話續編》載項鴻祚《憶雲詞》丁稿有擬馮延巳之作，故將項鴻祚作品一併列入探討。要之，清人對於馮詞的創作接受，堪稱豐碩，茲表列析論如次：

一、和韻作品

表格 2-3：清代詞人對馮延巳詞的創作接受——和韻

作　者	詞　調	詞　題（詞　序）
王士祿	謁金門（晨睡起）	和馮延巳韻
荊揩	春雲怨（莫嫌風劣）	留春，用馮延巳韻
顧陳垿	歸自謠（牛背笛）	玉山道中，同小山用《陽春詞》韻
王鵬運	鵲踏枝 其一（落蕊殘陽紅片片） 其二（斜日危闌凝佇久） 其三（風蕩春雲羅樣薄） 其四（漫說目成心便許） 其五（誰遣春韶隨水去） 其六（幾見花飛能上樹） 另附刪除之四闋〔註58〕 其一（譜到陽關聲欲裂） 其二（晝日懨懨驚夜短） 其三（望遠愁多休縱目） 其四（對酒肯教歡意盡）	馮正中〈鵲踏枝〉十四闋，鬱伊惝怳，義兼比興，蒙嗜誦焉。春日端居，依次屬和，憶雲生云：「不為無益之事，何以遣有涯之生？」三復前言，我懷如揭矣。

〔註58〕王鵬運所刪〈鵲踏枝〉四闋，不錄於《半塘定稿》，另見施議對譯注：《人間詞話譯注‧刪稿‧附注》（臺北：貫雅文化事業有限公司，1991年 5 月），頁 262～263。

（一）王士祿

王士祿（1626～1673），明末清初人，字子底，號西樵山人，著有《炊聞詞》。其〈謁金門〉詞云：

> 晨睡起。倦眼微瞤秋水。且散嬌慵春徑裏。露桃開幾蕊。
> 嬋態風前如倚。撲亂楊花斜墜。正憶桐廬人未至。蛛絲輕送喜。（《順康卷》，冊 8，頁 4727）

王士祿《炊聞詞》自序云：「康熙甲辰三月，余以磨勘之獄，入繫於司勳之署。于時捕檄四出，未即對簿……。因取《花間》、《尊前》、《草堂》諸體，稍規橅爲之，日少即一二，多或六七，漫然隨意，都無約限，既檢積稿，遂盈百篇，因錄而存之。」〔註59〕王士祿所依，即《花間》、《尊前》、《草堂》諸體，可見王士祿係承襲明人「花草」之風。其和韻之作，相當豐富，所和詞人，以五代、兩宋爲主，溫庭筠、顧夐、魏承班、李珣、李煜、馮延巳、張先、晏殊、歐陽脩、蘇軾、秦觀、李清照、周邦彥、辛棄疾、劉克莊等，〔註60〕均爲學習之對象，其中又以秦觀居多，可見王士祿對於婉約詞之好尚。

王士祿〈謁金門〉（晨睡起）一闋，係和馮延巳〈謁金門〉（風乍起），韻腳爲「起、水、裏、蕊、倚、墜、至、喜」，屬和韻中之「次韻」，押第三部仄聲韻。就內容論之，寫女子之閨思，結語「正憶桐廬人未至。蛛絲輕送喜」，實與馮詞「終日望君君不至，舉頭聞鵲喜」的樂觀期盼相近，然就意境之深淺，二家自當有別。

兩宋迄清，馮延巳「風乍起」一闋，不斷被討論、學習，儼然成爲馮詞之代表作；王士祿次其原韻，正凸顯此詞在詞壇之地位。

（二）荊 摺

荊摺，字慈衛，號盟石，又號石門，有《寄醉詩餘》。其〈春雲

〔註59〕〔清〕王士祿〈炊聞詞序〉，見〔清〕孫默：《十五家詞》（臺北：臺灣商務印書館，1986 年 3 月《景印文淵閣四庫全書》，冊 1494），卷10，頁 120。
〔註60〕張宏生等編：《全清詞‧順康卷》，冊 8，頁 4715～4748。

怨〉詞云：

> 莫嫌風劣。亂晴空紅雨，飄零摧折。只爲爭呈明艷，錦幕
> 金鐶邀未得。孑碩陰穠，疏簾相映，籠絡朝暉自春色。篆
> 馥微蒸，茗波乍點，此景原佳絕。　　牡丹漙露依欄額。
> 更離離芳蕊，柔情猶結。小蝶頻來試輕貼。淺酌閒吟，休
> 說常逢，薄雲涼月。便做霜天，丹楓黃菊，總是東皇枝葉。

（《順康卷》，冊 11，頁 6287）

〈春雲怨〉一調，係宋人馮偉壽自度曲，馮延巳詞並無此調。茲錄馮
偉壽詞如下：

> 春風惡劣。把數枝香錦，和鶯吹折。雨重柳腰嬌困，燕子
> 欲扶扶不得。軟日烘烟，乾風吹霧，芍藥酴醾弄顏色。簾
> 幕輕陰，圖書清潤，日永篆香絕。　　盈盈笑靨宮黃頰。
> 試紅鸞小扇，丁香雙結。團鳳眉心倩郎貼。教洗金罍，共
> 看西堂，醉花新月。曲水成空，麗人何處，往事暮雲萬葉。

（《全宋詞》，冊 4，頁 3018）

荊摺、馮偉壽二家〈春雲怨〉，韻腳依次爲「劣、折、得、色、絕、
額、結、貼、月、葉」，除「得、色、額」屬第十七部入聲韻外，其
餘爲十八部入聲韻。荊摺於詞下謂「用馮延巳韻」，非也。然今未見
《寄醉詩餘》，不知是荊摺誤寫，抑或《全清詞》編撰之失；若屬前
者，馮詞另類的創作接受，繼明代陸嘉淑後，再添一椿。

（三）顧陳垿

顧陳垿（1678～1747），字玉停，別號賓陽子，著有《洗桐集》。
其〈歸自謠〉詞云：

> 牛背笛。吹斷晚山雲一脈。平蕪日盡殘陽隔。　　秋帆無
> 力蘆花息。汀沙白。游魚驚槳鷗鶒憶。（《順康卷·補編》，冊 4，
> 頁 2058）

此〈歸自謠〉係和馮延巳〈歸國遙〉一闋（按：〈歸國遙〉、〈歸自謠〉
同調異名），詞云：

> 何處笛。終夜夢魂情脉脉。竹風簷雨寒窗隔。　　離人數

歲無消息。今頭白。不眠特地重相憶。

兩闋所押均爲第十七部入聲韻，韻腳依次爲「笛、脉、隔、息、白、憶」。馮延巳另一闋〈歸國遙〉（春豔豔）云：「春豔豔。江上晚山三四點。柳絲如剪花如染。　香閨寂寂門半掩。愁眉斂。淚珠滴破胭脂臉。」韻腳爲「豔、點、染、掩、斂、臉」；又一闋云：「江水碧。江上何人吹玉笛。扁舟遠送瀟湘客。　蘆花千里霜月白。傷行色。來朝便是關山隔。」韻腳爲「碧、笛、客、白、色、隔」。可知「江水碧」一闋之用韻同於「何處笛」一闋，均爲入聲韻。檢索「唐宋詞全文資料庫」，〈歸國遙〉（或作「歸自謠」）一闋作入聲韻者，馮延巳當屬第一人，而兩宋亦無人效之。顧陳垿謂「同小山用《陽春詞》韻」，今查晏幾道詞，並無〈歸國遙〉（或作「歸自謠」）詞，若就韻腳觀之，唯晏幾道〈六么令〉（雪殘風信）〔註61〕一闋，韻腳作「息、碧、的、席、客、白、摘、笛、寂、憶」，屬十七部入聲韻，顧陳垿「同小山用《陽春詞》韻」，或緣於此。然晏幾道之前，柳永〈六么令〉（淡煙殘照）〔註62〕韻腳作「碧、色、磧、笛、得、役、隔、拆、夕、憶」，亦同馮詞之用韻習慣。無論如何，顧陳垿明言用《陽春詞》韻，確實凸顯馮延巳入聲韻一體之特別。

（四）王鵬運

王鵬運（1849～1904），字佑遐，一作幼霞，自號半塘老人，晚號鶩翁、半塘僧鶩，有《半塘定稿》傳世。〔註63〕其編刻《陽春集》「四

<hr />

〔註61〕晏幾道〈六么令〉：「雪殘風信，悠颺春消息。天涯倚樓新恨，楊柳幾絲碧。還是南雲雁少，錦字無端的。寶釵瑤席。彩絃聲裡，拚作尊前未歸客。　遙想疏梅此際，月底香英白。別後誰繞前溪，手揀繁枝摘。莫道傷高恨遠，付與臨風笛。儘堪愁寂。花時往事，更有多情個人憶。」（《全宋詞》，冊1，頁241）

〔註62〕柳永〈六么令〉：「淡煙殘照，搖曳溪光碧。溪邊淺桃深杏，迤邐染春色。昨夜扁舟泊處，枕底當灘磧。波聲漁笛。驚回好夢，夢裡欲歸歸不得。　展轉翻成無寐，因此傷行役。思念多媚多嬌，咫尺千山隔。都爲深情密愛，不忍輕離拆。好天良夕。鴛帷寂寞，算得也應暗相憶。」（《全宋詞》，冊1，頁44）

〔註63〕王鵬運詞集，有丙、丁、戊等稿，晚年刪汰幾半，定爲《半塘定稿》。〔清〕朱祖謀〈半塘定稿序〉，《清詞別集百三十四種》，冊12，頁

印齋」本，並和馮延巳〈鵲踏枝〉，且謂：「馮正中〈鵲踏枝〉十四闋，鬱伊怡悅，義兼比興，蒙嗜誦焉。春日端居，依次屬和。」可知王鵬運所和原有十四闋。另王國維《人間詞話》「半塘和馮詞」條下云：

《半塘丁稿》中和馮正中〈鵲踏枝〉十闋，乃《鶩翁詞》之最精者。……《定稿》只存六闋，殊爲未允也。〔註64〕

王國維見王鵬運所和係十闋，今《半塘定稿》僅存六闋，另參《人間詞話譯注》，又得四闋，茲移錄如下：

其一：

落蕊殘陽紅片片。懊恨比鄰，盡日流鶯轉。似雪楊花吹又散。東風無力將春限。 慵把香羅裁便面。換到輕衫，懶意垂垂淺。襟上挨痕猶隱見。笛聲催按梁州徧。

其二：

斜日危闌凝佇久。問訊花枝，可是年時舊。濃睡朝朝如中酒。誰憐夢裏人消瘦。 香閣簾櫳煙閣柳。片靄氤氳，不信尋常有。休遣歌筵回舞袖。好懷珍重春三後。

其三：

譜到陽關聲欲裂。亭短亭長，楊柳那堪折。挑菜㓨裙春事歇。帶羅羞指同心結。 千里孤光同皓月。畫角吹殘，風外還鳴咽。有限墜歡眞忍說。傷生第一生離別。

其四：

風蕩春雲羅樣薄。難得輕陰，芳事休閒卻。幾日啼鵑花又落，綠牋莫忘深深約。 老去吟情渾寂寞。細雨簷花，空憶燈前酌。隔院玉簫聲乍作。眼前何物供哀樂。

其五：

漫說目成心便許。無據楊花，風裏頻來去。悵望朱樓難寄語。傷春誰念司勳誤。 枉把游絲牽弱縷。幾片閒雲，迷卻相思路。錦帳珠簾歌舞處。舊懽新恨思量否。

6363。

〔註64〕〔清〕王國維：《人間詞話・刪稿》，頁28。

其六：

晝日懨懨驚夜短。片霎歡娛，那惜千金換。燕眄鶯顰春不
管。敢辭弦索爲君斷。　　隱隱輕雷聞隔岸。暮雨朝霞，
咫尺迷銀漢。獨對舞衣思舊伴。龍山極目煙塵滿。。

其七：

望遠愁多休縱目。步繞珍叢，看筍將成竹。曉露暗垂珠纍纍。
芳林一帶如新浴。　　簷外春山森碧玉。夢里驂鸞，記過
清湘曲。自定新弦移雁足。弦聲未抵歸心促。

其八：

誰遣春韶隨水去。醉倒芳尊，忘卻朝和暮。換盡大隄芳草
路。倡條都是相思樹。　　蠟燭有心燈解語。淚盡脣焦，
此恨銷沉否。坐對東風憐弱絮。萍飄後日知何處。

其九：

對酒肯教歡意盡。醉醒懨懨，無那忺春困。錦字雙行箋別
恨。淚珠界破殘妝粉。　　輕燕受風飛遠近，消息誰傳，
盼斷烏衣信。曲幾無憀閑自隱，鏡奩心事孤鸞鬢。

其十：

幾見花飛能上樹。難繫流光，枉費垂楊縷，箏雁斜飛排錦
柱。只伊不解將春去。　　漫許心情黏地絮。容易飄颺，
那不驚風雨。倚徧闌干誰與語。思量有恨無人處。（《清詞
別集》，冊 12，頁 6380～6381、《人間詞話譯注》，頁 262～263）

《半塘定稿》所刪，即第三、六、七、九四闋。王鵬運十闋〈鵲踏枝〉，
依次屬和馮詞，其一「落蕊殘陽紅片片」，次馮詞「梅落繁枝千萬片」，
韻腳爲「片、轉、散、限、面、淺、見、遍（徧）」，押第七部仄聲韻；
其二「斜日危闌凝佇久」，次馮詞「誰道閑情拋擲久」，韻腳爲「久、
舊、酒、瘦、柳、有、袖、後」，押第十二部仄聲韻；其三「譜到陽
關聲欲裂」，次馮詞「秋入蠻蕉風半裂」，韻腳爲「裂、折、歇、結、
月、咽、說、別」，押第十八部入聲韻；其四「風蕩春雲羅樣薄」，次
馮詞「叵耐爲人情太薄」，韻腳作「薄、卻、落、約、寞、酌、作、

樂」，押第十六部入聲韻；其五「漫說目成心便許」，次馮詞「煩惱韶
光能幾許」，韻腳爲「許、去、語、誤、縷、路、處、否」，押第四部
仄聲韻；其六「晝日憪憪驚夜短」，次馮詞「霜落小園瑤草短」，韻腳
爲「短、換、管、斷、岸、漢、伴、滿」，押第七部仄聲韻；其七「望
遠愁多休縱目」，次馮詞「芳草滿園花滿目」，韻腳爲「目、竹、蔌、
浴、玉、曲、足、促」，押第十五部入聲韻；其八「誰遣春韶隨水去，
次馮詞「幾日行雲何處去」，韻腳爲「去、暮、路、樹、語、否、絮、
處」，押第四部仄聲韻；其九「對酒肯教歡意盡」，次馮詞「粉映牆頭
寒欲盡」，韻腳爲「盡、困、恨、粉、近、信、隱、鬢」，押第六部仄
聲韻；其十「幾見花飛能上樹」，次馮詞「六曲闌干偎碧樹」，韻腳爲
「樹、縷、柱、去、絮、雨、語、處」，押第四部仄聲韻。王鵬運仿
效馮詞之心思可見矣。

朱祖謀《半塘定稿・序》云：

> 君天性知易，而多憂戚，若別有不堪者。既任京秩，久而
> 得御史，抗疏言事，直聲震內外。然卒以不得志去位，其
> 遇厄窮，其才未竟厥施，故鬱伊不聊之概（按：「概」宜作
> 「慨」），一於詞陶寫之。〔註65〕

鍾德祥亦爲之作序云：

> 今再讀其遣詞，幼眇而沉鬱，義隱而指遠，膈臆而若有不
> 可於名言，蓋斯人胸中別有事在，而犖然不能行其志
> 也。……寧流落至死，一瞑而不視，豈謂非慷慨扼捥獨立
> 不屑之士也歟。〔註66〕

王鵬運曾參與康有爲變法運動，康氏未受知於光緒帝之前，奏摺多
由王鵬運代上，其屢次抗疏言事，幾罹殺身之禍。光緒二十八年，
離京南下，寓揚州，終客死蘇州。朱祖謀謂王鵬運志不得伸，其鬱

〔註65〕〔清〕朱祖謀〈半塘定稿序〉，《清詞別集百三十四種》，冊 12，頁
　　　　6364。
〔註66〕〔清〕鍾德祥〈半塘定稿序〉，《清詞別集百三十四種》，冊 12，頁
　　　　6364～6365。

伊不聊之慨，往往發之於詞。鍾德祥亦謂王鵬運詞是「幼眇而沉鬱，義隱而指遠」，是「慷慨扼捥、獨立不屑之士」也。王鵬運處於晚清動盪之際，其政治背景，正與處於五代干戈、四海瓜分豆剖的馮延巳近似，王鵬運謂其「鬱伊怊悅，義兼比興」；而《左庵詞話》稱王鵬運詞「必多悲憤蒼涼之作」，〔註67〕王國維亦稱王鵬運〈鵲踏枝〉：「鬱伊徜悅，令人不能爲懷」，〔註68〕可見馮、王二家詞正是一種流連光景、惆悵滿懷之作，難怪王鵬運視馮延巳爲知音而和其原韻。

二、集句作品

清人集馮詞之作，茲表列析論如次：

表格 2-4：清代詞人對馮延巳詞的創作接受——集句

作 者	詞 調	詞題詞序	詞 句	原 作	出 處
董元愷	定西番（隱映畫屏開處）	春暮，集唐詞	惜韶光	按：出自顧敻〈河傳〉（曲檻）：「對池塘。惜韶光。斷腸。」非馮詞。	《順康卷》，冊6，頁3238
董元愷	浣溪沙（綺陌春深翠袖香）	春閨，集唐詞	綺陌春深翠袖香	〈莫思歸〉（花滿名園酒滿觴）	《順康卷》，冊6，頁3244
董元愷	更漏子（雨初晴）	閨情，集唐詞	風搖夜合枝	〈更漏子〉（燕孤飛）	《順康卷》，冊6，頁3246
董元愷	更漏子（繡簾垂）	閨情，集唐詞	草煙低此情千萬重	1、〈醉桃源〉（南園春半踏青時）2、〈更漏子〉（金剪刀）	《順康卷》，冊6，頁3247

〔註67〕〔清〕李佳：《左庵詞話》，唐圭璋：《詞話叢編》，冊4，卷下，頁4007

〔註68〕〔清〕王國維：《人詞詞話‧刪稿》，頁28。

董元愷	三字令（香閣掩）	閨怨，集唐詞	雲杳杳 消息遠 萬般心 一時封	1、〈更漏子〉（風帶寒） 2、〈更漏子〉（秋水平） 3、〈酒泉子〉（雲散更深） 4、〈更漏子〉（金剪刀）	《順康卷》，冊6，頁3251
董元愷	滿宮花（春欲暮）	送春，集唐詞	顰不語	〈點降唇〉蔭綠圍紅	《順康卷》，冊6，頁3255
董元愷	應天長（玉京人去秋蕭索）	秋閨，集唐詞	捲珠箔 酒醒情懷惡	1、〈虞美人〉（畫堂新霽情蕭索）作「深夜垂珠箔」 2、〈思越人〉（酒醒情懷惡）	《順康卷》，冊6，頁3255
董元愷	虞美人（玉爐香暖頻添炷）	閨情，集唐詞	起坐渾無緒 薄晚春寒無奈、落花風樓高不見章臺路	1、〈鵲踏枝〉（花外寒雞天欲曙） 2、〈虞美人〉（玉鉤鸞柱調鸚鵡） 3、〈鵲踏枝〉（庭院深深深幾許）	《順康卷》，冊6，頁3272
董元愷	臨江仙（開折海棠看更撚）	閨情，集唐詞	前歡休更思量 野蕪平似剪 畫堂昨夜西風過	1、〈清平樂〉（深多寒月） 2、出自顧敻〈河傳〉（曲檻） 3、〈菩薩蠻〉（畫堂昨夜西風過）	《順康卷》，冊6，頁3277
董元愷	臨江仙（因想玉郎何處去）	秋閨，集唐句	一餉憑闌人不見	〈鵲踏枝〉（梅花繁枝千萬片）	《順康卷》，冊6，頁3277
董元愷	臨江仙（風裡落花誰是主）	閨望，集唐句	門前楊柳綠陰齊	〈醉桃源〉（角聲吹斷隴梅枝）	《順康卷》，冊6，頁3278
董元愷	天仙子（紅蠟半銷殘焰短）	閨怨，集唐詞	低語前歡頻轉面 玉爐空裊寂寥香 舊恨年年秋不管	1、〈鵲踏枝〉（幾度鳳樓同飲宴） 2、〈浣溪沙〉（春到青門柳色黃） 3、〈鵲踏枝〉（霜落小園瑤草短）	《順康卷》，冊6，頁3290

何采	蝶戀花(盡日東風吹綠樹)	送春,集句俱用本調	滿眼游絲兼落絮	〈鵲踏枝〉(六曲闌干偎碧樹)	《順康卷》,冊8,頁4649
何采	蝶戀花(見說東風桃葉渡)	送春,集句俱用本調	簾幙無重數	〈鵲踏枝〉(庭院深深深幾許)	《順康卷》,冊8,頁4650
何采	蝶戀花(強起登臨驚暮序)	後送春,集句禁用本調	宛轉留春語	〈虞美人〉(玉鉤鸞柱調鸚鵡)	《順康卷》,冊8,頁4651
何采	江城子(柳絲無賴舞春柔)	憶夢,集句	在心頭	〈芳草渡〉(梧桐落)	《順康卷》,冊8,頁4655
蔣景祁	河傳(團扇)	採蓮,集唐詞	夢裏佳期	〈上行盃〉(落梅著雨消殘粉)	《順康卷》,冊15,頁8760
侯晰	滿庭芳(燕子呢喃)	集句送春	欲語還慵。	〈採桑子〉(小堂深靜無人到)	《順康卷》,冊16,頁9509
徐旭旦	甘州子(臉檀眉黛一時新)	山枕上	搴繡幌	〈更漏子〉(夜初長)	《補編》,冊3,頁1519
侯文照	採桑子(樓上春寒山四面)	閨思	樓上春寒山四面簾幙重重	1、〈鵲踏枝〉(梅落繁枝千萬片) 2、〈採桑子〉(洞房深夜笙歌散)	《補編》,冊3,頁1547
侯承壄	木蘭花(庭院深深深幾許)	春色	庭院深深深幾許	〈鵲踏枝〉(庭院深深深幾許)	《補編》,冊3,頁1549
朱濤	減字木蘭花(畫梁塵黦)	月夜	偷取笙吹惟有金籠鸚鵡知	1、〈採桑子〉(西風半夜簾櫳冷) 2、〈採桑子〉(畫堂昨夜愁無睡)作「祇是金籠鸚鵡知」	《補編》,冊3,頁1595
陸大成	桃源憶故人(景陽鐘罷瓊窗暖)	閨情	惆悵春心無限	〈應天長〉(石城山下桃花綻)	《補編》,冊3頁1596
華宋時	憶王孫(雕籠鸚鵡怨長宵)	秋閨	雕籠鸚鵡怨長宵	〈酒泉子〉(庭樹霜凋)作「金籠鸚鵡怨長宵」	《補編》,冊3,頁1599

華紹曾	減字木蘭花（玉鞭金勒）	尋芳	極目尋芳	〈採桑子〉（花前失卻遊春侶）作「獨自尋芳」	《補編》，冊3，頁1600
顧起安	菩薩蠻（紅絲穿露珠簾冷）	冬閨	落梅飛曉霜	〈菩薩蠻〉（嬌鬟堆枕釵橫鳳）	《補編》，冊3，頁1601
瞿大發	浣溪沙（花謝窗前夜合枝）	有思	花謝窗前夜合枝	〈採桑子〉（西風半夜簾櫳冷）	《補編》，冊3，頁1692
瞿大發	木蘭花（繡被錦茵眠玉暖）	妝成	雙燕飛來垂柳院	〈清平樂〉（雨晴煙晚）	《補編》，冊3，頁1692
瞿大發	一斛珠（春光欲暮）	春暮	驚殘好夢無尋去 亂紅飛過秋千去 門掩黃昏	1、〈鵲踏枝〉（六曲闌干偎碧樹） 2、〈鵲踏枝〉（庭院深深深幾許） 3、〈鵲踏枝〉（庭院深深深幾許）	《補編》，冊3，頁1692
柴才	添字昭君怨（點翠勻紅時世）	閨怨	鬭鴨闌干獨倚	〈謁金門〉（風乍起）	《補編》，冊4，頁2337
柴才	轉應曲（相別）	懷陳徵君無波	明月。明月。	〈三臺令〉（明月）	《補編》，冊4，頁2340
柴才	昭君怨（去歲暮春上巳）	感舊	鬭鴨闌杆獨倚	〈謁金門〉（風乍起）	《補編》，冊4，頁2341
柴才	女冠子（風生雲起）	本意	碧玉搔頭斜墜	〈謁金門〉（風乍起）	《補編》，冊4，頁2343
柴才	千秋歲（年少年少）	祝程秀才子于大七秩	年少年少	〈三臺令〉（春色）	《補編》，冊4，頁2344
柴才	點降唇（為問新愁）	賦得「殘夢關心懶下樓」	為問新愁	〈鵲踏枝〉（誰道閒情拋擲久）	《補編》，冊4，頁2344
柴才	江城梅花引（秦樓心斷楚江湄）	懷山陰陳徵君無波	數歸期	〈長相思〉（紅滿枝）	《補編》，冊4，頁2348
柴才	轉應曲（香歇）	秋閨思	長夜	〈三臺令〉（明月）	《補編》，冊4，頁2351

據清人集馮詞之整理，可得三端：

其一、清人集馮詞，以董元愷 12 首最多，柴才 6 首居次；又次為何采 4 首、瞿大發 3 首，其餘諸家，不過 1 首而已。所集詞句，除「惜韶光」、「野蕪平似剪」二句係出自顧敻〈河傳〉（曲檻），[註69] 而誤作馮詞外，總計 50 次、18 調、49 句。其中以〈鵲踏枝〉（庭院深深深幾許）一闋，最常見集，計 5 次；其次為〈謁金門〉（風乍起）3 次；〈鵲踏枝〉（六曲闌干偎碧樹、梅落繁枝千萬片）、〈採桑子〉（西風半夜簾櫳冷）、〈更漏子〉（金剪刀）、〈虞美人〉（玉鉤鸞柱調鸚鵡）、〈三臺令〉（明月），各 2 次；其餘諸闋，各 1 次。而「闌鴨闌干獨倚」一句，清人重複集之，可見受歡迎之程度。

其二、〈鵲踏枝〉（庭院深深深幾許），係清人集馮詞中，最喜愛之一闋：董元愷「樓高不見章臺路」、何采「簾幕無重數」、侯承垕「庭院深深深幾許」、瞿大發「門掩黃昏」及「亂紅飛過秋千去」等，均出自此詞。自宋迄清，〈鵲踏枝〉（庭院深深深幾許）作者，總是爭論紛紜，歷代之讀者、選本、評論家，或謂馮延巳，或謂歐陽脩，各持己見。甚至有前後不一者，如何采〈蝶戀花〉（庭院深深深幾許）下謂集「歐陽脩」，又於〈蝶戀花〉（見說東風桃葉渡）「簾幕無重數」一句下謂集「馮延巳」，[註70] 殊不知此二句均出自同一詞。

其三、集馮詞之作，至清代蔚為大觀。集句文體的起源相當早，至北宋始，臻於成熟，徐師曾即謂「集句詩者，雜集古句以成詩。自晉以來有之，至宋王安石尤長與此。」[註71] 集句詞亦在王安石筆下，

[註69] 顧敻〈河傳〉（曲檻）：「曲檻。春晚。碧流紋細，綠楊絲軟。露華鮮，杏枝繁，鶯囀。野蕪平似剪。直是人間到天上。堪遊賞。醉眼疑屏障。對池塘。惜韶光。斷腸。為花須盡狂。」《全唐五代詞》，頁 552。

[註70] 張宏生主編：《全清詞·順康卷》，冊 8，頁 4649～4650

[註71] 集句詩之起源，一般認為起於〔晉〕傅咸〈七經詩〉，至宋初石延年、胡歸仁筆下，集句詩始成為一種文人有意識的文學創作，然至王安石，始臻於成熟。參張明華：〈集句詩的發展與其特點〉，《南京師範大學文學院學報》第 4 期（2006 年 12 月），頁 24。〔明〕徐師曾：《文體明辨序說》（臺北：長安出版社，1978 年 12 月），頁 111。

始獲發展。〔註72〕至明、清，集句詞不僅是詞人間的遊戲文學，而且是一種習以爲常的創新手段。如〔明〕劉基〈憶王孫〉集句十二首、〈生查子〉集句七首、〈菩薩蠻〉集句七首，〔註73〕係有意識地將前人作品再創作；〔清〕董元愷之集句詞，約三十闋；何采集句詞約六十餘闋，而朱彝尊《蕃錦集》，更將集句詞匯輯成編，可謂集大成者。〔註74〕在這般風潮下，馮延巳作品豈能爲人忽略？然「作詩固難，集句尤不易」，〔註75〕詞家所集，不但要慮及詞句上下銜接、語氣連貫、聲律妥切、平仄協調之問題，更要注意詞境是否融合，主題是否明確，必如徐師曾所謂「博學強識，融會貫通，如出一手」，〔註76〕方稱佳構，否則不過是牽合附會、「百補破衲」〔註77〕而已。故詞家擷取馮延巳舊句而作新詞，必經一番深思熟慮，在原有的遣詞用語、藝術手法上，經過刻意且嚴密的沿襲與借用，使集句一體，不只是東拼西湊的「百家衣」，〔註78〕而是一種融合今人別出心裁的藝術創作，在這

〔註72〕宋祁〈鷓鴣天〉（畫轂彫鞍狹路逢）一詞爲最早具有集句形式之詞篇，然若開啓風氣、影響後世較深遠者，當推王安石。王偉勇〈王安石《臨川先生歌曲》借鑒唐詩之探討——兩宋「集唐詩入詞」風氣之開啓〉，見《唐詩與宋詞之對應研究》，頁129、179。

〔註73〕饒宗頤初纂、張璋總纂：《全明詞》，冊1，頁80～85。

〔註74〕董元愷集句詞見《全清詞・順康卷》，冊6，頁3238～3290；何采集句詞見《全清詞・順康卷》，冊8，頁4606～4655；朱彝尊集句詞見《全清詞・順康卷》，冊9，頁5345～5384。朱彝尊《錦蕃集》係爲集句創作的豐收期和大成期。參馬大勇：〈朱彝尊《錦蕃集》評議——兼談集句之價值〉，《南京師範大學文學院學報》第3期（2003年9月），頁77。

〔註75〕〔宋〕陳起：《江湖小集》（臺北：臺灣商務印書館，1984年7月《景印文淵閣四庫全書》，冊1357），卷9，頁68。

〔註76〕〔明〕徐師曾：《文體明辨序說》，頁111。

〔註77〕〔清〕沈雄：《古今詞話・詞品》上卷引《柳塘詞話》曰：「徐士俊謂集句有六難，屬對一也，協韻二也，不失粘三也，切題意四也，情思聯續五也，句句精美六也。賀裳曰：集之佳者亦僅一斑斕衣也，否則百補破衲矣。」唐圭璋：《詞話叢編》，冊1，頁843。

〔註78〕「百家衣」見〔宋〕釋惠洪：《冷齋夜話》引黃庭堅語。（臺北：臺灣商務印書館，1985年2月《景印文淵閣四庫全書》，冊863），卷3，頁250。

般「舊瓶裝新酒」的文學現象下，馮詞原型，必有新生之機會。

三、仿擬作品

謝章鋌《賭棋山莊詞話續編》云：

> 《憶雲詞》，四卷，錢塘項蓮生鴻祚撰。蓮生深於情，小令
> 尤佳。其詞仿吳夢窗例，分為甲乙丙丁四稿。丁稿自溫庭筠
> 至馮延巳各體皆擬之，且皆工，可以觀其所得力矣。〔註79〕

項廷紀（1798～1835）原名繼章，又名鴻祚，字蓮生，浙江錢塘人，
年僅三十八歲，著有《憶雲詞》甲、乙、丙、丁稿四卷。其《甲稿》
自序云：「生幼有愁癖，故其情豔而苦，其感於物也鬱而深；連峰巉
巉，中夜猿嘯，復如清湘戛瑟，魚沉雁起，孤月微明；其窅夐幽淒，
則山鬼晨吟，瓊妃暮泣，風鬟雨鬢，相對支離；不無累德之言，抑亦
傷心之極致矣！」《丙稿》自序云：「不為無益之事，何以遣有涯之生？
時異境遷，結習不改，〈霜花腴〉之剩稿，〈念奴嬌〉之過腔，茫茫誰
復知者？」〔註80〕譚獻即曾評項廷紀之心思云：「古之傷心人也。盪
氣回腸，一波三折，有白石之幽澀，而去其俗，有玉田之秀折，而無
其率，有夢窗之深細，而化其滯，殆欲前無古人。……以成容若（納
蘭性德）之貴，項蓮生之富，而填詞皆幽豔哀斷，異曲同工，所謂別
有懷抱者也。」〔註81〕而《丁稿》載錄仿擬之作，花間詞人溫庭筠、
和凝、顧敻、韋莊、薛昭蘊、魏承班、毛文錫、毛熙震、李珣、歐陽
炯、孫光憲，南唐詞人馮延巳、李煜等，均為所擬對象，其〈序〉云：

> 癸巳下第南歸，已偪歲除。甲午春……讀書之暇，惟仿華
> 間小令，自遣而已。……當沉鬱無憀之極，僅託之綺羅薌
> 澤，以淺其思。蓋辭婉而情傷矣。〔註82〕

〔註79〕〔清〕謝章鋌：《賭棋山莊詞話·續編》，唐圭璋：《詞話叢編》，冊4，
卷3，頁3519。

〔註80〕〔清〕項廷紀：《憶雲詞》（上海：商務印書館，1937年12月《叢書
集成初編》，冊254），〈甲稿序〉頁1、〈丙稿序〉，頁1。

〔註81〕〔清〕譚獻：《復堂詞話》，唐圭璋：《詞話叢編》，冊4，頁4011。

〔註82〕〔清〕項廷紀：《憶雲詞·丁稿·序》，頁1。

項廷紀仿擬花間、南唐小令，雖言自遣之作，然卻是他沉鬱無憀之際
的唯一寄託。〈應天長〉一闋下云「擬馮延巳」，詞云：

> 枕屏生綠山眉展。薄睡起來微帶倦。鵑聲喚。鸎聲怨。蕐
> 落絮飛春不管。　　宿妝臨鏡嬾。閒了粉奩香盥。道是愁
> 深病慣。如何心緒亂。〔註83〕

此闋 49 字，上片 5 句 27 字，下片 4 句 22 字，通篇押第七部仄聲韻。
馮延巳〈應天長〉五闋，字數均為 49 字體；「蘭舟一宿還歸去」一闋，
句數同於項詞；「石城山下桃花綻」一闋，韻部同於項詞，就體製論
之，馮詞〈應天長〉（石城山下桃花綻、蘭舟一宿還歸去）二闋，或
為項廷紀所擬之對象。馮詞云：

> 石城山下桃花綻。宿雨初收雲未散。南去棹，北歸雁。水
> 闊天遙腸欲斷。　　倚樓情緒嬾。惆悵春心無限。忍淚葳
> 蕤風晚。欲歸愁滿面。

> 蘭舟一宿還歸去。底死謾生留不住。枕前語。記得否。說
> 盡從來兩心素。　　同心牢結取。切莫等閒相許。後會不
> 知何處。雙棲人莫妒。

「石城山下桃花綻」一闋，韻腳為「綻、散、雁、斷、嬾、限、晚、
面」，屬第七部仄聲韻，項廷紀或和馮此詞。「蘭舟一宿還歸去」一闋，
上片 5 句 27 字，下片 4 句 22 字，與項詞如出一轍。然就內容論之，
項詞寫女子閨思之情，與馮詞「石城山下桃花綻」相近，而「蘭舟一
宿還歸去」詞，卻是抒寫純真愛情的渴求，大大不同。故就詞境來說，
此三闋仍有區別。若因此斷言項廷紀係擬此二闋，殊為勉強。李璟另
有〈應天長〉一闋，詞云：

> 一鈎初月臨妝鏡（又作「一鈎新月臨鸞鏡」）。蟬鬢鳳釵慵
> 不整。重簾靜。層樓迥。惆悵落花風不定。　　柳堤芳草
> 徑。夢斷轆轤金井。昨夜更闌酒醒。春愁過卻病。（《全唐五
> 代詞》，頁 723）

李璟此詞，馮延巳《陽春集》「百家詞」本、「名家詞」本、「四印齋」

本均收錄，按陳振孫《直齋書錄解題》「《南唐二主詞》，一卷」下載：
「中主李璟、後主李煜撰。卷首四闋：〈應天長〉、〈望遠行〉各一、〈浣
溪沙〉二，中主所作⋯⋯。」〔註84〕近人曾昭岷、王兆鵬等亦根據歷
代詞選及相關史料考辨，認定此詞作者，當屬李璟為是。〔註85〕觀項、
李之作，用韻雖不同，句式卻一致，詞境亦近似。上片首句，李詞作
「一鈎初月臨妝鏡」，項詞作「枕屏生綠山眉展」，均是女子閨房所見
之場景；次句，李詞作「蟬鬢鳳釵慵不整」，項詞作「薄睡起來微帶
倦」，描寫女子慵懶姿態；末句，李詞作「惆悵落花風不定」，項詞作
「華落絮飛春不管」，以落花飛絮，描述女子惆悵不已的紛亂心思；
至下片，李詞則寫閨房外芳草香徑、轆轤金井，項詞寫閨房內妝臺、
香奩之冷落；李詞云「昨夜更闌酒醒。春愁過卻病」，項詞云「道是
愁深病慣。如何心緒亂」，道盡女子相思成病的濃濃情懷。可謂項廷
紀正是承襲了此般借景抒懷的藝術手法。由是觀之，項廷紀〈應天長〉
之體製、內容、風格，與李璟〈應天長〉近似，蓋項廷紀所擬，係依
《陽春集》舊本載錄「一鈎初月臨妝鏡」詞而來，若是如此，則馮詞
的創作接受，又添烏龍一樁。

　　總之，宋代詞人對於馮延巳詞的創作接受，除二詞於詞題或詞序
下有「追和馮延巳」、「改馮相三願詞」外，其餘諸闋，尚須從作法、
內容、風格等方面探討，蒐羅困難，難以完全。晏殊、歐陽脩、晏幾
道，係接承南唐餘緒之大家，惜未有撰寫詞題或詞序之習慣，無法具
體蒐得相關作品，然通過題材作法、用字遣詞、藝術風格之探討，收
穫頗為可觀。馮延巳詞，亦因晏、歐之用心，其詞學地位更為鞏固。
金元詞人詞題、詞序下，無任何「和」、「擬」、「集」馮延巳詞等相關
字樣，唯通過字句借鑒之檢索、詞話材料之探討，仍可窺知一二；亦
即馮延巳詞在金元時的創作接受，雖然隱而不顯，卻非全然空白。

〔註84〕〔宋〕陳振孫：《直齋書錄解題》，卷21，頁1268。
〔註85〕曾昭岷、王兆鵬等：《全唐五代詞》，頁724。

　　明代詞人對於馮延巳的創作接受，以仿擬形式為夥，尤以〈南鄉子〉一闋，最為人樂道；然此闋在明代之前，或云出自李煜之手，或云出自花間詞人筆下，〔註86〕作者仍舊不明。至陸深、吳子孝兩人刻意效擬馮延巳〈南鄉子〉「細雨濕流光」一闋，總算有接受之著落。而劉基〈謁金門〉（風嫋嫋）一闋，係化用馮詞之句；陳鐸〈長相思〉（恨花枝）一闋，是屬和韻之作，在形式、內容方面，亦有異曲同工之處。至於陸嘉淑「戲學」馮延巳〈浣溪沙〉六字句一闋，當屬另類之創作接受。要之，馮延巳詞，在金元兩代，飽受沉寂之待遇；至明代，再度受到詞人重視，作品雖稱不上豐富，然馮詞再創作之無限可能性由是可觀。明代詞人對於馮詞的創作接受，亦成為馮詞發展至清代的一大跳板。

　　清代詞人對於馮延巳之創作接受，以集句作品最夥，計14家詞人用心於此。馮詞詞句見集於清詞中，計50次，49句，頗有可觀。其中又以〈鵲踏枝〉（庭院深深深幾許）與〈謁金門〉（風乍起）二闋最受歡迎，通過集句作品之整理，不但可窺見清代詞人對馮詞之好尚，亦能一探馮詞真偽之議題。和韻方面，計4家，且以王鵬運〈鵲踏枝〉十闋最為可觀。至於荊搢〈春雲怨〉一闋，將馮偉壽誤為馮延巳，實屬荒謬，然人名訛誤所帶來的附加價值，亦是詞家始料未及的。從和韻作品之整理，發現清代詞家不但從形式、聲韻上追和，還從內容、風格方面去揣摩，使和韻作品增添一分馮詞的韻味。仿擬方面，清人詞題、詞序下，尚未見「擬」、「效」、「仿」馮詞之註明，然通過詞話資料之呈現，蒐得項廷紀〈應天長〉一闋。縱使此詞係仿擬李璟〈應天長〉（一鉤初月臨妝鏡）而來，然作者最初之用心，實依《陽春集》擬作，可見馮延巳之影響力實不容小覷。

〔註86〕詳參本文第二章註184～186。